古典詩歌研究彙刊

第十二輯

龔鵬程 主編

第 24 冊

李調元詩學研究（下）

鄭家治、李詠梅 著

國家圖書館出版品預行編目資料

李調元詩學研究（下）／鄭家治、李詠梅 著 -- 初版 -- 新
北市：花木蘭文化出版社，2012〔民101〕
目 4+212 面：17×24 公分
（古典詩歌研究彙刊 第十二輯：第 24 冊）
ISBN 978-986-254-920-9（精裝）
1.（清）李調元 2. 清代詩 3. 詩學 4. 詩評
820.91   101014520

ISBN-978-986-254-920-9

9 789862 549209

古典詩歌研究彙刊
第十二輯　第二四冊　　　　　ISBN：978-986-254-920-9

李調元詩學研究（下）

作　　　者　鄭家治、李詠梅
主　　　編　龔鵬程
總 編 輯　杜潔祥
出　　　版　花木蘭文化出版社
發 行 所　花木蘭文化出版社
發 行 人　高小娟
聯絡地址　新北市永和區中正路五九五號七樓
　　　　　電話：02-2923-1455／傳眞：02-2923-1452
網　　　址　http://www.huamulan.tw 信箱 sut81518@gmail.com
印　　　刷　普羅文化出版廣告事業
初　　　版　2012 年 9 月
定　　　價　第十二輯 24 冊（精裝）新台幣 33,600 元

李調元詩學研究（下）

鄭家治、李詠梅　著

目 次

第六章　李調元與性靈派

　　李調元與性靈派詩人交往頗多，而且頗深，《雨村詩話》中有關性靈派的記載與評論最多，論詩觀點也有相近相似的一面，《童山文集》與《童山詩集》相關記載與論述也不少，可以說相對於清代乾嘉時期其他重要的詩學及詩歌流派，如在前的王士禛的神韻派，同時的沈德潛的格調派、翁方剛的肌理派而言，李調元與性靈派關係最近，觀點也似乎最相近，且其女婿張玉溪還把他與性靈派主帥袁枚、主將趙翼及重要詩人王夢樓的詩歌合編爲《四家詩選》，隱然有將其奉爲性靈派詩人的意思，所以當時就有人將其與性靈派主將相比，如余集《與雨村老前輩大人書》:「老前輩與隨園老人正如華岳二峰，遙遙相峙，風雲變幻，兩不可測。而老前輩著述既富，兼之好古闡幽，多刻前人遺佚，此又尤勝隨園之僅刊其家集矣。」〔註1〕「西川江水六朝山，醒園隨園差並偶。」〔註2〕袁枚認爲李調元的「詩話精妙處，與老人心心相印，定當傳播士林，奉爲矜式」，〔註3〕現今有人認爲他「確實是隨園的追隨者」、「其爲袁枚『性靈』說之同路人是可以肯定的」，

〔註1〕 《童山文集》卷十，叢書集成初編，北京：中華書局，1985 年版。
〔註2〕 《綿州館驛寄懷雨村觀察》《童山詩集》卷三十四，叢書集成初編，北京：中華書局，1985 年版。
〔註3〕 袁枚《答李雨村觀察書》，《童山文集》卷十附，叢書集成初編，北京：中華書局，1985 年版。

〔註4〕甚至有人認爲「李調元不僅有系統闡述其性靈詩學理論的專著，而且上文已論到他在以詩話形式提倡性靈詩學上比袁枚還要早，再加之他還有《童山詩集》中收錄的諸多詩歌作爲其性靈詩學的實踐，他似乎更有理由取代蔣而躋身『性靈派三大家』的行列。」〔註5〕

　　這裡有必要先回顧一下他的《雨村詩話》對性靈派詩人的有關記載與論述，從中可以看出他對性靈派的重視。今存兩卷本《雨村詩話》「話古人」，四卷本《雨村詩話補遺》主要爲乾隆乙卯（1795）之後記錄與四川「當道諸公及四方流寓交接往來」之詩，其主體十六卷本《雨村詩話》則「話今人」。十六卷本《雨村詩話》是典型的詩紀事，在諸多詩人中，採錄最多者除了作者自己的作品，最多者爲當時流行的性靈派三大家，其中袁枚的詩歌最多，據筆者初步統計，計有五十餘處，一百二十多首或聯，包括袁枚的長篇雜言《子才子歌》、七言長詩《爲補山作平南歌》、長篇五言《送別詩》。十六卷本《雨村詩話》卷一首先記載了老師錢香樹，接著揭櫫自己的「詩歌三字訣」，在彰顯張廷玉「詩氣最清」與「骨秀」之後，便連續以三則詩話記載評價袁枚及其詩歌。第四則詩話長達一千字，介紹了袁枚的生平，包括科舉、爲官、隱居等經歷，又介紹了袁枚在隨園的風流悠閒生活，如「每春秋佳日，任士女往來遊觀，不禁也」，「既愛詩書，又好花」，還記錄了隨園二十四景，採錄了袁枚的《答人問隨園七絕》十八首。〔註6〕整則詩話可作袁枚傳略看，也可作袁枚隨園悠遊圖畫看，還可作袁枚自畫像看，通過所錄寫景抒懷七絕甚至亦可作袁枚性靈詩歌的典型看。十六卷《雨村詩話》第十六卷倒數第七則記嘉慶三年戊午四月二十七接王心齋書信事，追述去年袁枚接李氏《函海》及詩歌之後的回

〔註4〕嚴迪昌《清詩史》（下），杭州：浙江古籍出版社，2002 年版 944～945 頁。

〔註5〕孫文剛《「性靈派」研究，絕對不能忽視李調元》，《中華文化論壇》2009-01。

〔註6〕詹杭倫、沈時蓉《雨村詩話校正》，成都：巴蜀書社，2006 年版 28～29 頁。

信及題詩二首，又記聞袁枚訃聞之後的悼念詩七律四首，二人晚年的交往及互相賞識讚譽躍然紙上。因此可以說十六卷本《雨村詩話》以記錄評價袁枚始，以記錄評價袁枚終，可稱半部袁詩紀事或者袁詩評傳，也可稱一部袁李交往評贊史。

　　其次是趙翼，約近三十處，八十多首或聯，包括長篇七古《李郎曲》；蔣士銓約十多則，採錄詩詞十多首或聯，包括百韻長詩一首。三人的作品加起來幾乎占全書的三分之一以上，因此說李調元是性靈派詩人是有一定根據的，至少證明了李調元非常重視性靈派親近性靈派。除了十六卷本《雨村詩話》中有有關性靈派的大量記載及論述，《童山詩集》中有關性靈派的詩歌、《童山文集》中有關性靈派的文章都較當時其他詩派多。

　　因此無論是研究性靈派及袁枚，或者是研究李調元及其詩學與詩歌，李調元與性靈派的關係都是一個繞不過去的話題，也是一個有趣的話題。本章以此命名，對李調元與性靈派的關係進行全面研究，以期有一個較為全面客觀的結論。

一、李調元與蔣士銓

（一）李調元與蔣士銓的交往

李調元十六卷本《雨村詩話》卷四說：

> 江西有兩才子：南昌彭芸楣冢宰、鉛山蔣苕生編修也，皆丁丑進士，彭出廷尉嶇峨周立崖先生本房，與余先後同門。苕生授職後，即奉其母太夫人，浮家泛宅，遊於天台、雁蕩之間，曾掌教山陰，後買宅金陵，攜家住之。二人名達宸聰，芸楣為冢宰時，上屢詢及，輒歎息久之，有御製句云：「江西兩才子，惟卿官九卿。」芸楣屢以書勸出山，苕生時已歸養十年，及再入詞館，則資俸已在後輩之後，乃保送御史。已蒙上記名，而考差引見時，上俱未問及。未幾，病風。趙雲松寄詩云：「跋扈詞場萬敵摧，如何乃築避風臺。少貪酒色終償債，老訂詩文幸滿堆。木有文章原是

病，石能言語果爲災。可憐我亦拘攣臂，千里相望兩廢材。」
後卒，以書囑袁子才爲墓誌，子才以書報雲松，復哭詩云：
「斯人遂已隔重泉，腸斷袁安一幅箋。預乞碑銘如代死，
久淹床笫本長眠。貧官身後唯千卷，名士人間值幾錢？磨
鏡欲尋悲路阻，茫茫煙樹哭江天。」〔註7〕

蔣士銓（1725～1784）字心餘、苕生，號藏園，又號清容居士，晚號定
甫。鉛山（今屬江西）人，清代詩人、戲曲家。乾隆二十二年（1757）
進士，官翰林院編修。乾隆二十九年（1764）辭官後主持蕺山、崇文、
安定三書院講席。乾隆稱士銓與彭元瑞爲「江右兩名士」。蔣士銓與袁
枚、趙翼並稱爲「乾隆三大家」。所著《忠雅堂詩集》存詩二千五百六
十九首，存於稿本的未刊詩達數千首，其戲曲創作存《紅雪樓九種曲》
等十六種。所作彙爲《忠雅堂文集》四十三卷，有《續修四庫全書》本。

　　蔣士銓中進士早於李調元六年，且進士及第之後即與李調元房師
王夢樓、趙翼等同官翰林院編修，當是早李氏近一個時代的師友輩。
李調元乾隆二十六年（1761）在京應會試時曾與王夢樓、趙翼等交往
唱和，乾隆二十八年（1763）中進士，改翰林院庶吉士，蔣士銓次年
才辭官南歸，三年間二人當有機會相識，但李、蔣二人的詩文中均無
記載。此後二人參商十四年。丙戌（1766）年李氏散館，授吏部文選
司主事時有《送編修趙雲松翼出守鎮安》，是爲與性靈三大家正式相
交的第一首詩歌。乾隆四十三年（1778）李調元提督廣東學政編輯刊
行《袁枚詩選》五卷，供廣東生員參閱。袁枚時年 73 歲，隱居隨園
已經近四十年，正是聲名如日中天之時。乾隆 38 年癸巳（1773 年）
李調元有《正月朔高白雲先生由華亭令行取禮部主事來京，先生本辛
未庶常，今仍還京職，出和袁子才蔣心餘兩前輩詩見示》：
　　後堂不到幾多時，覿面方驚兩鬢絲。喜接春風容再坐，細
　　聽夜雨話相知。袁宏文筆千秋仰，蔣詡高名二仲隨。怪道

〔註7〕　詹杭倫、沈時蓉《雨村詩話校正》，成都：巴蜀書社，2006 年版 113
　　　　頁。

詞壇無敵手，曾同兩老角雄雌。〔註8〕

《童山自記》云：「癸巳，移居順城門內大街，仄屋數椽，聊蔽風雨，時以花木自娛。送朝礎回蜀省母。冬，文選司掌印郎中，今任湖北巡撫吳樹堂先生諱垣，以余久不得缺，稟諸城相國劉文正公諱統勳，挈余入吏部，先在文選司行走。冬月，遂補授考工司主事，仍兼選司。」〔註9〕從詩意可見他當年曾經在後堂與高白雲相見，談論袁枚與蔣士銓，而且心儀已久，因此有「袁宏文筆千秋仰，蔣詡高名二仲隨」之句。

　　李調元與蔣士銓最早的交往記載在丁酉（1777）出為廣東學政赴任途中路過南昌時的《新淦舟中汪明府來謁，得蔣心餘太史士銓書，蔣與余相左於南昌，遣人以樂府追寄，藏園其詩稿也》：「臥聽郵簽報水程，開窗已見掛銅鉦。半篙綠水舟初動，一片青山樹上行。空谷香中人去遠，藏園稿裏句堪驚。友生聚散真無定，又見澹臺在武城。」〔註10〕詩歌長題說明這次相會的原因是李氏赴廣東上任，蔣士銓得知這一消息，便託前來拜會的汪明府帶信相約見面。李氏前往南昌拜會，結果蔣卻因事不在，意外不遇。於是蔣便派人捎帶劇本追上李氏贈送之。詩歌首聯描敘作者順贛江南下夜裏「臥聽郵簽報水程」，清晨「開窗已見掛銅鉦」的情景。頷聯描寫清晨所見景色，十分美麗愜意，而且有氣勢。頸聯敘述他得到蔣氏的劇作在舟中閱讀欣賞的感受：沉溺在蔣氏劇本《空谷香》的閱讀欣賞之中，不知不覺舟船迅速南下，離友人越來越遠了；劇本如此美妙，蔣氏的詩歌也一定奇偉異常，讀之令人驚呼連聲。尾聯感歎朋友聚散無定，且將蔣士銓比作澹臺滅明，希望能在其故鄉見到蔣氏。澹臺滅明即孔子後期貌寢之高徒子羽。《論語·雍也》：「子游為武城宰。子曰：『女得人焉爾乎？』曰：

〔註8〕　《童山詩集》卷十四，叢書集成初編本，北京：中華書局，1985年版。
〔註9〕　《童山自記》癸巳部分，四川省圖書館藏。
〔註10〕　《童山詩集》卷十九，叢書集成初編本，北京：中華書局，1985年版。

『有澹臺滅明者，行不由徑，非公事，未嘗至於偃之室也。』」〔註11〕
孔子聽子游介紹後即重視子羽。後來子羽遊歷到長江，南遊至江西，
在南昌定居，並設立書院講學，跟隨他的弟子有三百人，聲譽很高，
各諸侯國都傳誦他的名字。據說，當年澹臺滅明進入南昌城，就是由
進賢門而入。他設立書院講學，對南昌的文化產生了較大的影響，因
此，南昌人亦希望更多如澹臺滅明一樣的賢士能來南昌，故而將澹臺
滅明進入南昌時的城門命名爲「進賢門」。李調元將蔣士銓比子羽應
該非常貼切：一則因爲二人都很有才華，且人格高尚，還都以教育爲
本業，二則子羽爲南昌最早所進之賢才，而蔣氏則爲南昌當代之賢才。

　　全詩寫景懷人，讚揚友人的成就在於戲劇與詩歌，戲劇固然令人
沉迷而忘懷一切，詩歌也思想與藝術均臻佳境，令人拍手叫絕，吃驚
不已。

　　對這次南昌拜會不遇，李調元在《雨村曲話》卷下中有較詳細的
記載：

> 鉛山編修蔣心餘士銓曲爲近時第一。以腹有詩書，故隨手拈
> 來，無不蘊藉，不似笠翁輩一味優伶俳語也。余往粤東時，
> 過南昌——其時蔣已入京——其子知廉來謁。問其詩，已付
> 水伯。以所著《空谷香》、《冬青樹》、《香祖樓》、《雪中人》
> 四本見貽。余詩曾有「《空谷香》中人去遠」之句，蓋懷心
> 餘也。舟中爲批點一過，不覺日行數百里，但見青山紅樹，
> 雲煙奔湊，應接不暇，揚帆直過十八灘，渾忘其險也。心餘
> 與余交最契。其再補官也，爲貧而仕，非其本懷。壬寅相見
> 於順城門之撫臨館，歡甚。曾許題余《醒園圖》。未幾，病
> 痺，右手不能書。今已南歸矣。然聞其疾中尚有左手所撰十
> 五種曲，未刊。蔣與武陵人袁枚，時人有兩才子之目。晚年
> 俱落落不得志。今欲選二家詩爲《蔣袁探驪》，不果。袁詩
> 曾爲選刊粤中，蔣詩竟棄波濤，良可惜也。〔註12〕

〔註11〕〔宋〕朱熹《四書章句集注》，北京：中華書局，1983 年版 88 頁。
〔註12〕《雨村曲話》，《中國古典戲曲論著集成》第八冊，北京：中國戲劇

這段話一是追敘了二人欲相會而不遇的情況：他赴廣東赴任，路過南昌，欲與蔣氏相會，但蔣氏已經啟程赴京。蔣氏自乾隆三十七年應揚州運使鄭大進之聘，主持揚州安定書院，前後數年。他在揚州結識了「揚州八怪」中之羅聘和畫聖王石谷，他們談詩論畫，吟詠山河，交流藝術思想，批判社會現實，創作了大量作品。乾隆四十二年（1777），乾隆皇帝南巡，賜詩彭元瑞，且稱彭與蔣為「江右兩名士」，並屢問及之。消息傳來，詩人感激涕零，於是於 57 歲力疾起官，充國史館纂修官，記名以御史補用，修《開國方略》，計十四卷。對蔣氏丁酉赴京補官，應該有所謂皇帝知遇之恩，但李調元將其解釋成生活所迫，所謂「為貧而仕，非其本懷」，含有讚譽其人格的意思。上引詩歌題目所說「遣人以樂府追寄」，所遣之人為其兒子知廉，足見蔣氏對李氏是尊重的。知廉帶來的樂府，即《空谷香》、《冬青樹》、《香祖樓》、《雪中人》等四種戲劇，至於其詩歌則「已付水伯」，便不能贈送。查蔣士銓詩集，今見最早的版本是嘉慶三年戊午（1798）揚州刻本《忠雅堂詩集》，收詩二千餘首，未收之作還不少，未見更早刻印本。因此李調元所說「已付水伯」的詩歌當是蔣士銓詩歌的部分手稿抄本，而不是其所有詩歌。

　　二是追述了二人的交情，並高度評價蔣氏的人格情操。所謂「心餘與余交最契」，說明以前應該見過面，而且情誼頗深，不是未見面的「神交」，他推測其赴京為官是「為貧而仕，非其本懷」當是由過去的交流而瞭解蔣氏的志向。後面又追記後來「壬寅相見於順城門之撫臨館，歡甚」，而且蔣氏還曾許諾為他的《醒園圖》題詩，足見二人情誼的深厚。至於題詩未果的原因則是蔣氏不久中風，右手不能寫字。可惜的是李氏沒有相關的文字記載。從「為貧而仕，非其本懷」，可以看出蔣氏是一個立志高遠的正直文人，而不是唯富貴是圖的鑽營者。又說蔣氏與袁枚都是「晚年俱落落不得志」的才子。考察蔣士銓的生平，可知

出版社，1960 年版 27 頁。

蔣士銓一生秉性剛直，磊落嶔崎，如袁枚所謂「生平無遺行，志節凜凜，以古丈夫自勵，遇不可於意，雖權貴，幾微不能容其胸中」〔註13〕蔣在《賀新涼‧疊韻留別紀心齋戴苞齋》詞說：「聽罷蘭臺鼓。信從來、消魂惟別。黯然難語。說禮敦詩周旋久，夢繞兩公堂戶。把人物、恒沙量數。只有惺惺解憐惜，是斯文、未喪天公許。識字矣、者般苦。　落紅已葬燕支土。算楊花飄茵入溷，年年誰主。猿鶴形骸麋鹿性，未可久居亭墅。況臣是、孤生寒窶，衰衰諸公登臺省，看明時、天關須人補。不才者、義當去。」〔註14〕激憤之情見於言表。綜合而言，蔣士銓在壯年大有前途的編修任上毅然辭官，當為面斥達官而致謗遭讒於掌院，因而長期抑鬱下僚，自覺官場污濁，才憤而求去的。此後他南下任教職，至於乾隆四十二年 57 歲時赴京充國史館纂修官，記名以御史補用，也確有「為貧而仕，非其本懷」的可能。

（二）記載評價蔣士銓的戲曲

　　李氏在上面這段曲話中首先肯定蔣之戲曲「為近時第一」，這應該是一個很高的讚譽。其次是論述並肯定其戲曲風格：以腹有詩書，故隨手拈來，無不蘊藉，不似笠翁輩一味優伶俳語也。即其戲劇自然而又含蓄蘊藉，顯示出很高的才華與很深的學力，與一味通俗的優伶戲劇語言風格完全不同，其原因是富有才學，即所謂「腹有詩書」，因為善詩善詞善曲而創作戲劇，所以能收厚積薄發、舉重若輕之效。三是肯定其戲曲富有極強的藝術感染力，以致他「舟中為批點一過，不覺日行數百里，但見青山紅樹，雲煙奔湊，應接不暇，揚帆直過十八灘，渾忘其險也」。再次，他還透露了蔣氏除了已經面世的劇作之外，在風痺之後還勤奮創作，所謂「然聞其疾中尚有左手所撰十五種曲，未刊」。蔣氏劇作最早在蔣氏家刻本《蔣氏四種》叢書中，署「紅

〔註13〕〔清〕袁枚《翰林院編修候補御史蔣公墓誌銘》，《小倉山房續文集》
　　　　卷二十五，周本淳標校《小倉山房詩文集》，上海：上海古籍出版社，
　　　　1988 年版 1699 頁。
〔註14〕〔清〕蔣士銓《忠雅堂文集》四十二卷，續修四庫全書本。

雪樓版」，後曾抽印爲單行本，題爲《藏園九種曲》。另外，有書坊漁古堂別爲翻刻，稱《藏園九種曲》，其內容包含《空谷香》、《香祖樓》《冬青樹》、《臨川夢》、《一片石》、《桂林霜》、《第二碑》、《雪中人》、《四弦秋》九種。此後，蔣士銓陸續創作了《採石磯》、《採樵圖》、《廬山會》，彙編成《紅雪樓十二種塡詞》。李調元此處所言的新作至今未見刊刻，是否是原作遺失或者李氏誤記，尚待研究考證。

蔣士銓最爲後世稱道的戲劇分爲三類。一是《香祖樓》與《空谷香》等寫小人物命運及愛情，藝術水平最高，最得後世稱道。《香祖樓》寫少女李若蘭的悲劇遭遇。河南永城縣仲文告老還鄉，築香祖樓，以供友人所贈蘭花。妻曾氏以千金爲夫買李若蘭作妾，李若蘭被人賣到福建，復又爲海賊所劫。其後仲文出任福建巡按，救出若蘭，置於尼菴中，但若蘭不久即死。此劇與《空谷香》都是反映爲人妾者的悲慘命運，但二劇關目排場卻無雷同重複之處。《空谷香》寫少女姚夢蘭的不幸遭遇，姚夢蘭許與書生顧孝威爲妾，惡少無賴欲強佔，從中破壞，逼得姚夢蘭兩次欲自盡。二是《冬青樹》、《桂林霜》及《雪中人》等表現英雄人物的性格及命運，劇中人物的忠義情懷亦爲後人稱道。《冬青樹》寫文天祥、陸秀夫、謝枋得等人抗元殉難的故事。重要情節都以歷史記載爲依據，劇本具有鮮明的民族意識，借歌頌宋末民族英雄來寄託反對民族壓迫的胸懷。人物塑造生動，曲文描寫聲情並茂。《桂林霜》寫吳三桂雲南謀叛，廣西將軍孫延齡與吳三桂勾結，強迫巡撫馬雄鎮投降，馬雄鎮不從，全家陷於獄中，後馬雄鎮和家眷二十餘人慷慨捐生。《雪中人》寫清代查伊璜遇乞丐吳六奇，見器宇不凡，厚加款待。後吳六奇官升至廣東饒平總兵官，查伊璜涉訟，吳六奇極力爲他辯護，查伊璜才倖免於難。三是《臨川夢》富有浪漫主義色彩。《臨川夢》以明代戲曲作家湯顯祖的事迹爲題材，歌頌了湯顯祖的才華和敢於藐視權貴的品格。全劇結束時又寫湯顯祖進入夢境，同他劇作中的人物相會，帶有濃鬱的浪漫主義色彩。

應該說李調元對蔣氏的戲劇的評價並非過譽。梁廷枏《籐花亭曲

話》云：「蔣心餘太史士銓九種曲，吐屬清婉，自是詩人本色，不以矜才使氣為能，故近數十年作者，亦無以尚之。其至離奇變幻者，莫如《臨川夢》，竟使若士先生身入夢境，與四夢中人一一相見。請君入甕，想入非非；娓娓清言，猶餘技也。《桂林霜》、《一片石》、《第二碑》、《冬青樹》四種，皆有功名教之言。忠魂、烈魂，一入腕中，覺滿紙颯颯，尚餘生氣。《香祖樓》、《空谷香》兩種，於同中見異，最難下筆。蓋夢蘭與淑蘭皆淑女也，孫虎與李蚓皆繼父也，吳公子與扈將軍皆樊籠也，紅絲、高駕皆介紹也，成君、裴畹皆故人也，且小婦皆薄命而大婦皆嫻淑也，使出自俗筆，難免雷同，乃合觀兩劇，非惟不犯重複，且各極其錯綜變化之妙，故稱神技。《四弦秋》因《青衫記》之陋，特創新編，順次成章，不加渲染，而情詞淒切，言足以感人，幾令讀者盡如江州司馬之淚濕青衫也。《雪中人》一劇，寫吳六奇，頰上添毫，栩栩欲活；以《花交》折結束通部，更見匠心獨巧。」〔註15〕與李調元對蔣氏的評價近似。吳梅《中國戲曲概論》說：「乾嘉以還，鉛山蔣士銓、錢塘夏綸，皆稱詞宗，而惺齋頭巾氣重，不及藏園，《臨川夢》、《桂林霜》允推傑作。一傳為黃韻珊，尚不失矩度，再傳為楊恩壽，已昧厥源流。……同光之際，作者幾絕，惟《梨花雪》、《芙蓉碣》二記，略傳人口。顧皆拾藏園之餘唾，且耳不聞吳謳，又何從是正其句律乎？」〔註16〕吳梅又說：「又如蔣心餘九種曲《空谷香》與《香祖樓》所紀事實，大致相同。若蘭與夢蘭，同一薄命女子也；兩家夫人，同一賢德淑媛也；孫虎、李蚓，同一繼父也；紅絲、高駕，同一忠僕也，使各作一小傳，尚難分別兩樣筆墨，況在傳奇洋洋灑灑成數十折文章哉！乃能各為寫生，面目又各自不同，若蘭之語，移不得夢蘭口中；夢蘭之意，又移不得若蘭心裏。各有苦處，各有難處。此等妙曲，直可追步臨川，豈獨俯視百子。此無

〔註15〕〔清〕梁廷楠《曲話》卷二，《中國古典戲曲論著集成》第八冊，北京：中國戲劇出版社，1960 年版 272 頁。
〔註16〕吳梅《中國戲曲概論》《吳梅戲曲論文集》，北京：中國戲劇出版社，1989 年版 178 頁。

－260－

他，就個人情景，爲之設身處地著想，故能親切不浮如是也。」〔註17〕
吳梅還評論《臨川夢》說：「至《臨川夢》則憑空結撰，靈機往來，以
若士一生事實，現諸氍毹，已是奇特，且又以『四夢』中人一一登場，
與若士相周旋，更爲絕倒。記中《隱奸》一折，相傳諷刺袁簡齋，亦令
點可喜。蓋若士一生，不邇權貴，遞爲執政所抑，一生潦倒，里居二十
年，白首事親，哀毀而卒，故爲忠孝完人。而心餘自通籍後，亦不樂仕
進，正與臨川同，作此曲亦有深意也。」〔註18〕

　　日本青木正兒說：「孔之《桃花扇》與洪之《長生殿》並爲清代戲
曲雙壁，爲藝苑定論，古來有『南洪北孔』之稱。」「（蔣士銓）當可
推爲乾隆曲家第一，其後無能追蹤之者，其享盛名也亦哉！」〔註19〕
他《中國文學概說》一書中同樣說道：「在清初康熙間，亦是作者輩出，
洪昇的《長生殿》與孔尚任的《桃花扇》，可爲雙壁。……乾隆間蔣士
銓之《藏園九種曲》中，佳作不少，然戲曲以他爲殿軍，從此轉向衰
運，沒有可觀之作了。」〔註20〕可謂古今英雄所見略同，李調元之所
以能有如此眼光，關鍵在他與蔣氏都是詩人學者而兼戲曲家，且有相
近的美學追求，簡言之是既重本色，又兼文采，即所謂「以腹有詩書，
故隨手拈來，無不蘊藉」，反之則既重文采，又不矜才使氣，使戲劇難
以演出。

　　《中國古代文學史》說：「他的劇作『吐屬清婉，自是詩人本色』。
人物刻畫細緻，語言嫻雅蘊藉，以詩歌的才情寫作曲辭，優美麗富有
文采，有湯顯祖的遺風。」〔註21〕其評價也與李調元近似。

〔註17〕吳梅《顧曲麈談》《吳梅戲曲論文集》，北京：中國戲劇出版社，1989
　　　　年版61頁。

〔註18〕吳梅《中國戲曲概論》《吳梅戲曲論文集》，北京：中國戲劇出版社，
　　　　1989年版182頁。

〔註19〕〔日本〕青木正兒著，王古魯譯《中國近世戲曲史》，上海：商務印
　　　　書館，1936年版第383頁。

〔註20〕〔日本〕青木正兒著，隋樹森譯《中國文學概說》，重慶：重慶出版
　　　　社，1982年版141頁。

〔註21〕袁行霈《中國古代文學史》第四卷，北京：高等教育出版社，1999

（三）比較評價蔣士銓的詩歌

李調元說他「今欲選二家詩爲《蔣袁探驪》」，說明對蔣氏的詩歌是非常看重的，所以將其與袁枚並列，且欲撰寫專著來彰顯之。相對於袁枚、趙翼，李氏對蔣氏詩歌的評價在《雨村詩話》中最少，只有三條。一是《雨村詩話》卷一對性靈派三大家的綜合比較評論，他說：「近時詩推袁、蔣、趙三家，然皆宗宋人。子才學楊誠齋，而能各開生面，此殆天授，非人力也。心餘學山谷，而去其艱澀，出以響亮，亦由天人兼之。子才亦自言：『余不喜山谷而喜誠齋，心餘不喜誠齋而喜山谷。』雲松立意學蘇，專以新造爲奇異，而稗家小說，拉雜皆來，視子才稍低一格，然視心餘，則殆過者而無不及矣。」〔註22〕論定三家各有所宗，也各有所長，是準確的，說蔣氏之詩由「天人兼之」也是準確的，但對蔣氏的總體評價卻偏低，且未必全面。

考察蔣氏的詩歌，可知他寫詩自稱十五歲學李商隱，十九歲改學杜甫、韓愈，四十歲兼學蘇軾、黃庭堅，五十歲以後不依傍古人，可謂出入唐宋諸大家，而最終自成一家。他論詩也重「性靈」，反對前後七子的復古仿眞傾向。蔣氏無專門的詩話，但其有著名的《論詩雜詠三十首》可以反映他的作詩主張及他對詩人的評價，此外他還在不少詩歌中闡發了自己的主張，有些比《論詩雜詠》更能反映他的識見。如他的《文字四首》之四云：「文章本性情，不在面目同。李杜韓歐蘇，異曲原同工。君子各有眞，流露字句中。氣質出天稟，旨趣根心胸。誦書見其人，如對諸老翁。後賢傍門戶，摹仿優孟容。本非偉達士，眞氣豈能充。各聚無識徒，奉教相推崇。之子強我讀，一卷不克終。先生何許人，細繹仍空空。」〔註23〕他論詩首先戒蹈襲，重性情，所謂「文章本性情，不在面目同」，主張詩文出於性情，不必千人一面。其次是認爲各種風格都各有建樹，不須自樹壁壘，強傍門戶而徒

年版 407 頁。

〔註22〕詹杭倫、沈時蓉《雨村詩話校正》，成都：巴蜀書社，2006 年版 33 頁。

〔註23〕〔清〕蔣士銓《忠雅堂文集》卷十三，續修四庫全書本。

事紛爭。他說沈德潛、翁方綱詩論的流弊是：「後賢傍門戶，摹仿優孟容。本非偉達士，眞氣豈能充。各聚無識徒，奉教相推崇。」這種通達的觀點，在當時和現在都是有意義的。其《辨詩》云：「唐宋皆偉人，各成一代詩。變出不得已，運會實迫之。格調苟沿襲，焉用雷同詞。宋人生唐後，開闢眞難爲。……元明不能變，非僅氣力衰。能事有止境，極詣難角奇。奈何愚賤子，唐宋分藩籬。哆口崇唐音，羊質冒虎皮。習爲廓落語，死氣蒸伏屍。撐架成氣象，桎梏立威儀。可憐餒敗物，欲代郊廟犧。使爲蘇黃僕，終日當鞭笞。七子推王李，不免貽笑嗤。況設土木形，浪擬神仙姿。李杜若生晚，亦自易矩規。寄言善學者，唐宋皆吾師。」〔註24〕唐詩宋詩，孰高孰低，爭論了近千年，各種議論，均不如蔣氏此詩論述得透闢超卓。他指出詩歌的唐宋變化是運會使然，是現實逼迫處此，不得不然。李杜如生晚，亦當彈別調，七子復古實爲羊質而虎皮，因此「唐宋皆吾師」一語可了千年公案。不過蔣士銓對「性靈」的理解與袁枚不同，比較強調「忠孝節義之心，溫柔敦厚之旨」，與其戲劇一樣，表現出更多的傳統意識。

蔣士銓的詩總的來說寫得筆力堅勁。王昶《蒲褐山房詩話》評論說：「諸體皆工，然古詩勝於近體，七言尤勝於五言，蒼蒼莽莽，不主故常。」〔註25〕袁枚爲蔣士銓的《忠雅堂集》作序，稱其「作詩如作史也，才學識三者宜兼，而才爲尤先。……詩人無才不能役典籍、運心靈。」並贊蔣士銓爲「奇才」。他評蔣士銓的詩「其搖筆措意，橫出銳入，凡境爲之一空。如神獅怒蹲，百獸懾伏，如長劍倚天，星辰亂飛。鐵厚一寸，射而洞之；華嶽萬仞，驅而行之。目巧之室，自爲奧阼，袒而搏戰，前徒倒戈，人且羨、且妒、且駭、且卻走、且訾嗷，無不有也。」〔註26〕充分揭示了蔣士銓詩雄奇矯健的特點和藝術感染

〔註24〕〔清〕蔣士銓《忠雅堂文集》卷十三，續修四庫全書本。
〔註25〕王鎭遠、鄔國平《清代文論選》，北京：人民文學出版社，1999年版546頁。
〔註26〕〔清〕袁枚《忠雅堂文集序》，續修四庫全書本；又見《小倉山房續文集》卷二十八，周本淳標校《小倉山房詩文集》，上海：上海古籍

力。如《開先瀑布》、《五人墓》、《趙摜之舍人龍湫濯足圖》等，都令人印象深刻。能夠代表他藝術風格的有五古《遠遊》、《歲暮到家》，七古《開先瀑布》、《驅巫》、《萬年橋觴月》、《漂母祠》，七律《潤州小泊》、《梅花嶺弔史閣部》、《烏江項王廟》等。因此李調元說蔣氏「學山谷，而去其艱澀，出以響亮，亦由天人兼之」是準確而不夠全面的。

　　蔣士銓詩歌除雄奇一路，一些詩評史論人頗有史家的識見，試舉二例：《讀荊公集二首》之一云：「事業施行與志違，當時得失咎何歸。更張治國求強富，錯誤隨人著刺譏。立法至今難盡改，存心復古豈全非。終身刻苦無知己，文字誰參意旨微。」《讀宋人論新法箚子》云：「三代而還不可爲，漢唐刑措且難期。群黎福薄人焉救，累葉財空運欠虧。本欲針刀蘇痼疾，誰知藥石付庸醫。後來十九遵遺法，功罪如何請細思。」〔註27〕自南宋至元明清，不少文人拿王安石及王安石變法說事，大半持貶斥態度，甚至不少人將宋的滅亡歸咎於安石，視其爲罪魁。蔣士銓卻認爲在北宋後期民貧國弱的危殆關頭，王安石「更張治國求強富」並無錯處，所開藥方亦有用，可惜用人不當，執行多偏差，使藥石無效而痼疾難愈。何況變法雖敗，但變法的舉措大半爲歷代遵守，故不必深責王安石而不體會其初心。這種意見與明代的湯顯祖頗同，在明清時期是難能可貴的。他的一些紀遊懷古小詩也較有風致而寄託感慨。如《響屧廊二首》：「寵到雙趺事亦新，笑他褒妲尙猶人。潘家蓮瓣楊家襪，總與西施步後塵。」「不重雄封重豔情，遺蹤猶自慕傾城。憐伊幾兩平生屐，踏碎山河是此聲。」〔註28〕雖仍不出紅顏禍水的陳見，但也隱含著對帝王躭於享樂、不思振起的批評。

　　蔣氏詩歌還長於抒情，詩集中確實有不少以性情和才思見長的詩篇。如《歲暮到家》：「愛子心無盡，歸來喜及辰。寒衣針線密，家信墨

　　　　出版社，1988 年版 1757～1758 頁。
〔註27〕〔清〕蔣士銓《忠雅堂文集》卷十三，續修四庫全書本。
〔註28〕〔清〕蔣士銓《忠雅堂文集》卷二十二，續修四庫全書本。

痕新。見面憐清瘦，呼兒問苦辛。低回愧人子，不敢歎風塵。」〔註29〕
刻畫父母見兒歸時的喜悅及游子的複雜心情，頗能傳神。《憶藏園》云：
「蓮衣才洗豔，金粟定舒黃。水榭簾都卷，秋庭樹漸香。憑欄人憶遠，
命酒夜生涼。笑引諸雛戲，閒階拜月光。」〔註30〕將家園的美好描摹如
畫，於閒靜中突顯動感，人景無間。蔣士銓還有《京師樂府十四首同吟
鄉作》，是歌詠北京民間風俗人情的組詩。如《弄盆子》、《象聲》、《唱
檔子》、《免兒耶》、《雞毛房》、《唱估衣》等，均刻畫生動，描寫傳神，
是同時人作品中少見的。

　　李調元還看出蔣氏詩才卓異，尤其善於做和詩。《雨村詩話》說：
「和詩有倒疊前韻者，非才思橫逸，卒多牽強。惟蔣心餘書卷流溢縱
橫，說來無不頭頭是道。有《和淡人雨中見過》五古云：『文章比稼
穡，艱苦成美好……不知千載下，誰附檜門草？』又倒疊前韻云：『使
筆如使風，力足偃徑草……用心償飽食，且務計爨好。』順倒皆用，
無一支離語，真大手筆也。中間以詩說詩，備見淵源甘苦。」〔註31〕
和詩本難，倒疊前韻的和詩則更難，所謂「非才思橫逸，卒多牽強」，
雖然這種倒疊前韻的和詩不是詩歌正途，但確實可以看出作者的才
華。蔣氏的《和淡人雨中見過》和倒疊前韻之詩確實不錯，確如李調
元所說的「蔣心餘書卷流溢縱橫，說來無不頭頭是道」，「順倒皆用，
無一支離語，真大手筆也。中間以詩說詩，備見淵源甘苦。」檢遍十
六卷本《雨村詩話》與四卷本《雨村詩話補遺》有理有據地讚揚當時
詩人的詩作確乎不多見，可見李氏對蔣氏的詩歌還是評價公正到位
的，也是甚為推崇的。

　　李調元認為蔣氏有捷才。他說：「百花洲，在南昌城內名勝居第一，
凡顯宦名流燕集必於此。一日，金陵黃淡人招蔣心餘、趙方白……李
二生，攜樂集百花洲，分韻得『鳥』字，心餘即席落筆如飛，未移晷，

〔註29〕〔清〕蔣士銓《忠雅堂文集》卷一，續修四庫全書本。
〔註30〕〔清〕蔣士銓《忠雅堂文集》卷二十三，續修四庫全書本。
〔註31〕詹杭倫、沈時蓉《雨村詩話校正》成都：巴蜀書社，2006 年版 139 頁。

成五百言，詩云：『丘壑隨人境，獨爲勞者寶……暝色動石根，餘情散林杪。醉寫西園圖，留與後賢考。』興會所至，揮灑如意，寫座中十人，各肖其生平，而雜以諢諧。詩成，一時多閣筆……」〔註32〕詩歌爲即席所賦，既檢驗人的學力，又考察人的捷才，蔣氏「即席落筆如飛，未移晷，成五百言」，細讀全詩，可知這首即席而賦的長詩確實如李調元所說的「興會所至，揮灑如意，寫座中十人，各肖其生平，而雜以諢諧」，體現了蔣氏的才華、功力與詩歌風格，近乎杜甫的《飲中八仙歌》。由此可知，蔣氏在詩壇上與袁枚並列，名列「江右三大家」或者「乾嘉三大家」當不是浪得虛名，而是實至名歸；也可知，李調元對蔣氏的評價是準確到位的，對蔣也是真心推崇的。

大概因爲蔣士銓的詩歌兼學蘇軾、黃庭堅與杜甫、韓愈及李商隱，與袁枚的崇尚及風格不類，所以當時便有人認爲蔣氏不如袁枚、趙翼，而多推獎其詞曲，李調元也如此。他在詩話中說：「蔣苕生工於填詞曲，獨步一時。至於詩，不但不及袁子才，亦稍遜趙雲松……然平心而論，詞曲，袁、趙俱不及蔣；詩，蔣俱不及袁、趙。而詩詞俱兼者，斷必推丹徒王夢樓先生。」〔註33〕認爲蔣的詞曲獨步一時是準確的，「詞曲，袁、趙俱不及蔣」也是準確的，從上面的論述可知詩歌「蔣俱不及袁、趙」是值得商榷的。仔細考察三人的詩歌，可知三人的詩歌在思想內蘊、風格特點及體裁上是各有所長的。蔣士銓與袁枚比較，特點不如袁枚鮮明，影響不如袁枚大，但缺陷亦不如袁枚突出。

李調元《寄袁子才先生書》：「以其寶皆不世出之寶也，以其材皆不恒見之材也。如先生之與蔣心餘是已。然其間亦有高下焉。先生居金陵，心餘居鉛山，其地相去甚遠也。而今稱詩者，必曰袁蔣。然蔣實不敵君也。蔣工於詞曲，而詩則間出其奇，然微逃於釋。先生工於詩律，而詞則稍遜其長，然駢體皆精，故外之人多後蔣而先袁。何也？

〔註32〕詹杭倫、沈時蓉《雨村詩話校正》成都：巴蜀書社，2006 年版 141頁。

〔註33〕詹杭倫、沈時蓉《雨村詩話校正》成都：巴蜀書社，2006 年版 42 頁。

亦猶學者先杜而後李，先蘇而後歐也。」〔註34〕文中比較袁枚、蔣士銓的文學成就，認為「蔣工於詞曲，而詩則間出其奇，然微逃於釋」，有道理；認為袁「工於詩律，而詞則稍遜其長，然駢體皆精」，也是較為準確的。至於二人排名的先後，李氏認為蔣氏類杜甫、蘇軾，袁枚類李白、歐陽修，正如唐代的李杜與宋代的歐蘇一樣，先後不過是習慣使然，其實是不必先後的。他在《答趙雲松觀察書》中說：「詩人皆稱袁蔣，而愚獨黜蔣崇趙，實公論也。」〔註35〕認為當時詩人以袁蔣並列，足見是當時公論，他「獨黜蔣崇趙」，認為這也是公論。這種說法有一定道理，但不能否認的是書信寫給趙翼，所以自然會傾向於讚美趙翼，這也可以理解。

　　不過李調元晚年對三大家的評價與排名似乎有所變化。寫於辛酉（1801）《和趙雲松觀察見寄感賦四律原韻》之三云：「袁蔣同分鼎，王朱若合符。」〔註36〕詩歌寫給趙翼，便不評價對方，詩歌將袁、蔣與另外兩個詩派領袖王士禎、朱彝尊對舉並列，足見對蔣的詩歌及其在詩壇的地位是首肯的。寫於壬戌（1802）《得趙雲松前輩書寄懷四首》之四云：「袁趙媲唐白與劉，蔣於長慶僅元侔。」注：時有程秀才創為拜袁揖趙哭蔣三圖。〔註37〕詩中將江右三大家與中唐元白、劉白相比較，認為袁枚近白居易，趙翼近劉禹錫，蔣士銓近元稹，這個比較性評價倒確實有意思：袁枚學楊萬里而上溯至白居易，趙翼有史家的眼光與豪氣，與「詩豪」劉禹錫有近似處，蔣士銓少年時學李商隱，作有不少豔詩，詞曲也多寫情，近乎元稹也有道理。因為蔣士銓長於詞曲，所以《雨村詩話》專論蔣氏的第一則詩話便記載其為人納姬的賀詞《賀新郎》「水院春風護」「本是多情人」二首，二詞寫情，

〔註34〕《童山文集》卷十，叢書集成初編本，北京：中華書局，1985年版。
〔註35〕《童山文集》卷十，叢書集成初編本，北京：中華書局，1985年版。
〔註36〕《童山詩集》卷四十一，叢書集成初編本，北京：中華書局，1985年版。
〔註37〕《童山詩集》卷四十二，叢書集成初編本，北京：中華書局，1985年版。

委婉含蓄而又自然爽朗，李調元評價說：「詞出後，一時盛傳。」表明他對蔣氏詞的讚揚。

另外，《雨村詩話》還記錄了袁、蔣交往的故事：「袁子才初不識苕生，甲戌春，往揚州，過宏濟寺，見壁上題詩云：『山水爭勝文字緣，腳跟猶帶九州煙。現身莫說三生事，我到人間廿四年。』末署『苕生』。子才錄其詩，遍訪之。一日，遇熊滌齋先生，告以姓名，曰：『江西才子也。』子才曰：『此翰林才。』遂以書交。己丑，苕生果館選，自是始密。」〔註38〕詩話記錄了袁、蔣交往的一段佳話。這則詩話當來自《隨園詩話》：「余甲戌春，往揚州，過宏濟寺，見題壁云：『隨著鐘聲入梵宮，憑誰一喝耳雙聾？桫欏不解無言旨，孤負拈花一笑中。』『山水爭留文字緣，腳根猶帶九州煙。現身莫問三生事，我到人間廿四年。』末無姓名，但著『苕生』二字。余錄其詩，歸訪年餘。熊滌齋先生告以苕生姓蔣，名士銓，江西才子也。且爲通其意。苕生乃寄余詩云：『鴻爪春泥迹偶存，三生文字繫精魂。神交豈但同傾蓋，知己從來勝感恩。』已而入丁丑翰林，假歸，僑寓金陵，與余交好。」〔註39〕兩相對比，可知李調元的記載源自袁枚的《隨園詩話》，這也證明《雨村詩話》的寫作宗旨、體例與內容都明顯受《隨園詩話》的影響，連具體內容也有不少照錄或者刪改者，因此那種認爲《雨村詩話》已先正式刻印而沒有受袁枚影響的說法是站不住腳的。

綜上可知，李調元與蔣士銓的交往雖然較少，但情誼甚深，對其人格情操是高度讚揚的，對其文學成就的評價也是頗爲準確到位的：重視蔣氏的戲曲，準確評價其戲曲並高度讚揚之，對其詞也予以采錄並讚揚之；對其詩則認可不如袁、趙之說，但又認爲其詩在思想內蘊、風格、體裁等方面自有特點，是乾嘉時期的大家。

〔註38〕詹杭倫、沈時蓉《雨村詩話校正》，成都：巴蜀書社，2006 年版 42 頁。

〔註39〕〔清〕袁枚《隨園詩話》卷一，北京：人民文學出版社，1982 年版 14 頁。

二、李調元和趙翼

（一）李調元與趙翼的交往

趙翼（1727 年～1814 年），字雲松，一字耘崧，號甌北，晚號三半老人，漢族，江蘇陽湖（今江蘇省常州市）人。清朝著名文學家、史學家。乾隆二十六年（1761）進士。官至貴西兵備道。旋辭官，主講安定書院。長於史學，考據精眀。論詩主「獨創」，反摹擬。五、七言古詩中有些作品，嘲諷理學，隱寓對時政的不滿之情。所著有《甌北全集》、《甌北詩話》、《廿二史劄記》、《陔餘叢考》等。早年家境清貧。自六歲起，即隨作塾師的的父親就讀於外，十五歲父卒之後即接過父業應聘為富家課徒。乾隆十四年（1749 年）被迫赴京投奔親戚。抵京後以其文才受知於刑部尚書兼翰林院掌院學士劉統勳，在劉家纂修《國朝宮史》。翌年秋中舉，旋被聘入汪由敦幕署。乾隆二十一年，入直軍機，尹文端公、傅文忠公等倚重之，奉命草擬文書。辛巳（乾隆二十六年）成進士，殿試第三，授翰林院編修。以後數年，相繼參加了《平定準噶爾方略》和《御批通鑑輯覽》兩部官修史書的編寫，還數度主持鄉會試事宜。

李調元乾隆二十五年庚辰進京應會試，乾隆二十六年辛巳官內閣中書，次年壬午住北京椿樹三條胡同，與趙翼對宅，二人交往密切，且與王夢樓、畢秋帆、祝芷塘等訂交唱和，人稱為「小李將軍」，乾隆二十八年癸未（1763）進士，房師即王夢樓、趙翼，改翰林院庶吉士，《童山自記》有追記。他又謂：「癸未，余始謁趙雲松先生於寓所椿樹三條胡同，汪文端公舊宅也。余時官中書，與雲松宅門斜對，朝夕過從，詩酒言歡。癸未會試，雲松為分校。」〔註40〕這則詩話前面有一條說：「陽湖趙雲松翼，乾隆辛巳探花，余中書同年也，為人頷尖而面小，似猿，而胸中書氣逼人。癸未，散館引見後，上語大學士傅忠勇曰：『此人文自佳，而殊少福相。』」〔註41〕這則詩話似有不尊

〔註40〕詹杭倫、沈時蓉《雨村詩話校正》，成都：巴蜀書社，2006 年版 51 頁。
〔註41〕詹杭倫、沈時蓉《雨村詩話校正》，成都：巴蜀書社，2006 年版 50 頁。

之嫌，且李氏在辛巳爲中書，而趙翼授翰林院編修，應該不是所謂同年。惜乎李調元的其他詩文未見記載，不過晚年卻有回憶：「憶自辛巳之間，得附譜末，同居京師椿樹三條胡同，門僅斜對，過不數武，日與唱酬往返。每見先生玉堂著作，甫脫稿即傳播人口，竊以此才天授，爲之執鞭，亦所忻慕。」〔註42〕趙翼也回憶說：「京華舊遊迹，振觸一燈前。」〔註43〕「回憶春明征逐，詩酒流連，此景何可再得也。」〔註44〕足見李調元與趙翼的亦師亦友的交誼非常深厚，所謂「唱酬往返」「詩酒流連」。

乾隆三十一年冬，趙翼出任廣西鎮安知府，革弊懲奸，籌劃與緬甸戰事。臨行，已散館任吏部主事的李調元有《送編修趙雲松翼出守鎮安》。應該說趙翼沒有辜負李調元的希望，他在鎮安知府任上革弊懲奸，籌劃與緬甸戰事，卓有治績。乾隆三十五年，趙翼調守廣州，治海盜有功，未幾擢貴西兵備道。不料乾隆三十七年十月，因他當初在廣州處理失誤的一樁舊案被朝廷追究，受到降一級調用的處分，當路將奏留，他以母老力辭。歸里侍養五年後遂不復出。乾隆四十五年五月，他取道山東赴京，不料中途忽患風疾，於是只好掉頭南歸。此後歸隱長達三十餘年。如此，朝廷可能少了一員良吏能員，而中國卻多了一位著名的史學家與文學家。因爲趙翼的《廿二史劄記》、《陔餘叢考》是清代史學名著，憑藉《甌北詩鈔》、《甌北詩話》趙翼也成爲清代著名的詩人與詩學家。

自別後，趙李二人未能再見，且極少有書信往來。其間，乾隆四十三年（戊戌 1778）有人冒充趙翼之子持《甌北全集》拜謁李氏，李氏記載在《童山詩話》卷五。

〔註42〕《答趙雲松觀察書》，《童山文集》卷十，叢書集成初編，北京：中華書局，1985 年版。

〔註43〕趙翼《致李雨村觀察》《童山詩集》卷四十一附，叢書集成初編，北京：中華書局，1985 年版。

〔註44〕《童山文集》卷十附趙翼覆信，叢書集成初編，北京：中華書局，1985 年版。

李調元辛酉（1801）有《戊戌年余視學粵東，闇人以趙雲松觀察子名帖求見，並以甌北集爲贄，余見之留飯，贈三十金而去，昨接雲松書，言其時子尚幼，並未入粵，乃假名干謁也，不覺大笑，作詩見寄，余亦爲捧腹，依韻答之》：「人生萬事盡傳奇，尤是官場不易知。頭角居然高我子，言談殊不肖君兒。贈金小事原無惜，款飯殊恩悔莫追。未接手書終不解，怪無一字謝微資。」〔註45〕《雨村詩話》卷五也有記敘，晚年詩歌也有反映。乾隆四十八年（癸卯 1783）李氏有《趵突泉用趙雲松韻》（《童山詩集》卷二十四），乾隆六十年（乙卯1795），李氏《綿竹楊明府實之座上詠牡丹戲贈》詩末句「勾他叛呂又何妨」自注：「我欲勾他叛呂防，趙雲松戲袁子才寵客劉霞裳句也。楊明府時有寵客宋桂，欲從余學，故借用之。」〔註46〕說明李氏對趙翼是瞭解的，但沒有書信往來及詩文唱和。

直到嘉慶五年九月（庚申1800）趙翼「忽從姚姬傳處，遞到《雨村詩話》一部，載拙作獨多，翻閱之餘，感愧交並」，且得知十二年前有人冒充兒子拜謁李氏的事，於是託綿州知府劉慕陔捎信給李，李氏立即回信，次年有《劉慕陔州尊遣吏送趙雲松前輩書，時萬卷樓焚，雲松不知也，因作詩寄之，亦當爲我一哭也》：「不恨同心各一天，只嗟書箚也茫然。粵東宦迹同鴻爪，川北民膏瀝鵠拳。趙括父書偏不讀，劉宏吏紙屢郵傳。是災是火俱休問，作答忙封附去船。」〔註47〕又有《戊戌年余視學粵東，闇人以趙雲松觀察子名帖求見，並以甌北集爲贄，余見之留飯，贈三十金而去，昨接雲松書，言其時子尚幼，並未入粵，乃假名干謁也，不覺大笑，作詩見寄，余亦爲捧腹，依韻答之》。其後又有《得趙雲松前輩書寄懷四首》〔註48〕此詩或者爲嘉慶五年李氏得趙翼信後所作，《童山詩集》編輯有誤。此後趙翼有五言律詩四

〔註45〕《童山詩集》卷四十一，叢書集成初編，北京：中華書局，1985年版。
〔註46〕《童山詩集》卷三十四，叢書集成初編，北京：中華書局，1985年版。
〔註47〕《童山詩集》卷四十一，叢書集成初編，北京：中華書局，1985年版。
〔註48〕《童山詩集》卷四十二，叢書集成初編，北京：中華書局，1985年版。

首致李氏，李氏有和詩。次年趙翼有《有感流賊》寄李氏，李氏有答詩《和趙雲松有感流賊原韻》。

　　從前面的簡介可以看出，在性靈派三大家之中，李調元與袁枚屬於神交，與蔣士銓有準確記載的交往在「壬寅相見於順城門之撫臨館」，但卻無詩文表現之，與趙翼的交往最早，時間在乾隆二十六年至三十一年（辛巳至丙戌）之間，其中辛壬之間，同居京師椿樹三條胡同，最爲接近，不過除趙翼出守鎮安有詩相贈外，也無詩文記載。至近三十年後的嘉慶五年九月（庚申）才又有書信往來，此後唱和不少，可謂有始有終。從往來的詩文看，趙翼這位著名前輩文學家、詩學家並無驕矜之態，而是十分謙虛客氣，還主動致書贈詩關心李調元。相應，李調元也尊重師友趙翼，主要表現在其《雨村詩話》中大量採錄趙翼的詩歌，計約趙翼 26 處，81 首，包括長篇七古《李郎曲》，僅僅只少於袁枚及王夢樓，評論也較多較高。何以采錄如此之多？可能一是李氏親近性靈派，二是乾隆四十三年（戊戌）那個冒名趙翼兒子的人雖然可能造成誤會，但卻送給李氏《甌北全集》，後來趙翼又贈給李氏《甌北詩鈔》，李氏有原著在手，所以批閱採錄評論較多。這與李氏編輯有《袁枚詩選》所以《雨村詩話》中多袁詩相類似。

（二）李調元對趙翼的評價

1、李調元對趙翼詩歌的總體評價

　　李調元說：「近時詩推袁、蔣、趙三家，然皆宗宋人。子才學楊誠齋，而能各開生面，此殆天授，非人力也。心餘學山谷，而去其艱澀，出以響亮，亦由天人兼之。子才亦自言：『余不喜山谷而喜誠齋，心餘不喜誠齋而喜山谷。』雲松立意學蘇，專以新造爲奇異，而稗家小說，拉雜皆來，視子才稍低一格，然視心餘，則殆過者而無不及矣。」〔註49〕這段話比較綜合論述袁枚、趙翼、蔣士銓三人，認爲三家都宗宋人，有不足法的意思。認爲趙翼「立意學蘇」，即專門學蘇或者主

〔註49〕詹杭倫、沈時蓉《雨村詩話校正》，成都：巴蜀書社，2006 年版 33 頁。

要學蘇，其創新主要在「專以新造爲奇異」，在學習繼承的基礎上出新出奇是好的，但缺點是將稗家小說等內容典故入詩，有不純之憾，所以比袁枚稍低一格，但卻高於蔣士銓。尙鎔的評價應該更爲全面：「子才學楊誠齋而參以白傅，苕生學黃山谷而參以韓、蘇、竹垞，雲崧學蘇、陸而參以梅村、初白。平心而論，子才學前人而出以靈活，有纖佻之病；苕生學前人而出以尖銳，有粗陋之病；雲崧學前人而出以整麗，有冗雜之病。」〔註 50〕認爲「子才學楊誠齋而參以白傅」，楊萬里的詩歌本就生新活潑，如彈丸脫手，袁枚更別開生面，突出一個「新」字，所謂「參以白傅」，即學習白居易的閒適詩恬淡清新通俗之氣，而蔣士銓則兼學宋代的蘇、黃與唐代的韓愈及清代的朱彝尊，趙翼也兼學宋代的蘇軾、陸游和清代的吳梅村、查初白。這話應該有根據。他的《甌北詩話》系統地評論李白、杜甫、韓愈、白居易、蘇軾、陸游、元好問、高啓、吳偉業、查愼行等十家詩，重視詩家的創新，立論比較全面、允當，但取向是明確的，即於宋重視蘇軾、陸游，於清重視吳偉業、查愼行。趙翼存詩 4800 多首，以五言古詩最有特色。如《古詩十九首》、《閒居讀書六首》、《雜題八首》、《偶得十一首》、《後園居詩》等，或嘲諷理學，或隱寓對社會的批評，或闡述一些生活哲理，頗有新穎思想。七古如《將至朗州作》、《憂旱》、《五人墓》，七律如《過文信國祠同舫菴作》、《黃天蕩懷古》、《赤壁》等，都有特色，並在造句、對仗方面見出功力。作爲著名歷史學家，他的詩歌自然會以史實甚至稗家小說入詩，還加以評論，因此有時議論過多，過於散文化，顯得形象性較差。

2、以新造為奇異

趙翼爲詩主張創新。作於乾隆四十九年的《論詩》五首說：「滿眼生機轉化鈞，天工人巧日爭新。預支五百年新意，到了千年又覺陳。」

〔註 50〕〔清〕尚鎔《三家詩話》，《清詩話縮編本》，上海：上海古籍出版社，1983 年版 1923 頁。。

「李杜詩篇萬古傳，至今已覺不新鮮。江山代有才人出，各領風騷數百年。」「隻眼須憑自主張，紛紛藝苑漫雌黃。矮人看戲何曾見，都是隨人說短長。」「少時學語苦難圓，只道工夫半未全。到老始知非力取，三分人事七分天。」〔註51〕第一首認爲自然萬物長新，所以人巧必然求新，合起來便是「天工人巧日爭新」，從自然萬物及哲學的角度說明新的必然性。如此則新舊對立統一：今日新，他日便陳；今日覺陳，往日卻新。第二首延伸到詩壇，認爲即便最偉大的詩人與詩篇都只能領一時風騷，時代在變化，人更在變化，所以必需創新。第三首講怎樣創新，即所謂獨具隻眼，自有主張，而不能矮人看場。因爲主張創新，又認識到文學藝術的特殊性，所以第四首便強調天才，所謂「三分人事七分天」，這個劃分是較爲準確的。

李調元認爲趙翼「立意學蘇」，但又「專以新造爲奇異」，也即首重創新。重視創新自然就多變化，而不拘格律。李調元說：「趙雲松……其爲詩千變萬化，不可以格律拘，而筆舌所奮，如諧如莊，往往令人驚心動魄。人皆推其古歌，余獨愛其近體。」〔註52〕認爲趙翼重視創新，具體而言便是「爲詩千變萬化，不可以格律拘」，如此則能揮灑自如，表達複雜豐富的情意，有「如諧如莊，往往令人驚心動魄」的審美效果。一般人認爲趙翼詩歌以古體最好，因爲古體較爲自由，長於能敘事，並隱寓對社會的批評，或闡述生活哲理，寄寓新穎的思想，但李調元卻認爲他的近體也很好，換言之，認爲趙翼的古體、近體都有佳作。

3、工於懷古

眞正的歷史學家不僅要熟悉歷史，考據精審，熱愛歷史，而且要有歷史精神，要有極高的史識，趙翼正是這樣的大歷史學家而兼詩人，他自然會工於懷古。所謂工於懷古，既要在考辨研究的基礎上熟

〔註51〕〔清〕趙翼《甌北集》卷二十八，上海：上海古籍出版社，1997 年版 630 頁。
〔註52〕詹杭倫、沈時蓉《雨村詩話校正》，成都：巴蜀書社，2006 年版 51 頁。

悉歷史，也要熱愛歷史，更要能觸歷史（古迹、古事、古人）而生情思，總結出歷史發展的規律與經驗教訓，並用形象的語言將其表現出來，使詩歌富有作者的情感理念與精神，歷史在詩歌中祇是一種文化意象，再由意象融合成意境，使詩歌保持其抒情本質與審美特性，而不是單述史實，或者單發史論。中國歷史漫長，古迹、古事、古人眾多，從《詩經》之《雅》、《頌》與《楚辭》開始，詩人便常發思古之幽情，也間接表現抒發對現實社會及現實人生的感慨，懷古成爲詩歌的一大題材與門類，歷代的詩壇大家與名家幾乎都有懷古名篇，甚至可以說沒有懷古名篇就不能稱爲大家或者名家。

李調元說：「雲松工於懷古，《樓桑村》云：『敵強終造三分國，士少能臣第一流。』又《金川門懷古》云：『前史曾傳靖難兵，摩戈從此破神京。削藩禍起書生計，負扆圖慚叔父名。一領袈裟宵出竇，九江紈綺曉翻城。興師若不論成敗，高煦宸濠豈異情？』末二句千秋定論。」〔註53〕作爲中國歷史上第一流的歷史學家與著名詩人，趙翼必然工於懷古。李調元引其詩歌來證明。

樓桑村是蜀漢昭烈帝劉備的故鄉，在今河北涿縣。據《三國志》載：「先主（劉備）舍東南角籬上有桑樹，高五丈餘，遙望童童如車蓋，先主少時，常與族中諸兒戲於樹下。」〔註54〕後因稱樓桑里，劉先主死後，鄉人曾建廟以作紀念。廟在涿縣西南十里。趙翼此聯概括了劉備成功與遺憾的原因，成功的原因是北有曹操，東有孫權，強敵環視，因此而能發奮自強，最終能建立蜀國而三分天下，也就是孟子所說：「入則無法家拂士，出則無敵過外患者，國恒亡。然後知生於憂患而死於安樂也」〔註55〕最終沒能統一天下的原因是劉備雖如諸葛亮所說的佔有人和，但這僅僅是劉備與諸葛亮君臣諧和，卻缺少第一

〔註53〕詹杭倫、沈時蓉《雨村詩話校正》，成都：巴蜀書社，2006年版114頁。

〔註54〕〔晉〕陳壽《三國・蜀志・先主傳》，百衲本二十四史。

〔註55〕《孟子・告子下》，朱熹《四書集注》，北京：中華書局，1983年版348頁。

流的能臣，而僅僅只有諸葛亮等少量人才。簡言之，成就王業靠的是面對強敵而自強不息的精神與眾多的人才，這當是中肯之論。金川門為南京十三城門之一，1402 年，朱元璋四子燕王朱棣起兵攻佔南京，就是從金川門入城的，史稱「靖難之役」。朱棣成為永樂皇帝後，對金川門格外看重，委派其妹寶慶公主的夫君趙輝駙馬充任金川門的「千戶守」。明末，金川門曾一度封閉。為何有朱棣奪取皇權的「靖難之役」，歷代爭論不已，趙翼在《金川門》一詩中有句云：「乃留弱幹制強枝，召亂本由洪武起」，「豈知釁即起蕭牆，臂小何能使巨指。」〔註 56〕明確地指出肇禍的根源乃在朱元璋身上，正是分封諸王制度造成了幹弱枝強、指大於臂，最後便禍起蕭牆，無法收拾。這應該是溯源追本之論。至於「靖難之役」後建文皇帝是死是逃亡，後世說法頗多，朱棣在位時說建文已死，但民間疑為逃亡之說盛行。乾隆末葉，明亡已逾百年，所謂「朱三太子」被獲處死也過去了六十多年，朝廷已不再擔心明室嫡裔復辟的事，於是在乾隆四十二年，詔改明史本紀，把「建文焚死」改為「棣（永樂帝）遣中使出后（馬皇后）屍於火，詭言帝屍」。〔註 57〕趙翼的《金川門懷古》詩中，有「一領袈裟宵出寶，九江紈綺夜翻城」，「從亡芒履千山險，駢戮歐刀十族空」〔註 58〕之句，坐定了建文出亡之事，並敢於議論明成祖慘酷殺戮建文遺臣的暴政，即是明證。

4、以詩為戲

李調元說：「雲松詩有可學，有不可學。可學如……俱工麗。不可學者七古如……未免以詩為戲也。」〔註 59〕所舉可學的詩歌的體裁都

〔註 56〕〔清〕趙翼《甌北集》卷三十五，上海：上海古籍出版社，1997 年版 827 頁。

〔註 57〕見修改後的定本四庫全書本《明史》。

〔註 58〕〔清〕趙翼《甌北集》卷二十，上海：上海古籍出版社，1997 年版 427 頁。

〔註 59〕詹杭倫、沈時蓉《雨村詩話校正》，成都：巴蜀書社，2006 年版 53 頁。

是七言律絕，題材則有贈人《汪文端詩》、《贈袁子才》、《哭心餘》、《錢司寇》，有寫景抒情者如《青燈》、《村舍》、《歸里》、《六十》，有懷古詩《定軍山》《汴梁雜詩》，也有詠物詩如《詠美人風箏》，重在抒情詠懷，富有形象性與感染力，而且對偶工麗，所以列舉出來加以讚揚。所舉不可學者為七古《十不全歌》，題目與題材便已經有戲謔意味，而詩中的「自從塑就人樣字，化工能事始畢矣。聽他夫妻父子依樣畫葫蘆，大概不出範圍裏」等詩句，則不僅思想內蘊具有戲謔味道，主旨在議論，而且語言散文化、俚俗化，因此更具有較濃的以詩為戲的味道。據李調元的口氣，詩中表現詼諧滑稽是可以的，但不可過度。

李調元又說：「雲松詩多愛嘲笑，有句云：『惟有童村讀書聲，郁郁乎文喧不已。』謂錯讀『郁郁乎文』之句也，則近於發科打諢矣。又集中有《夏將軍廟》，言即傳奇《醉隸夏得海》事，雖見《明史·蔡錫傳》中，亦可不必入集。」〔註60〕認為趙翼「多愛嘲笑」，這尚不是毛病，但將村童錯讀句讀寫入詩中加以嘲笑，則近乎插科打諢，顯得過分。李調元還認為詩中表現歷史人物應該言之有據，否則便逗人嘲笑。趙翼的《夏將軍廟》寫明代夏將軍被後人立祠供奉之事，夏將軍之事《明史·蔡錫傳》有簡介，傳奇《醉隸夏得海》亦有表現，不過真偽不得而知，所以不必寫成詩歌流傳，否則便會引人嘲笑。李調元強調寫歷史人物、歷史事件應該信而有徵，有道理，尤其是趙翼這樣的大歷史學家，但詩歌畢竟不同於歷史，寫傳奇中的歷史人物以寄寓作者的感慨也是可以的。

趙翼《簷曝雜記》說：

洛陽橋少時見優人演蔡忠惠修洛陽橋，有醉隸入海投文之事，以為荒幻。《明史》及閱，則鄞人蔡錫守泉州時事也。余至泉州，過此橋，果壯麗。橋之南有忠惠祠，手書碑記猶在。旁有夏將軍廟，即傳奇所謂醉隸夏得海也。橋名萬

〔註60〕詹杭倫、沈時蓉《雨村詩話校正》，成都：巴蜀書社，2006 年版 54 頁。

安而曰洛陽者，其地有洛陽社，此水亦名洛陽江也。按《閩書》以此事屬蔡錫，並記橋圮時有《石讖》云「石頭若開，蔡公再來」，以爲錫之證。而《堅瓠集》、《名山記》皆亦以爲忠惠事。又云：其母先渡此江，遇風，舟將覆，聞空中有聲呼「蔡學士在」，風遂止。同舟數十人問姓名。公母方有娠，心竊喜，發誓願，如果符神言，當造橋以濟行者。後公守泉而母夫人尚在，遂奉母命成之。

而附會者又謂呂洞賓遭劫時，避於公爐內得免，乃謝以筆墨。公造橋時，以之書符檄，故能達海神云。其說不經。而《府志》兩存之。究未知其爲襄與錫也。今按忠惠手書碑記一百五十二字，但誌其長三百六十餘丈，廣丈五尺，洞四十有七，用錢一千四百萬有奇，而其他不及焉。使其奉母命，且有海神相之，則安得不誌親惠而著神麻？然則醉吏一事，非忠惠可知也。至橋之長三四百丈固雄壯，然閩橋如此者甚多。福州之南臺，長不及而廣過之，石視萬安更新整。即泉州一府，如通濟橋長八十餘丈，順濟橋長一百五十餘丈，大通長二百餘丈，鎮安長三百餘丈，盤光四百餘丈，東洋四百三十餘丈，醮水二百四十二道，安平八百十有一丈，醮水三百六十二道，其他以數十丈計者，更指不勝屈也。蓋閩多海汉而又有石山，汉闊而取石易，故規制如此。余所見天下橋梁，滇、黔之用鐵索，閩之用石，皆奇觀也。〔註61〕

5、批評趙翼詩偏於蕪雜

李調元說：「雲松詩最富。余在粵東時，其子來謁，以《甌北全集》見示，雖美不勝收，而微嫌其不能割愛。今玉溪自成都回，見貽一冊，名《甌北詩鈔》，則雲松手刪，僅存什一，可謂去滓存液矣。有《自題刪改舊詩》云：『愛筍食其嫩，食蔗愛其老。愛嫩則棄根，愛老則棄杪。非人情不常，物固難兩好。何況詩文境，所歷有遲早。少時擅藻麗，

〔註61〕叢書集成初編本，北京：中華書局，1985 年版。

疵類苦不少。老去斯剷除，又覺才豔槁。安能美並存，病處又俱掃。晚作蔗根肥，少作筍尖小。』眞閱歷有得之言。」〔註62〕這則詩話首先肯定趙翼詩歌的豐富，認為《甌北全集》豐富，總體上可稱美不勝收，但又「微嫌其不能割愛」，以至有蕪雜之弊，後面又讚揚趙翼親手刪削僅存什一的《甌北詩鈔》是「去滓存液」。前後比較，可知趙翼的全集瑕瑜互見，而親自刪削的選集則多存精華，說明趙翼不愧為有自知之明的學者兼詩人。這裡要說明的是，作為全集當收入所有詩作，任何人的作品都不可能全部都是精妙之作，所以瑕瑜互見是正常現象，不值得非議，反之，選集就應該主要是精華了。

李調元採錄了趙翼的《自題刪改舊詩》。趙翼的詩歌以竹筍甘蔗為喻，說明了詩歌風格因為年齡、閱歷的影響有老練老辣與稚嫩華美兩類，世人對這兩類風格也各有所好，所謂「愛筍食其嫩，食蔗愛其老。愛嫩則棄根，愛老則棄杪」。他進而認為這兩類風格各有其優點與缺點，不能適合所有人的口味是正常的，所謂「物固難兩好」，且這種風格的變化不是「人情不常」的結果，而是受年齡、閱歷的影響而自然產生的。他認為這兩種詩文境界凡人都要經歷，是一種普遍規律，但又「所歷有遲早」。他還結合自身的創作來說明這種變化，並分析其弊病，表明自己的苦惱：少時擅藻麗，疵類苦不少。老去斯剷除，又覺才豔槁。最後提出了詩歌創作的最高境界是「安能美並存，病處又俱掃」，且能保持其特點，所謂「晚作蔗根肥，少作筍尖小」。趙翼的這首詩歌以詩論詩，論述的是年齡閱歷與詩歌風格變化的關係，以及老嫩兩種風格的特點及人們對其的態度，涉及詩歌審美論、創作論，以及文藝心理學與文藝生態學，蘊意深厚複雜，但他結合自身實踐來談，屬於親身體會參悟的見道之言，且以比喻出之，意深而語淺，實現了生動形象與蘊含深厚的結合。李調元讚揚其為「眞閱歷有得之言」，這說明他不僅贊同趙翼的觀點，而且讚揚其通過形象與比喻來寓理的詩歌。

〔註62〕詹杭倫、沈時蓉《雨村詩話校正》，成都：巴蜀書社，2006年144～145頁。

（三）李調元趙翼互贈詩文解讀

1、《送編修趙雲松翼出守鎮安》

詩云：

　玉堂揮翰究推誰，二載螭頭四海知。

　自古詞臣多出守，況今才子最能詩。

　桄榔樹底行苗步，荔枝門中謁柳祠。

　莫遣煙瘴侵鬢髮，他年燕許候摛詞。〔註63〕

這是今存爲李調元詩文集第一首有關趙翼的詩歌，寫於乾隆三十一年冬，李調元當時剛剛散館任吏部文選司主事。詩歌首聯推戴趙翼，說趙翼在翰林院瀟灑揮筆，頃刻成文，以至獨佔鰲頭，四海知名。頷聯送別，對友人寄予很高的希望，古今翰林詞臣出守地方，一經歷練，必然大用，何況趙翼已經是舉國知名的大才子與著名詩人。頸聯想像友人出守廣西的情景：在桄榔樹下「行苗步」，熟悉民情，體恤民意，成功地治理安撫少數民族，爲國立功，也沒有忘了去拜謁前輩詩人柳宗元的祠堂。最後祝願友人「莫遣煙瘴侵鬢髮」，而應該早日回朝，朝廷正需要你這樣的「燕許大手筆」寫詩著文，言下之意是希望趙翼也成爲唐代燕國公張說、許國公許頤一樣身居高位的一代名臣，成爲提倡文教的楷模。李調元的眼光是準確的，對趙翼的評價也是準確的，遺憾的是乾隆中後期因爲封建社會的痼疾，也因爲乾隆奢侈無度，好大喜功，致使奸寵和珅等擅權，吏治敗壞，所謂乾隆盛世掩蓋下的中國社會已經危機重重，真正的正直有爲之士斷然不會有好結果。趙翼在乾隆三十一年冬出任廣西鎮安知府，乾隆三十五年調守廣州，未幾擢升貴西兵備道，仕途頗爲順暢。不料乾隆三十七年十月，因他當初在廣州處理失誤的一樁舊案被朝廷追究，受到降一級調用的處分，當路將奏留，但他已知難有作爲，於是便以母老力辭，此後歸里侍養五年後遂不復出。乾隆四十五年五月欲再入仕途，不料中途忽患風疾，於是只好掉頭南歸，終於歸隱。

〔註63〕《童山詩集》卷八，叢書集成初編，北京：中華書局，1985年版。

2、《趙翼與李調元書》

書云：

> 同年至好，一別三十餘年，萬里相望，無由通問。回憶春
> 明征逐，詩酒流連，此景何可再得也。忽從姚姬傳處遞到
> 《雨村詩話》一部，載拙作獨多。翻閱之餘，感慨交並，
> 知足下之愛我有癖嗜也。伏念弟與足下出處大略相同，然
> 足下動筆千言，如萬斛泉，不擇地湧出。而弟循行數墨，
> 蚓竅蠅聲，其才固已萬不能及。足下居有園亭聲伎之樂，
> 出有江山登覽之勝，著書滿家，傳播四海，提倡風雅，所
> 至逢迎。而弟終日掩關，一編度日，生計則僅支衣食，聲
> 名則不出鄉閭，以視足下之晞髮扶桑，濯足滄海，又豈特
> 楹之與莛耶？惟是年來海內故人多半零落：袁子才、王西
> 莊，俱於前歲物故，祝芷塘去冬又辛於雲間。惟吾二人尚
> 慭遺無恙。東西萬里，白首相望，不可謂非幸事也。弟所
> 著詩集外，已刻者尚有《陔餘叢考》四十三卷，未知曾得
> 呈覽否？近有《廿二史箚記》三十六卷，今歲可以刻成。
> 此後亦不能再有所著述矣。《雨村詩話》中有趙雲松子叩謁
> 於廣東學署一段。足下提學粵東時，小兒年僅勝衣，從未
> 有遊粵者。此不知何人假冒干謁，遂使弟有此乾兒，可發
> 一笑。並縷及之，想足下亦爲捧腹也。聞蜀中流匪充斥，
> 而綿州獨晏如，可爲遙賀。然烽煙倥擾中，恐亦不免戒心。
> 昔日將軍之稱，或將弄假成眞。弟翹首西瞻，惟時時灑酒
> 祝平安耳。州牧劉君，係弟內姪，聞居其官，頗有循良之
> 譽。儻地方有守禦之事，尚祈協力佽助爲禱。吳雲蜀嶺，
> 相見何日，蘸筆縷述，不禁黯然。〔註64〕

這封書信附於《童山文集》卷十，《雨村詩話補遺》最後一則也敘述
收信前後之事，還轉載了這封信。《雨村詩話補遺》卷四說：「庚申八
月十八日，余回南村省墓，見書樓已成灰燼，長子及養子皆逃，房屋

〔註64〕 《童山文集》，叢書集成初編，北京：中華書局，1985年版，又載《雨
村詩話》補遺卷四。

為土賊拆毀殆盡。本州尊為武進劉慕陔先生印全，壬辰進士，由資陽令升合州刺史，擢綿州六年，歷有廉名，余向以老病未得展謁。未歸，曾蒙枉駕至家查問，是以土賊稍戢，不然，片瓦難存也。九月初八日，慕陔忽差人送故人趙雲松七月初五日書至，問之，則甌北即慕陔姑丈也。」這段話交代了收信前的背景，具體的收信日期是庚申九月初八日，趙翼寫信日期是同年七月初五日，由趙翼內侄知府劉慕陔捎帶來。轉載書信後李調元寫道：「以三十餘年未得見之知己忽通音訊，為之狂喜，遂即日作詩寄甌北云……。」〔註65〕結合趙翼的書信與《雨村詩話》的記載，可知趙翼從姚鼐處得到《雨村詩話》，因為其中記載他的詩歌很多，且有有人冒充其兒子一事需要解釋，於是在七月初五日修書一封，託內侄綿州知府劉慕陔帶去，劉氏差人送信，送到的時間是庚申九月初八日。劉氏任綿州知府六年，李調元因為「老病未得展謁」，李氏萬卷樓失火之後劉「曾枉駕至家查問」。得信之後，李調元感慨萬分，當即寫詩抒懷，並且回信。其後又有《得趙雲松前輩書寄懷四首》反覆致意。

趙翼的書信寫得很好。首先，他抒發了三十餘年的別情及「萬里相望，無由通問」的遺憾，回憶當年「春明征逐，詩酒流連」的情景，感慨「此景何可再得也」。第二，寫「忽從姚姬傳處遞到《雨村詩話》一部，載拙作獨多」，既直接向對方表示感謝，又間接說明了來信的主要原因。第三，承上，接著對比二人的才華、成就、名聲及生活，讚美對方，表示謙遜。第四，轉而回憶故人零落，感慨時光之易逝與幸存之不易，與故人友誼的珍貴。第五，介紹自己近年的兩部著作，願意與朋友交流切磋。第六，解釋有人假冒干謁一事，以為笑料。第六，由衷地關心故人平安。這段文字一波三折，首先遙賀對方在流匪充斥的戰亂中平安晏如；其次一轉，寫然而烽煙俶擾，局勢萬變，身在其中者肯定後時有戒懼之心；再次，回顧當年初交時之往事，當年

〔註65〕詹杭倫、沈時蓉《雨村詩話校正》，成都：巴蜀書社，2006 年 415～416 頁。

在椿樹胡同對門而居，眾人稱李氏爲詩壇「小李將軍」，聯繫李氏的詩文，可知當年的「小李將軍」固然指李調元姓李而又在詩壇初露頭角，是爲英氣勃勃的小李將軍，其實也因李氏當年血氣方剛，壯志凌雲，喜歡議論關心國事及軍事，所以三十多年後趙翼有「昔日將軍之稱，或將弄假成眞」之說，希望暮年的李調元投筆從戎；最後「翹首西瞻」，希望李氏成功，自己只能「時時灑酒祝平安」。第七，介紹州牧劉君，既是內侄，又居官頗有循良之譽，因此希望故人鼎力支持，託人帶信之事也順帶說明了。末尾，聯繫開頭，再次感慨相見無日的難過，暗含各自珍重的祝願，具有很深的生命意識。趙翼不僅是史識明達、考證精覈的歷史學家，是著名詩人與詩論家，而且是著名散文家，從這篇尺牘就可以看出他的散文敘事清楚，議論通達，情感眞摯，語言樸素而又精練，蘊意豐富複雜卻又層次井然，照應過度自然得體，可稱燕許大手筆。

　　這封書信最有意思的是在比較二人才華、成就、名聲及生活時，對有關詩學理論進行了探討。文中所謂「弟與足下出處大略相同，然足下動筆千言，如萬斛泉，不擇地湧出。而弟循行數墨，蚓竅蠅聲，其才固已萬不能及」，是說二人成長的時代、家庭、經歷與教育都差不多，但一者靈感來得快，筆頭也快，一者反之。趙翼的詩歌、詩論及散文不少，更有考證精嚴、行文雅潔恣肆的史學名著，因此所謂「循行數墨，蚓竅蠅聲，其才固已萬不能及」肯定是自謙之詞，但也證明了李調元確實文思如泉，而他自己則文思稍微遲緩一些。方之文學創作，趙翼強調性靈，所謂性靈，首先指性情，另外還包括靈氣、靈巧與靈感，四者合一才是袁枚等人強調的性靈。四者之中性情是本，沒有性情就無所謂性靈，袁枚的性靈說第一強調的是寫眞性情，雖然性情說源自儒家。靈氣同樣重要，所謂靈氣就是作家所具有的創造才華，這種才華包括所謂天才，是以天才爲基礎而又經後天歷練而成的才能。趙翼強調天才，也重視天才與人巧的結合，他說：「少時學語苦難圓，只道工夫半未全。到老

始知非力取，三分人事七分天。」〔註66〕說文學創作不能力取，也就是不能全憑學力取勝，而是「三分人事七分天」，天才的重要性遠遠高於學力，缺乏應有的天分，無論怎樣苦學苦練也是「苦難圓」及「半未全」。靈巧是指作品的風格特點，靈感則指創作的構思及寫作中呈現出來的靈氣畢至的感覺或者狀態，劉勰說：「故寂然凝慮，思接千載；悄焉動容，視通萬里；吟詠之間，吐納珠玉之聲；眉睫之前，卷舒風雲之色。」〔註67〕這就是一種溝通想像聯想而文思顯現的構思或寫作狀態。靈感與靈氣有聯繫，靈氣主要是一種天生的才華，靈感則是在天才兼學力基礎上的經過醞釀而突然產生的心理狀態，或者構思創作狀態。人人都有靈氣，但體現在不同方面，其表現也有足與不足之分。構思創作時人人都有靈感，但有遲速之分，持續長短之分，因而下筆也有遲速之分，正如短跑與長跑一樣。按理靈氣多者靈感必然多，但不一定快速，下筆也不一定迅速。趙翼所說的「循行數墨，蚓竅蠅聲」是指下筆寫作速度較慢，延伸開去，也包括靈感來得較慢，因此他所謂「才」並非指天才靈氣，而是指靈感來得較慢，下筆寫作的速度也較慢。不過許多靈感來得較慢的人，往往靈感持續時間較長，短時間內寫作速度雖然較慢，但持續寫作，其成果卻不一定少。比較性靈派大家，主帥袁枚作品很多，成就較大，影響更大，他號稱袁才子，自然才華超人，這種才華自然主要指天才靈氣，但袁枚作詩卻不太快，而且也不滿捷才。李調元說：「詩有捷才，殆天賦也。古有七步八叉，本朝自宮詹張南華鵬翀而外，指不多屈，目見者唯廣漢玉溪一人而已。乃袁子才最不喜人敏捷，曾有《箴作詩》句云：『物須見少方爲貴，詩到能遲轉是才。』此余所不解也。」〔註68〕李調元此所謂「捷才」指的是構思下筆都快的敏捷之才，這自然是一種天賦。古代最出名的人

〔註66〕〔清〕趙翼《甌北集》，上海：上海古籍出版社，1997年版630頁
〔註67〕范文瀾《文心雕龍注》，北京：人民文學出版社，1858年版493頁。
〔註68〕詹杭倫、沈時蓉《雨村詩話校正》，成都：巴蜀書社，2006年69頁。

是七步成詩的曹植與八叉手成詩的溫庭筠，他們的成就固然不小，曹植被稱爲「建安之傑」，但卻不是成就最大作品也很多的詩人。李調元所說的清代的張鵬翀及張玉溪更是等而下之不足道也。袁枚是才子，肯定十分有靈氣，但卻構思行文偏於遲緩，而且「最不喜人敏捷」，這是一種個人好惡，不足爲訓。不過袁枚以「物須見少方爲貴」比附「詩到能遲轉是才」卻沒有道理。按照常理，深思熟慮、精雕細刻而成的作品當然比率然下筆要好一些，但卻不成正比例，而且靈感與下筆寫作的遲速是有變化的，常遲者可能突然快速，常速者可以突然遲緩，很多名作常常產生於客體主體化、主體客體化的稍縱即逝的瞬間。

3、李調元《答趙雲松觀察書》

李調元接到趙翼書信後即回信，回信首先敘述收信的時間、情境，接著寫道：

> 如獲至寶，遂忘其寒，持向風簷向南拜讀，惟恐其盡。而其詞或莊或諧，一種瀟灑之趣，則又似先生已到寒家，如聞其聲而聽其談也。噫，我二人，尚俱人間耶！以三十年前素相接愜之人，又以千古而後第一傾服之人，久絕音問，而忽得此消息，此何異喜從天降也。憶自辛壬之間，得附譜末，同居京師椿樹三條胡同，門僅斜對，過不數武，日與唱酬往返。每見先生玉堂著作，甫脫稿即傳播人口，竊以此才天授，爲之執鞭，亦所忻慕。不意追隨未久，而内任外任，忽焉東西各方，雖蹤迹或有時聞，而音容不可復接，以至於今。落落晨星，只有我二老，所謂感慨繫之矣。自先生出守鎮安，愚亦不數年視學東粵，見有持甌北集來謁者，云令嗣君，整衣款之。今閱來書，始知假冒，實可發人一大噱，然因此而得君詩集，故《雨村詩話》中所選獨多，亦其力也。詩人皆稱袁蔣，而愚獨黜蔣崇趙，實公論也。余婿廣漢孝廉張懷湉，亦有四家選集之刻，謂子才、夢樓兩先生及君與愚也。濫及乃岳，可謂阿其所好。此書

蜀中盛行，不知可曾見否？〔註69〕

這段話首先寫閱讀書信與翻閱著作時的神態心情，讚揚評價對方的著作「或莊或諧，一種瀟灑之趣」，真個文如其人，「聞其聲而聽其談也」，「何異喜從天降也」。其次，回顧三十年前交往的往事，文中「每見先生玉堂著作，甫脫稿即傳播人口，竊以此才天授，為之執鞭，亦所忻慕」既表對對方的仰慕之情，又對應回答趙翼書信中的自謙之詞，這種情感應該是真摯的。接著順次回憶其後的交往，並感歎人生易老。第三是敘述有人假冒趙翼兒子一事，並說明這也是《雨村詩話》中所選趙翼詩特別多的原因之一。第四是對比評價性靈派三大家，所謂「詩人皆稱袁、蔣」，即當時多數人都袁、蔣並稱，而他則「愚獨黜蔣崇趙」，且認為這是公正的評價，後面又以女婿張懷溎的《四家選集》選趙翼而不選蔣士銓來證明自己「黜蔣崇趙」的正確性。當然也對選集選入自己的詩歌表示謙虛，所謂「濫及乃岳，可謂阿其所好」。

李調元書信的前半基本上對應趙翼的書信，主要敘述與趙翼的交往與友誼，對趙翼詩歌的評價，也順便說明了趙翼詩歌入選《雨村詩話》較多的原因。後面以大半篇幅詳述四川戰亂與土賊焚毀萬卷樓之事。趙翼的來信與李調元的覆信相比較，趙翼的信含義複雜深厚而又精練雅致，而李調元的覆信對應回覆了趙翼來信，篇幅較長，但行文顯得較為隨意，顯示了二人文風的不同。

4、李調元《劉慕陔州尊遣吏送趙雲松前輩書時萬卷樓焚雲松不知也因作詩寄知亦當為我一哭也》：

不恨同心各一天，只嗟書箚也茫然。粵東宦迹同鴻爪，川北民膏濺鵠拳。趙括父書偏不讀，劉宏吏紙屢郵傳。是災是火君休問，作答忙封附去船。〔註70〕

這首詩歌《雨村詩話補遺》卷四最後一則有記載，說是「即日作詩寄

〔註69〕《童山文集》卷十，叢書集成初編，北京：中華書局，1985年版。
〔註70〕《童山詩集》卷四十一，叢書集成初編，北京：中華書局，1985年版。

甌北」，時間當在庚申九月初八日，而《童山詩集》卷四十一登載這首詩，用長題，繫於次年，即辛酉年。考李調元編定的《童山詩集》四十卷刊成於乙卯（1795），程晉芳的《童山詩集序》又寫於己丑年（1805），後七年的詩歌由後人編定，且增加二卷，是後人不查而至小誤。詩歌與回信同時，主要寫萬卷樓被焚毀後的悲傷與感慨。詩歌首聯寫與趙翼三十餘年雖爲老友卻天各一方的遺恨，「不恨」與「只嗟」對舉，實際上是「已恨同心」卻「各一天」，「只嗟」則是「更嗟」，表現了知心朋友天各一方，且連書簡相通也難以指望的痛苦和遺憾。頷聯上句追敘二人最後的聯繫在他爲官粵東時，且是有人冒充趙翼的兒子，這些早年的信息如同雪泥鴻爪，只留下依稀的痕迹，下句跳回現實之中：因爲白蓮教戰亂，川北民眾的鮮血，包括民脂民膏都四散飛濺。頸聯用典，寫朝廷官員昏庸，偏不讀「趙括父書」，以至鎮壓不力，而戰敗的消息卻屢屢傳來。中間二聯間接寫到萬卷樓失火被焚之原因，尾聯才真正接觸主題，說的是萬卷樓被毀是人禍還是火災朋友你不要問了，問了我也說不清楚，說清楚了也沒有任何意思，我現今惟一可作的事是趕快寫好回信封好，讓剛到而又馬上離去的船捎帶給你，讓你放心。

詩歌的題目中有「時萬卷樓焚，雲松不知也。因作詩寄知，亦當爲我一哭也」，詩歌卻先表現二人長期的交往與深厚的友誼，描敘戰亂而說明災難的原因，焚毀之災難有其必然性，我痛心而至無奈，寫信作詩告知你，你也不必悲傷。詩歌抒情敘事議論結合，情感真摯，語言樸素，不失爲一首較好的贈人抒情詩。

5、趙翼《雨村詩（話）中謂督學廣東時余子以拙刻贄謁厚贐而去僕初未有子入粵也蓋他人假名干謁耳書以一笑》：

> 一紙書來事大奇，老夫被販不曾知。是誰甘謂他人父，顧
> 我從無外舍兒。表丈不妨聊暫借，自注：見《唐摭言》李播事。
> 故人且免去窮追自注：見葉石林《玉澗雜書》楊衡事。只慚畫餅名

何用，未足供渠干謁資。〔註71〕

李調元視學粵東，有人冒充趙翼之子送《甌北全集》干謁時任學政的李調元，李氏贈其三十金之事，李調元《雨村詩話》十六卷本卷五有記載（原文見前引），是一則令人捧腹的笑話，足見冒充高官親人以圖利者古已有之，不是今人的發明。不過此騙子祇騙取了三十金，並未要求學政李調元為其弄個學位或官位。此事的好處是李調元得以閱讀欣賞《甌北全集》，且在其詩話中多有採錄，三十金換取了一段詩壇佳話與趣話。趙翼得知真相後，不僅去信說明，而且在收到李氏回信之後又寫了本詩，目的在「書以一笑」。詩歌首聯「一紙書來」，說明是收到李氏回信之後，覺得「事大奇」，奇的是「老夫被販不曾知」。頷聯接著寫奇在何處：居然有人充當他人的兒子，甘心情願稱他人為父，而他卻「從無外舍兒」，冒充者屬於無恥之尤，事情實在滑稽可笑。頸聯為流水對，上聯用典，趙翼自注云：見《唐摭言》李播事。《唐摭言》載，又《唐詩紀事》云：「播以郎中典薪州，有李生攜詩謁之。播曰：『此吾未第時行卷也。』李曰：『頃於京師書肆百錢得此，遊江淮間，二十餘年矣。欲幸見惠。』播遂與之，因問何往。曰：『江陵謁盧尚書。』播曰：『公又錯也，盧是某親表。』李慚慄失次，進曰：『誠若郎中之言，與荊南表丈，一時乞取。』再拜而出。」〔註72〕

古人常常冒認他人為表丈，因為中國姑表、姨表、舅表甚多，加上遠房表親，可能連本人也弄不清楚，冒充極易，也無自低輩分與自辱的嫌疑，而今居然有冒充他人之子的人，真個是世風不古，人心日下。但趙翼勸李調元「且免去窮追」，因為窮追既無意思，也追不著。此句趙翼自注云：「見葉石林《玉澗雜書》楊衡事。」葉石林《玉澗雜書》：楊衡有「一一鶴聲飛上天」之句，最自負。後因中表盜其文

〔註71〕《童山詩集》卷四十一，叢書集成初編附，北京：中華書局，1985年版。

〔註72〕〔宋〕計有功《唐詩紀事》卷四十七《李播》條，四庫全書文淵閣本。

及第，衡自至京追之。既怒問：「一一鶴聲在否？」曰：「此句知兄最惜，不敢輒偷。」衡乃解。〔註73〕尾聯聯繫冒名，感慨自己這類書生只能用於畫餅充饑的名聲沒有什麼用處，以致「未足供渠干謁資」。這說明乾隆中後期貪腐成風，人們惟利是圖，惟權是爭，正直清貧的文人學者在社會上的地位是很低的。詩歌寫一樁可笑之事，目的也在「書以一笑」，詼諧之中含有幾分激憤與無奈，善於用典，與趙翼或莊或諧的風格一致。

　　李調元讀詩之後有和詩，詩題為《戊戌年余視學粵東，闔人以趙雲松觀察子名帖求見，並以甌北集為贄，余見之留飯，贈三十金而去，昨接雲松書，言其時子尚幼，並未入粵，乃假名干謁也，不覺大笑，作詩見寄，余亦為捧腹，依韻答之》。詩云：

　　　　人生萬事盡傳奇，尤是官場不易知。
　　　　頭角居然高我子，言談殊不肖君兒。
　　　　贈金小事原無惜，款飯殊恩悔莫追。
　　　　未接手書終不解，怪無一字謝微資。〔註74〕

聯繫趙翼的詩歌，可知李調元的和詩是在趙翼收到李氏回信之後的又一封書信，所謂「昨接雲松書」，今不見原信。趙翼就此事「作詩見寄」，他則「依韻答之」，是二人第一次唱和。詩歌首聯感歎「人生萬事盡傳奇」，又認為「尤是官場不易知」，這話不一定準確，其實官場的滑稽醃臢骯髒近乎傳奇的怪事是多於民間的，只不過與民間的有所不同罷了。頷聯回憶當年與冒充者見面的情景，寫自己當時也有所懷疑：來人個子過高，言談與趙翼一點也不像。頸聯轉寫今日的感想，贈送三十金還是一件小事，但款待冒充者酒席，親自作陪，卻實在有些令人後悔莫及。尾聯寫沒有接到趙翼的書信說明，他對此事始終不解，還「怪無一字謝微資」。李調元的這首和詩寫一樁詼諧滑稽之事，

〔註73〕參見趙翼《陔餘叢考》卷40「竊人著述」，北京：商務印書館，1957年版。
〔註74〕《童山詩集》卷四十一，叢書集成初編，北京：中華書局，1985年版。

卻沒有詼諧滑稽的味道，且缺乏深沉的思想與感慨，似不如趙翼的原作，但和詩本不易作，也可以理解。

6、趙翼《感懷寄李調元》

> 不見李生久，今朝接寸箋。來原經萬里，到已歷三年。
> 想像鬚眉老，傳聞子弟賢。京華舊遊迹，振觸一燈前。
>
> 天各一方遠，年皆七秩餘。料無重見日，但望再來書。
> 豪氣應猶在，交情故未疏。采詩偏我厚，百首累抄胥。
>
> 此書前歲發，蜀土尚無虞。豈意魚鳧國，今成豺狼區。
> 可能扶老杖，當作辟兵符。莫是將軍號，真叫展壯圖。
>
> 得信知君在，其如寇禍侵。遙知驚夜火，不敢響秋砧。
> 契闊同年面，迢遙兩地心。憂時兼憶友，不覺淚沾襟。
>
> 〔註75〕

趙翼的詩歌載於叢書集成本《童山詩集》卷四十一附，成十六韻古體，當是編者失察所致。這組詩歌當是接到李調元回信與《劉慕陔州尊遣吏送趙雲松前輩書時萬卷樓焚雲松不知也因作詩寄知亦當為我一哭也》之後，專門寫的一組感懷寄友詩，對李調元回信進行了回應，隨信還寄來了《陔餘叢考》、《廿二史劄記》。

　　詩歌第一首首聯首先引用杜甫的《不見》：「不見李生久，佯狂真可哀。」〔註76〕接著的「今朝接寸箋」，敘事兼抒情，欣喜之情蘊含在不動聲色的敘事之中。頷聯接寫書信經萬里而來，歷三年才到，運用誇張的手法極寫書信交流的不容易，真如李白的「蜀道之難，難於上青天」。頸聯轉寫他對故人的想像：故人鬚眉雖然偏老，但子弟多成賢才，也值得欣喜。尾聯轉而追述回憶「京華舊遊迹」，尤其是「振觸一燈前」，那種一燈相照，吟詩對談的情景，真個值得回味。詩歌語言樸素雅潔，時空大幅度跳躍，但意脈連貫，蘊意深沉，不失為五言律詩佳作。

〔註75〕《童山詩集》卷四十一，叢書集成初編，北京：中華書局，1985年版。
〔註76〕〔清〕楊倫《杜詩鏡銓》，上海：上海古籍出版社，1980年版373頁。

　　第二首回應「不恨同心各一天，只嗟書箚也茫然」。首聯感歎二人相隔遙遠，年齡老大。頷聯承上，因爲相隔遙遠，年齡老大，所以便「料無重見日」，於是就「但望再來書」，深情朋友耄耋老人的心願眞實而又自然地表現出來了。頸聯一振，寫人亦寫己：豪氣應猶在，交情故未疏。意在勉勵相互都保持豪氣，繼續交往。尾聯回應《雨村詩話》採錄自己的詩歌，表示感謝與謙虛。

　　第三首首聯回應戰亂與「小李將軍」事。首聯「此書前歲發」是說趙翼給李調元的第一封書信在庚申前一年，送到在庚申，於是便是「前歲」，當時「蜀土尙無虞」。頷聯接著敘述四川突然發生戰爭，所謂「豈意魚鳧國，今成豺狼區」，意即：不料短短一年多，具有古老文明與深厚文化內蘊的經濟繁榮的巴蜀大地，轉眼間便成了豺狼虎豹縱橫肆虐的地方，簡直是變生肘腋，變生突然，一介書生處此危境，未來難以預料。頸聯轉而推想對方：可能扶老杖，當作辟兵符。老年被迫從軍打仗，以拐杖作武器，作兵符。既讚揚對方的勇武，也揭示與諷刺朝廷與官員的無能與無奈。尾聯呼應頸聯：莫非眞應了三十年前「小李將軍」的綽號，臨老還要上戰場一展壯圖。

　　第四首首聯先寫「知君在」的欣喜，接著便爲友人擔心：其如寇禍侵。頷聯承上，寫故人面對「寇禍侵」的危險恐怖情形與警覺狀態：常常被夜火驚醒，以至不敢入睡，也不敢發出一點聲音。頸聯抒情：契闊同年面，迢遙兩地心。與同年久不見面，但雖然相隔很遠，其心卻是相通的，義近王勃的「海內存知己，天涯若比鄰」。〔註77〕尾聯「憂時兼憶友，不覺淚沾襟」，憂思感慨分外深沉：回憶朋友，憂慮戰亂中朋友的安危，更憂慮時代，希望早日結束戰亂。這既是本首一個圓滿完美的結尾，也是整組詩歌一個圓滿完美的結尾，一個憂國憂民而又重友情的詩人形象躍然紙上。

〔註77〕〔唐〕王勃《杜少府之任蜀州》，《全唐詩》，北京：中華書局，1960年版 675 頁。

　　整組詩歌的作意雖爲寄朋友，應答朋友的來信，但其情感內蘊卻不僅僅追敘友情，感喟人生，而且延伸到傷時感事，憂國憂民之情十分深沉濃烈，其中第一、第三、第四都寫得很好，視野開闊，聯想廣遠，詩思深厚，有杜甫安史之亂前後感傷時事五律的風神與底蘊。聯繫趙翼的經歷，他從乾隆三十七年（壬辰 1772）歸隱至本年（嘉慶六年 1801）已經近二十年了，早已遠離官場，國事非他所應該關心。他出身孤貧，爲官時間不長，在任十分清正，且執著於歷史研究，歸隱在家之後不久即患有風疾，生活肯定較爲艱難窘迫，誠如他自己所說的「終日掩關，一編度日，生計則僅支衣食，聲名則不出鄉閭」，但他卻葆有一顆濃厚的憂國憂民之心，這正是他與袁枚等人的不同處，也是的他高尚處。

　　李調元有《和趙雲松觀察見寄感賦四律原韻》：

江南來遠使，甌北寄長箋。接到新詩日，逢回故里年。自注：是年始從成都回綿。室多薪木毀，家少肯堂賢。危坐方酬和，千愁集目前。

萬卷成灰滅，重樓亦燼餘。今生無力購，來世再儲書。聞火君當賀，遺金我自疎。乞師終不出，無路學包胥。自注：屢向州尊乞追火賊，尚未弋獲。

我已才甘退，君何譽不虞。自忘名赫赫，乃反羨區區。袁蔣同分鼎，自注：謂子才心餘。王朱若合符。自注：指阮亭竹垞。自慚非大國，獨霸亦良圖。

寄我名山業，自注：君以新纂《陔餘叢考》、《廿二史劄記》見寄。遙知歲月侵。封時付春舫，到日已秋砧。文字千秋事，才名一樣心。拙編容乞序，定不讓題襟。〔註78〕

李調元的和詩第一首首聯寫接到趙翼的回信，頷聯承上寫接到書信的時間與地點，頸聯轉寫回家後所見的荒涼景象與不堪狀況，「家少肯堂賢」之「肯堂」指的是陸肯堂（1650～1696）字邃深，一字

─────────────────────

〔註78〕《童山詩集》卷四十一，叢書集成初編，北京：中華書局，1985 年版。

澹成,江蘇長洲人。康熙二十四年(1685)一甲一名進士,授翰林院修撰。累官至侍讀,朝廷大著作多出其手。肯堂穎悟嗜學,朱彝尊、王鴻緒、徐乾學、汪琬皆推重之。工詩文,滂沛閎闊,如萬斛泉不可抑止。著有《三禮辨眞》、《懷鷗舫詩存》、《陸氏人物考》等。尾聯抒情,寫自己危坐而酬和趙翼的詩歌,一時萬千愁緒聚集目前。

　　第二首主要寫萬卷樓被焚毀之事。首聯寫萬卷樓被焚,連樓帶書都化爲灰燼。頷聯承上,寫損失巨大,因此「今生無力購」,只好「來世再儲書」了。頸聯寫故人的安慰,「聞火君當賀」強自寬解,下句「遺金我自疎」,則趙翼曾經送禮資助與撫慰,當時趙翼的生活及經濟條件並不好,足見趙翼之重情與二人情誼之深厚。尾聯寫他屢次向州縣官員請求追捕縱火賊,但卻沒有結果。這倒間接表現出乾嘉之交的時事:吏治腐敗,上下推諉,官吏不作爲,或者沒有能力作爲,如此焉能不亂?

　　第三首主要回答趙翼書信中對他詩歌成就及名聲的讚揚。首聯寫自己不值得讚譽。頷聯承上,說自己已經忘記赫赫之名,而你卻仍羨慕我,言下之意是不必要與不值得。趙翼的書信說:「伏念弟與足下出處大略相同,然足下動筆千言,如萬斛泉,不擇地湧出。而弟循行數墨,蚓竅蠅聲,其才固已萬不能及。足下居有園亭聲伎之樂,出有江山登覽之勝,著書滿家,傳播四海,提倡風雅,所至逢迎。而弟終日掩關,一編度日,生計則僅支衣食,聲名則不出鄉閭,以視足下之晞髮扶桑,濯足滄海,又豈特楹之與莛耶?」這段話中,趙翼一羨慕李氏的捷才,二羨慕其園亭聲伎之樂與旅遊之歡和廣,三羨慕其著書之多,四羨慕其名聲流傳之廣,所謂「所至逢迎」。而自己卻沒有,或者反之。趙翼所言都是事實。其實,趙翼所讚揚羨慕者作爲普通人固然是好事樂事,但作爲詩人學者卻不盡然,比如聲伎之樂與「所至逢迎」,著述精而多固然好,粗淺而多則不好,名聲顯赫也未必是好事,尤其是虛名。所以李氏「自忘名赫赫」是正確的處理方法。頸聯轉而評價康乾時期的詩壇,列出王阮亭、朱竹垞、袁子才與蔣心餘,

未列趙翼，言下之意是趙翼與袁、蔣鼎足而三，而自己則不能與之並列，意在表示謙虛。尾聯「自慚非大國」是謙虛，而「獨霸亦良圖」似應作「獨霸非良圖」，說自己的詩歌既然稱不上大國、大家，所以就不敢「獨霸」。全詩對自己的詩歌成就表示謙虛，兼評價康乾詩壇。

第四首主要對對方寄來的著述表示感謝。首聯寫對方寄來兩部大作，這肯定是夜以繼日、焚膏繼晷的結晶，是花費了不少時間與精力才寫作成功的。頷聯承上寫書信從春到秋方才寄到，十分不易，所以倍感珍惜。頸聯化用杜甫《偶題》：「文章千古事，得失寸心知。」〔註79〕所謂「文字千秋事，才名一樣心」，是說立言不朽是千秋之業，古今追求才名的心理是相同的，或者才子名士的心理是相同的，這對普通人而言確實如此，但更高的境界則是立言敘事抒情寓理而不求名利。尾聯接上，因為「才名一樣心」，所以便請求趙翼為他的著作作序，而且希望對方一定不要拒絕。題襟，唐溫庭筠、段成式、余知古等常題詩唱和，有《漢上題襟集》十卷，〔註80〕後指詩文唱和抒懷，所謂「定不讓題襟」，意即你給我寫序言，一定如唱和抒懷一樣成功。當時李調元的著作如詩集、文集及詩話都成集刻印，此「拙編」不知是專集還是全集，不過今存李調元著作中無趙翼的序言，趙翼文集中也沒有。是趙翼沒有作，還是作了而沒有流傳，待考。

李調元的這組詩歌既和趙翼的原作，但意思結合併不緊密，倒是與趙翼的第一封來信關係緊密，也涉及到趙翼寄來兩部書，自然與後一封來信有關。整組詩歌主要對對方的來信與寄來書籍表示感謝，敘述萬卷樓遭毀，對對方的稱頌表示謙虛，且請對方為自己的著作作序，內容不離交往酬酢，與趙翼原詩「憂時兼憶友」有別。

7、《得趙雲松前輩書寄懷四首》：

見書十倍於見面，此語雖真奈老何。皇甫序文曾許矣，歐

〔註79〕〔清〕楊倫《杜詩鏡銓》卷八，上海：上海古籍出版社，1980年版 713頁。

〔註80〕見《新唐書‧藝文志‧四》，百衲本二十四史。

陽詩話已成麼。丹徒早抱西州慟，墨迹空傳北海多。莫歎
眼昏精力憊，老天留我兩皤皤。

憶昔青雲附驥塵，君方及第戶盈賓。自注：時君初捷辛巳探花。
時晴齋每招遊侍，自注：齋爲汪文端公太老師故居，其額尚存。聽雨
樓頭看劇頻。自注：樓爲畢秋帆前輩在京宴客之所。椿樹醉歸三月
巷，綠楊斜對兩家春。癸闈猶記房車過，親報余登第二人。
自注：癸未禮闈，適君分校，出闈尚未至家，即先過我，報余中第二，故得
捷音尤早，至今尚感云。

寄來兩部大文章，箚記陔餘並挈綱。早歲腹原充四庫，老
年胸更展三長。讀詩似倩麻姑癢，掩後偏愁沈約忘。我亦
名山多著述，未知石室付誰藏。

趙袁媲唐白與劉，蔣於長慶僅元侔。自注：時有程秀才創爲拜袁
揖趙哭蔣三圖。一生此論常偏袒，萬口稱詩讓倚樓。天下傳人
應手屈，世間壽算又頭籌。當年病熱君知否，伏枕呼瓜一
息留。自注：昔在京病熱，幾不起，有醫但令食瓜，竟以此愈。〔註81〕

這組詩歌也當是接到趙翼第二封書信後的寄懷之作，但與第一封書信
的關係也很緊密。第一首首聯，大概趙翼的書信有「見書十倍於見面」
之語，於是李氏感慨「此語雖眞奈老何」，即年齡老大，見書的機會
也不多了，何況見面，流露出濃厚的歎老悲老之情。頷聯化用典故來
詢問對方，你已經許諾給我作序，言下之意是不知做好沒有，你的《甌
北詩話》已經寫成了嗎？我很想先睹爲快啊。頸聯繼續用典，同情並
勸慰對方，寫趙翼早有西州之慟，〔註82〕又空傳孔北海一樣多的墨
迹，意即在這物欲橫流的時代，我輩文人只能墨迹空傳，徒然傷心國
事。尾聯繼續勸慰對方「莫歎眼昏精力憊」，你我兩個皤皤老者能夠

〔註81〕《童山詩集》卷四十二，叢書集成初編，北京：中華書局，1985 年版。
〔註82〕〔唐〕房玄齡等《晉書》卷八十六《張軌傳》：張軌，永寧初出爲涼
　　　　州刺史，有治績，「遂威著西州，化行河右」。張軌在州 13 年，其臨
　　　　終遺言仍要求文武將佐「弘盡忠規，務安百姓，上思報國，下以寧
　　　　家：素棺薄葬，無藏金玉，善相安遜，以聽朝旨」。朝野爲之大慟。
　　　　北京：中華書局，1974 年版 2221～2226 頁。

活著就已經是上天的恩賜了。李調元六十九歲，已近生命的盡頭，趙翼當時更是已經七十六歲，且有風疾，所以「眼昏精力憊」是寫實。李氏意在勸慰對方，應該開朗樂觀，順應自然，走完生命的最後一程。全詩用典貼切，情感真摯而又不失曠達，蘊含亦頗深，當是一首好詩。

第二首主要回憶與趙翼在京師的交往與友誼。首聯「憶昔青雲附驥塵，君方及第戶盈賓」，回憶他與趙翼初交的情景：趙翼乾隆十四年（1749 年）入京即以文才受知於劉統勳、汪由敦，纂修《國朝宮史》，中舉後又先後考取禮部教習、內閣中書，再入直軍機，受尹文端公、傅文忠公的倚重，至辛巳（乾隆二十六年）成進士為探花時已經在京十二年，稱得上學問淵博名滿京師了。所以李氏的描述應該是真實的，其書信中也說：「每見先生玉堂著作，甫脫稿即傳播人口，竊以此才天授，為之執鞭，亦所忻慕。」頷聯承上，寫二人常常在一起飲酒看戲：遊覽飲宴之所是時晴齋，是汪文端公太老師的故居；看戲之所是聽雨樓頭，是畢秋帆前輩在京宴客之所。「聽雨樓頭看劇頻」，說明是在達官住宅看堂會，這是李氏在京師看戲的最早追記，對他此後熱愛戲曲，研究、創作並導演戲劇肯定有很大影響。頸聯承上而寫椿樹胡同為近鄰的生活，如《答趙雲松觀察書》中所云：「同居京師椿樹三條胡同，門僅斜對，過不數武，日與唱酬往返。」尾聯回憶印象最深的癸未禮闈中進士傳報一事，李氏自注云：「癸未禮闈，適君分校，出闈尚未至家，即先過我，報余中第二，故得捷音尤早，至今尚感云。」此詩重在憶舊，感謝趙翼當年對自己的熱情提攜，對瞭解李氏初到京城的經歷與生活有幫助。

第三首根據趙翼寄來著作，讚揚趙翼的詩文成就。首聯說趙翼寄來的《廿二史箚記》與《陔餘叢考》是兩部大文章，二書對歷史有提綱挈領之效。頷聯承上寫趙翼學識豐富，早年腹中即對經史子集四庫無所不通，晚年更是大展三才，留下了精妙的詩文。頸聯讚揚趙翼的詩歌如麻姑搔癢，切中肯綮，而且記憶超群如沈約。尾聯轉寫「我亦名山多著述」，但時事艱難，於是便平生「未知石室付誰藏」的感慨。

　　第四首主要評價讚揚趙翼的詩歌。首聯評價性靈派三大家，認為「趙袁媲唐白與劉，蔣於長慶僅元侔」，以袁枚、趙翼比附中唐著名詩人白居易與劉禹錫，從趙翼特具史家的膽識而工於懷古，且詩歌有豪縱之風而言，比其為詩豪劉禹錫是非常準確有識的。頷聯承上，繼續讚揚趙翼的詩歌，所謂「一生此論常偏袒」，即他在《雨村詩話》中所說「然視心餘，則（趙翼）殆過者而無不及矣」，〔註83〕「詩人皆稱袁蔣，而愚獨黜蔣崇趙，實公論也」。〔註84〕而當時人也多持這種觀點，所謂「萬口稱詩讓倚樓」，以同姓的唐代趙嘏號趙倚樓來比喻趙翼。頸聯轉而寫趙翼不僅讓天下傳人應手屈，而且有才又有壽，所謂「世間壽算又頭籌」。尾聯別開生面，轉而回憶記敘當年趙翼生熱病危急卻又突然痊愈之事：當年病熱君知否，伏枕呼瓜一息留。意思是當年熱病危急，以至昏迷而氣息微弱，在昏迷中卻又「伏枕呼瓜」，此事不知你病後記得否，今日還記得否？真個好懸，弄不好一代大才就糊裏糊塗命喪黃泉了。這個結尾看似游離於詩歌主題，其實卻很巧妙：你這「天下傳人應手屈，世間壽算又頭籌」的大才高壽者竟然有這等奇險的經歷，言下之意是大難不死，必有後福。自注：昔在京病熱，幾不起，有醫但令食瓜，竟以此愈。以瓜醫治危急的熱病，確乎太過弄險，但也不失為一個值得研究的單方或秘方。這首詩寫法極為別致，先比附評價性靈派三大家，接著專門評價讚揚趙翼，又進而謂其有才有名又有壽，使用層層推進的方法，但末尾卻突轉，寫早年險些死去的危險故事或趣事，成了前三聯議論評價，最後一聯描述的特別結構，整組詩歌聯繫回應趙翼的兩封書信，與他給趙翼的回信內容近似，先感歎見面不易與生命易逝，進而追述交往與友誼，再評價讚揚對方的著述成就，最後主要評價對方的詩歌，整組詩歌層層推進，不離友誼與讚揚，情感真摯，評價準確到位，語言平易而又不失雅致，時有詼諧逸

〔註83〕詹杭倫、沈時蓉《雨村詩話校正》，成都：巴蜀書社，2006 年 33 頁。
〔註84〕《答趙雲松觀察書》，《童山文集》卷十，叢書集成初編，北京：中華書局，1985 年版。

趣，二人多年交往情誼與對對方的評價盡在詩中，這在李調元的七律中應該是上乘之作，在古代同類作品中也不失爲上乘之作。

8、趙翼《有感流賊》

> 萑苻何意蔓難圖，初起潢池本易俘。
> 賊不殺官猶畏法，兵無戰將孰捐軀。
> 帥行共指軒中鶴，寇去方追蝮上烏。
> 歷歷前朝陳迹在，是誰專閫握軍符。
>
> 百年安堵享升平，誰肯輕生肇亂萌。
> 死有餘辜貪吏害，鋌而走險小人情。
> 彈丸黑子皆紛起，繩伎紅娘亦橫行。
> 好片桑麻繁庶地，烽煙千里廢春耕。〔註85〕

趙翼的詩歌當是與李調元的最後作品，大概是在李調元的書信中瞭解了一些情況，又在其他方面瞭解了有關情況之後，聯繫歷史，經過深思熟慮之後寫成的。第一首首聯的「萑苻」是澤名。《左傳·昭公二十年》：「鄭國多盜，取人於萑苻之澤。」杜預注：「萑苻，澤名，於澤中劫人。」〔註86〕後來便稱盜賊出沒之處爲萑苻。潢池語出《漢書·龔遂傳》：「遂對曰：『海瀕遐遠，不沾聖化，其民困於饑寒，而吏不恤，故使陛下赤子，盜弄陛下之兵於潢池中耳。』」〔註87〕潢池，即天潢，本是星名，後轉義爲天子之池，又借指皇室。後來以「弄兵潢池」爲造反。上句說我怎麼會想到出入於萑苻的小股盜賊竟然蔓延難以撲滅，其實盜賊初起時朝廷是極容易將其撲滅甚至俘獲的。其主要原因是什麼呢？頷聯分析敘述原因：造反者開初不殺官員而只殺吏卒差人，說明他們僅僅是反抗直接施暴者，還畏懼朝廷的法律，沒有反叛朝廷的打算。這個時候可以安撫，即便是派兵圍剿也不難，可惜的是士兵沒有身先士卒的戰將統領

〔註85〕《童山詩集》卷四十二附，叢書集成初編，北京：中華書局，1985
　　　　年版。《甌北集》三十九卷有《閱〈明史〉有感於流賊事》：「百年安
　　　　堵享升平，誰肯輕生肇亂萌。死有餘辜貪吏害，鋌而走險小人情。」
〔註86〕《左傳·昭公二十年》正義，阮元十三經注疏本。
〔註87〕〔漢〕班固《漢書·龔遂傳》，百衲本二十四史。

指揮，於是也就不肯捐軀向前了。頸聯的「軒中鶴」語出《左傳・閔公二年》：「冬十二月，狄人伐衛。衛懿公好鶴，鶴有乘軒者。將戰，國人受甲者皆曰：『使鶴，鶴實有祿位，余焉能戰！』」〔註88〕後以「軒中鶴」比喻無功無能而有祿位的人。上句說將帥行動，但大家卻指望著如「軒中鶴」一般無功無能而有祿位的人，相互推諉，畏葸不前，坐視戰亂擴大，直到賊寇離開才去追趕「螟上烏」，簡言之是吏治腐敗，官員無能，以至賊寇坐大，遺患無窮。尾聯總結前面所說的現象，與前朝陳迹一樣，都是朝廷「專閫握軍符」造成的，其實也是朝廷腐敗無能造成的。

　　這首詩結合歷史與現實，從歷史延續到現實，而現實也是歷史的延續，總結並論述戰亂之所以難以撲滅，反而成燎原之勢的直接原因是「專閫握軍符」的將帥都是「軒中鶴」，因爲他們的無能怕死，以致士兵不肯捐軀殺敵，因此任何小禍患、小動亂都可能變得不可收拾，最終導致天下大亂。

　　如果只有第一首詩歌，趙翼就稱不上具有史識史膽的眞正的歷史學家，也稱不上李調元所謂「工於懷古」的著名詩人，趙翼就不是趙翼了。他的第二首詩歌從更高更廣更深的層次分析戰亂產生與持續的原因，且描繪了戰亂連綿烽煙千里的恐怖圖畫。詩歌首聯「百年安堵享升平，誰肯輕生肇亂萌」從現實與歷史相結合的角度，更從人性的角度、人惜生的角度說明造反「輕生肇亂萌」不是一二不逞之徒的煽動，也不是造反者或者亂民天生愛好作亂造反。從現實的角度看，從康熙評定三藩之亂到乾隆末年，恰好百年，這段時期百姓安居，不受騷擾，享受升平治世，試問，誰在這種治世願意去「輕生肇亂萌」？換言之，愛好安定與清明，追求安居樂業，是普通百姓的願望與本性，惜生畏死更是人的本性，當然也是普通百姓的本性。但戰亂爲什麼產生？簡言之，不是百姓的本性改變了，而是安居升平不存在了，有壓迫就會有反抗，因此造反與戰亂自然就會產生。頷聯點明戰亂產生的

〔註88〕《左傳・閔公二年》正義，阮元十三經注疏本。

兩種主要因素：死有餘辜貪吏害，鋌而走險小人情。首先是貪吏（當然也包括貪官，也可延伸到產生養成貪官污吏的制度）之害，其次是小人鋌而走險而生之情。這兩種因素不是並列的，而是有主有次，「貪吏害」是主，「小人情」是次；有因有果，「貪吏害」是因，「小人情」是果，因為有死有餘辜的貪官污吏在危害禍害百姓與社會，也包括國家，才有鋌而走險的「小人」萌生反抗造反之情。趙翼對這兩種人的態度也是有區別的，貪官污吏是死有餘辜，而小人，其實應該是百姓良民，他們因為受到極度的壓迫，無以為生，因而被迫造反，即所謂「鋌而走險」，因此貶義並不明顯。趙翼雖然將貪官污吏與所謂小人並列，但有主有次，又因有果，語氣有輕有重，其同情鋌而走險的百姓、痛恨死有餘辜的官吏的傾向是明顯的，也深刻地揭示了官逼民反，有壓迫就有反抗的真理，義同杜甫的「不過行儉德，盜賊本王臣。」〔註89〕頸聯轉而描寫戰亂紛起。彈丸黑子，比喻極小。亦作「彈丸黑志」。語出北周庾信《哀江南賦》：「地惟黑子，城猶彈丸。」〔註90〕上句說小規模的反抗與騷亂紛紛產生，最終彙成了聲勢浩大的農民造反，下句說連王聰兒（齊王氏）這種走江湖賣藝的雜耍繩伎也穿上紅裝造反，乃至成了白蓮教的領袖，帶領數萬數十萬百姓橫行天下，多次打敗前去鎮壓的官軍，滿清傾全國之力，費十餘年才勉強起義鎮壓下去。乾嘉之交的川鄂豫陝五省農民大起義震動全國，使滿清由盛世迅速跌落下來，此後不過四十年，中國便進入了半殖民地半封建的境地，其後更是百年戰亂不已，且幾乎被外國列強瓜分或者滅亡。白蓮教起義有積累已久的民族矛盾，更有逐漸積累加深的階級矛盾，即趙翼所謂「死有餘辜貪吏害」，才產生了「鋌而走險小人情」，加上臨機處置不當不力，腐敗的官吏，無能如「軒中鶴」的將領，惜死殘民的士兵，於是戰亂綿延，致使百姓死亡流離，地方殘破，如趙翼之類的

〔註89〕〔唐〕杜甫《有感五首》，楊倫《杜詩鏡銓》卷八，上海：上海古籍出版社，1980 年版 495 頁。

〔註90〕〔北朝〕庾信《庾子山集》卷一，四部叢刊本。

有識之士也只能徒呼奈何。尾聯「好片桑麻繁庶地，烽煙千里廢春耕」描寫戰亂在川東北綿延，乃至進入並禍害四川盆地的殘酷景象。

　　全詩先從人性、民心的高度說明戰亂之源，接著具體追溯戰亂是因為「死有餘辜貪吏害」，所以才產生「鋌而走險小人情」，再接著描述百姓紛紛揭竿而起縱橫數省多次打敗官軍的景象，最後描寫戰亂中經濟凋弊，地方殘破的不幸景象。詩歌先議論，後描寫，思想深刻，傾向明顯，很好地體現了一個有識歷史學家兼詩人的情感與理智，且議論精練警醒，描寫生動形象，不失為古代表現與思考戰亂的好詩。這兩首詩歌前後相連，由淺入深，由具體的白蓮教戰亂到歷代戰亂，既表現現實，又追溯歷史，既描寫戰亂景象，又思考追溯其深層原因，表現了趙翼高超的詩才與非凡的史識，這在清代詩人中是罕見的。

　　對趙翼的兩首詩歌，李調元有《和趙雲松有感流賊原韻》。詩云：

　　噬齊胡不急先圖，坐使朝廷緩受俘。
　　總為官兵皆愛命，翻驚賊子慣輕軀。
　　九重望斷粘毛馬，萬里飛看攫肉烏。
　　名將豈真無上策，老夫還想學陰符。

　　蒿目時艱忿不平，剪除旋見蘗芽萌。
　　笑談頗負蕭曹略，詩賦空懷屈宋情。
　　見說楚師常夜遁，頻聞秦棧尚難行。
　　地荒莫道無人種，田在余心未廢耕。〔註91〕

李調元的第一首詩首聯認為前線將帥後悔莫及者是沒有「急先圖」，就是沒有抓住平亂戰爭的關鍵，佔據戰略與戰役要點，集中優勢兵力而擒賊先擒王，因而使「朝廷緩受俘」，總之，戰事不利，首先是一個戰術問題。噬齊，《左傳・莊公六年》：「若不早圖，後君噬齊。」杜預注：「若噬腹齊，喻不可及。」〔註92〕後比喻後悔不及。頷聯承上，繼續追溯戰

〔註91〕《童山詩集》卷四十二，叢書集成初編，北京：中華書局，1985年版。
〔註92〕《左傳・莊公六年》，阮元《十三經注疏本》。

爭不利的原因，認爲主要因爲官兵都愛命惜死，不肯力戰，官兵反而吃驚賊子一貫不怕死，還慣於輕裝急進，打得官兵疲於奔命，防不勝防。頸聯轉寫深居九重的皇帝渴望得到捷報，以至「望斷粘毛馬」，結果卻只能「萬里飛看攫肉烏」：在萬里之遙的京師從飛奔的驛馬報來的消息得知，戰場上叛民擊敗並殺害官兵，其狀如烏攫肉。綜合前三聯可知，平叛不利是或者是無名將，或者是名將無上策，所以便不能「急先圖」，弄得「官兵皆愛命」，但尾聯作者出以反問句：名將豈眞無上策？意即不是無名將，或者是名將無上策，而是用人不當，所以末句說：老夫還想學陰符。說他即便如廉頗一樣年老了，但也願意如蘇秦、張良一樣學習兵法，出謀劃策，甚至上陣殺敵。末句確乎以「小李將軍」自負，有烈士暮年，壯心不已之氣概，還有毛遂自薦之意。

　　全詩首先將平叛不利歸結爲「不急先圖」的戰術問題，接著繼續追溯戰敗的原因是「官兵皆愛命」，這與趙翼的「兵無戰將孰捐軀」意思相似，不過趙翼主要是譴責戰將，即前線將領，而李調元則將官兵並列。再後則轉而描寫皇帝的失望與戰事的慘敗。最後認爲不是名將無上策，而是用人不當，他自己就「還想學陰符」而上陣。這首詩歌語言平易簡潔，風格爽朗豪放，中二聯對仗也很工穩漂亮。詩歌寫現實中平定白蓮教的戰事，與趙翼的第一首詩歌差不多，但趙翼的詩歌點明了禍患應該消滅於萌芽之中，這就不僅僅是戰術問題，又以「賊不殺官猶畏法」說明百姓並非一開始就與朝廷對立，是天生的亂民與暴徒，戰事不利主要是因爲吏治腐敗，將帥多是「軒中鶴」，對士兵則並未深加指責，最後還上升到歷史的高度，暗寓這種狀況與結果歷代如此，有歷史的必然性，其思想深度當是超過李調元的。

　　李調元的第二首詩歌首聯首先表示對「時艱忿不平」，具體而言，便是「剪除旋見孽芽萌」，即禍患旋滅旋起，未能鏟草除根，以致星星之火又呈燎原之勢。頷聯承上，抒發自己空懷屈原一樣的報國情，也有蕭何、曹參一樣的謀略，豪情壯志躍然紙上，高度自負也顯露無遺。但卻有大言炎炎，言過其實的味道，因爲屈原（屈宋，此爲偏義複詞）憂

國又憂民,李氏這裡卻沒有憂民的意思,且李氏雖然可稱幹員,且以「小李將軍」自許,但一生除任部、司郎官與學政外,只在通永道任職一年,既沒有全面主持地方獨當一面的經歷,也沒有參與軍事,因此所謂「蕭曹略」也祇是一時心血來潮的豪言壯語而已,當不得眞。不過這話用在趙翼身上倒頗爲合適,因爲趙翼曾任邊地知府與兵備道,還曾成功地爲軍事與邊防出謀劃策。頸聯轉寫當時的戰局,朝廷在楚地的軍隊經常打敗仗而夜遁,川陝一帶的棧道還被阻絕而難行,簡言之官軍無能,戰亂不已。尾聯和趙翼的尾聯「好片桑麻繁庶地,烽煙千里廢春耕」。趙翼此聯描寫蜀地本是桑麻繁庶地,而今卻烽煙千里耕作不行,經濟凋弊的景象,李調元的和詩「地荒莫道無人種,田在余心未廢耕」,「心田」語出南朝梁簡文帝《上大法頌表》:「澤雨無偏,心田受潤。」〔註93〕唐白居易《狂吟七言十四韻》:「性海澄淳平少浪,心田灑掃淨無塵。」〔註94〕詩歌似乎是說天地荒蕪關係不大,更重要的是百姓心田不淨,以致道德淪喪,喜歡犯上作亂,所謂破山中賊易,而破心中賊難,但是我這樣的士人退隱官員還保持著對朝廷的忠誠,維持著道德倫理,因爲「田在余心未廢耕」,所以破山中賊就不難,國家也不難恢復正常統治秩序。於是李氏的板子就打在亂民暴民,其實也就是被迫鋌而走險的百姓身上了。這與趙翼的「百年安堵享升平,誰肯輕生肇亂萌。死有餘辜貪吏害」的分析就有本質性的區別了。

這首詩歌寫作上應該不錯,但思想內蘊和見識與趙翼的詩歌差別很大,其原因我想一是二人的經濟狀況不一樣,趙翼入仕爲官前家庭貧困,生計艱難,憤而隱居作學問時也很清貧,而李調元則入仕前與隱居後都比較富裕;二是李調元直接受到戰亂的影響,他的萬卷樓雖爲土賊所焚,但白蓮教造反入川也是間接影響;三是趙翼是識見高深的歷史學家,有很強的歷史意識,善於總結歷史經驗與規律,且對人性與民性有較深刻的認識,腐敗生亂並亡國是他的歷史著作的主線,所以梁啓超以

〔註93〕《藝文類聚》卷七十七,四本叢刊本。
〔註94〕《全唐詩》卷四百六十,北京:中華書局,1960年版5238頁。

爲趙翼「用歸納法比較研究，以觀盛衰治亂之原」，〔註95〕其《廿二史劄記》與王鳴盛《十七史商榷》、錢大昕《二十二史考異》合稱三大史學名著，而李調元則是才子加忠於王事的官員，對歷史經驗教訓、規律與人性民性認識較爲膚淺，所以衛道的正統思想較濃，於是表現同一題材的詩歌，其思想就有如是之差別。

三、李調元與袁枚

　　袁枚（1716～1797）清代詩人、散文家。字子才，號簡齋，晚年自號倉山居士、隨園主人、隨園老人。錢塘（今浙江杭州）人。袁枚是乾嘉時期代表詩人之一，與趙翼、蔣士銓合稱「乾隆三大家」。袁枚少有才名，擅長詩文，乾隆四年（1739）24歲中進士，授翰林院庶吉士。乾隆七年（1742）外調做官，曾任沭陽、江寧、上元等地知縣，推行法制，不避權貴，頗有政績，很得當時總督尹繼善的賞識。乾隆十三年（1748）辭官養母，在江寧購置隋氏廢園，改名「隨園」，築室定居。袁枚晚年曾遊歷南方諸名山，與詩友交往。生平喜稱人善、獎掖士類，提倡婦女文學，廣收女弟子，爲當時詩壇所宗。

　　在性靈派三大家中，李調元所受袁枚的影響最大，他的十六卷本《雨村詩話》與四卷本《雨村詩話補遺》帶有詩紀事性質，且多採錄歡愛、幽怨等情感的閨媛詩，對情詩豔詩持讚賞態度，都受袁枚的影響。而且採錄袁枚詩歌最多，計有45處，118首或聯，包括袁枚的長篇雜言《子才子歌》、七言長詩《爲補山作平南歌》、長篇五言《送別詩》。但李調元與袁枚卻從未謀面，屬於眞正的神交。

（一）李調元袁枚交往及其詩文解讀

1、《袁詩選序》

李調元涉及袁枚的文字最早當在乾隆38年癸巳（1773），時年

〔註95〕梁啓超《清代學術概論》，《飲冰室合集·專集之三十四》，中華書局，1954年版39頁。

40 歲，袁枚時年 57 歲，已經歸隱隨園 25 年。《正月朔高白雲先生由華亭令行取禮部主事來京，先生本辛未庶常，今仍還京職，出和袁子才蔣心餘兩前輩詩見示》之一：「後堂不到幾多時，覿面方驚兩鬢絲。喜接春風容再坐，細聽夜雨話相知。袁宏文筆千秋仰，蔣詡高名二仲隨。怪道詞壇無敵手，曾同兩老角雄雌。」〔註96〕恩師錦江書院掌教辛未（1751）進士金堂高白雲先生將其和袁子才、蔣心餘二人之詩見示，於是李氏有此詩。詩歌題目中即尊袁、蔣二人為前輩，詩中讚揚袁枚如漢代的袁宏而「文筆千秋仰」，蔣士銓則有蔣詡一樣的高名，這說明當時袁、蔣名聲已經如日中天。因為恩師高白雲曾經與袁、蔣兩老「角雄雌」，因此也是雄視「詞壇無敵手」的名家。

不過李調元此詩對袁枚的讚美還屬於借花獻佛，對袁枚的高度讚揚始於乾隆四十三年（1778）。李調元時任廣東學政，刊行《袁枚詩選》五卷，以供生員參閱，並作《袁詩選序》：

> ……予幼隨先君宦浙，得其制藝，伏而讀之，不忍釋手。後從內翰程魚門處，得其《小倉山房詩集》，亦伏而讀之，不忍釋手。適余有粵東提學之命，不敢自秘，因梓而行之，以為多士式。諸生勉乎哉。余詩不足學，諸生其學袁詩可也。〔註97〕

這是李調元詩文中最早的直接讚美袁枚的文字，書信前大部分見《李調元的詩歌創作論》，文中提出反傳統的「詩富而工」論，前面已有相關分析論述。李調元當時為何要編選袁枚之詩，且作為生員的參考書？其原因主要有：一是寫詩與論詩都有一些共同點；二是袁枚之詩已經風靡全國，李調元作為一個剛出道不久的青年詩人，對其自然產生傾慕感；三是袁枚的詩平易清新，易於為生員所接受與仿傚。李調元對此事多有記載，後來寫於嘉慶元年（丙辰 1796）的《寄袁子才先生書》

〔註96〕《童山詩集》卷十四，叢書集成初編，北京：中華書局，1985 年版。
〔註97〕《袁詩選序》《童山文集》卷五，叢書集成初編，北京：中華書局，1985 年版。

（《童山文集》卷十）中有記載，《雨村詩話》亦謂：「袁子才與余前後同館，讀其詩，常慕其人，曾於視學廣東時，刻其詩五卷以示諸生。」〔註98〕後面敘述他傾慕袁枚，以及刊行《袁枚詩選》的原因與經過：當年（乾隆十九年）他20歲時隨父親李化楠到浙江讀書，得袁枚的制藝，便「伏而讀之，不忍釋手」，後來又從「程魚門處，得其《小倉山房詩集》，亦伏而讀之，不忍釋手」，因此24年後有刊行《袁枚詩選》之舉。其實他接觸袁枚並喜歡的詩歌應該更早，因為他晚年有「六七歲時曾讀集，八十年來始報章」〔註99〕之說，時當在乾隆四年、五年（1739～1740）之間，當時袁枚正在翰林院，詩歌尚未編集流傳。乾隆十年乙丑（1745）任江寧令時門下士談毓奇為刻《雙柳軒詩文集》二冊，是袁枚詩文首次編集付梓。《詩話補遺》卷四：「余宰江寧時，門下士談毓奇為刻《雙柳軒詩文集》二冊。罷官後，悔其少作，將板焚毀。後《小倉山房集》中，僅存十分之三。」〔註100〕因此李調元的「六七歲時曾讀集」之說當不甚準確，所以此詩句《童山詩集》又作「六七月間始通訊，八十老來猶報章」。當以《童山詩集》所說為好，但李氏少年時在家鄉曾經讀過袁枚的詩歌卻是有可能的。

2、《三弟檢討墨莊自楚回里以出峽草見示，言此行於金陵得見袁子才，於杭州得見祝芷塘為快事，為題二首》：

去冬方出峽，今夏始歸綿。卻怪風波裏，如從平地旋。
客懷同負米，市易擇新錢。縱有文如錦，應難換粥饘。

窮本饑驅去，詩翻滿載歸。秋風何太速，夜雨久相離。
詠史逢袁虎，談文憶祝龜。茲遊良不負，得見兩名師。

〔註101〕

〔註98〕詹杭倫、沈時蓉《雨村詩話校正》，成都：巴蜀書社，2006年371頁。
〔註99〕詹杭倫、沈時蓉《雨村詩話校正》，成都：巴蜀書社，2006年373頁。
〔註100〕〔清〕袁枚《隨園詩話》補遺卷四。北京：人民文學出版社，1982年版655頁。
〔註101〕《童山詩集》卷二十八，叢書集成初編，北京：中華書局，1985年版。

李調元此詩作於乾隆五十五年庚戌（1790）。前一首詩歌主要寫堂弟平安歸來，旅途不易。第二首則首先讚揚墨莊不為貧窮而改其志，吟詠不輟，「詩翻滿載歸」。其次轉寫二人在秋風中離別，在夜雨中重逢相會，感慨時光易逝與情誼之深。第三聯轉而讚揚袁子才與祝芷塘，說明墨莊不負此行。詩中以「詠史逢袁虎」來比喻袁枚，稱其為名師，致弟子之意。此時離刊行《袁枚詩選》已經整整十二年了，歸鄉也近六年，他寫詩讚揚袁枚，但卻並未直接致信袁枚，大概是李氏雖然已經成名，但成就與名聲卻遠不如袁枚大，於是便有些矜持而不願主動去信表示傾慕。

3、《雨村詩話》記錄李鼎元拜訪袁枚事

乾隆六十年（乙卯 1795）從弟李鼎元來信告知李調元他與袁枚交往事。《雨村詩話》說：

> 乙卯（乾隆六十年 1795）夏五，余弟墨莊自京中寄余書云：「弟有《登岱圖》一幅，係黃司馬名易號小松者所畫。又寫意一幅，帶雨景過江，得袁簡齋為首唱，現在名人題者已四十餘家，吾兄有興，可遙題一首見寄否？前見簡齋，聞吾兄為彼搜詩上刻，甚感，伊已覓得《粵東皇華集》入彼《詩話》，為相報之意。若遇便，吾兄可將己作《童山全集》寄彼一部，即索其全集，想無不報命。」余答云：「此公神交已久，刻入余《詩話》者甚多，況我兩老人相知，原不在區區結納間也。」〔註102〕

這則詩話中，墨莊說他的一幅山水畫因「得袁簡齋為首唱」，所以前後名人題畫已經多達四十餘家，說明袁枚平易近人，且確實風雅。又說他已經將李調元編刻《袁枚詩選》之事告知了袁枚，袁枚「甚感」，並且「已覓得《粵東皇華集》入彼《詩話》，為相報之意」，說明袁枚沒有大名士的傲氣，如世人所謂生平喜稱人善、獎掖士類，因此便勸李調元主動去結交，方法是「將己作《童山全集》寄彼一部，即索其

〔註102〕　詹杭倫、沈時蓉《雨村詩話校正》，成都：巴蜀書社，2006 年 257～258 頁。

全集」。李調元卻認為真正的相知，尤其是飽經滄桑與世態炎涼的老人相知，重在心神相交，而不在以物質或者互相採錄作品入《詩話》之類的「區區結納」，委婉加以拒絕。這說明李調元確實有較高的人格情操，不僅不願意巴結權貴，連傾慕已久的名士詩人也不願意隨便結交，似乎這是俯首相就。這事說明當時名士文人間互贈詩文，互相採錄對方的詩歌入詩話已經是一種常態，其正面的意義是互相交流切磋以提高詩藝，也結交詩友或者朋友，其負面的意義便是互相標榜甚至吹噓，以至結成文藝小圈子或者朋黨。根據下月他主動去信聯繫結交的事實，可以看出，他將與袁枚的交往看得很神聖，必待條件成熟，也就是具有對等性，才主動去信結交。

4、《寄袁子才先生書》

乾隆六十年（乙卯 1795）年六月，《雨村詩話》十六卷成，李調元主動寄給袁枚第一封書信，並寄呈《童山全集》、《雨村詩話》各一套。《寄袁子才先生書》云：

> 合浦之珠，于闐之玉，波斯之珊瑚、木難，產不一鄉也。南方之荔枝，西國之葡萄，青絳之波梨、火棗，產不一邑也。而古之珍重者，必合而共稱之，且分而誇耀之者，何也？以其實皆不世出之寶也，以其材皆不恒見之材也。如先生之與蔣心餘是已。然其間亦有高下焉。先生居金陵，心餘居鉛山，其地相去甚遠也。而今稱詩者，必曰袁蔣。然蔣實不敵君也。蔣工於詞曲，而詩則間出其奇，然微逃於釋。先生工於詩律，而詞則稍遜其長，然駢體皆精，故外之人多後蔣而先袁。何也？亦猶學者先杜而後李，先蘇而後歐也。然天之生人，不一而足。而地之生才，亦不一而足。先生居金陵，調居綿州，其地相去又萬餘里遠也。先生論詩曰新，調論詩曰爽。先生有《隨園詩話》，調有《雨村詩話》，不相謀也，而輒相合。何哉？豈亦如珠玉、珊瑚、木難與夫荔枝、葡萄、梨棗之不擇地而生歟？我未知得，與心餘驅馳後先否也。所惜者，調生也晚，音同鍾子，面

阻韓荊。惟時于舍弟檢討墨莊處聞先生稱調不絕口，惟此
歡然而已。然而調之傾慕先生者，已十餘年於今矣。記調
初選庶常時，與新安程魚門訂交，見案頭有先生詩抄一冊，
讀而好之，因借攜出入，不忍釋手。戊戌歲，視學嶺南，
遂錄付梓人，名曰《袁詩選》，以示諸生。然終未得見也。
今年蜀中同年王心齋純一挈眷回金陵，因取舊刻《童山集》
託其轉呈，懇乞刪削重刊，乃草此一書，起居左右，以代
面談。原擬作詩寄懷，而行人匆遽，不及握筆。然思白樂
天詩有云：「已為海內有名客，又占世間長命人」二語，非
先生不足以當之，可以代拙筆矣。先生今年八十八，調今
年六十六，老皆至矣。書從今日去，未知何日回也。〔註103〕

書信說明因「蜀中同年王心齋純一挈眷回金陵」，便「取舊刻《童山
集》託其轉呈，懇乞刪削重刊」，並附帶本書信。王心齋，四川華陽
人，李調元錦江書院學友，同科舉人，曾官廣東懷寧令，以事繫獄，
李調元任廣東學政時為之緩頰。王心齋回川經商常往來於南京，李氏
晚年與袁枚交往，往來書信、書籍都由其販藥的紅花客船轉送，因此
王氏可稱李、袁二人忠實的信使。

　　去信的原因一是素來傾慕，二是因便而捎信贈書，因此這次主動
去信示好也就顯得真誠而又自然了。信中首先比較評價袁枚、蔣士銓的
詩歌成就與地位，認為「後蔣而先袁」是公論。其次，列出他與袁枚的
詩學觀，所謂「先生論詩曰新，調論詩曰爽」，說明二人的藝術旨趣相
近而又有別，有隱然並列的意思，也隱含著他的幾分矜持。第三，表達
自己的傾慕之情，所謂「音同鍾子，面阻韓荊」，「調之傾慕先生者，已
十餘年於今矣」。第四，說明編選《袁詩選》的因由是「初選庶常時，
與新安程魚門訂交，見案頭有先生詩抄一冊，讀而好之，因借攜出入，
不忍釋手」，後便在「視學嶺南，遂錄付梓人，名曰《袁詩選》，以示諸
生」。第五，敘述致信送書之事與原因。最後說「擬作詩寄懷，而行人
匆遽，不及握筆」，於是便以白樂天詩「已為海內有名客，又占世間長

〔註103〕　《童山文集》卷十，叢書集成初編，北京：中華書局，1985年版。

命人」相贈，其實白居易這兩句詩歌表達了李氏的心聲與對袁枚的評贊，還有羨慕對方有名又有壽的意思。文中的袁枚八十八，他自己六十六，其實袁枚只有八十歲，李氏則只有六十二歲，是爲吉利而有所增添。

5、《雨村詩話》記載袁枚回書

次年（嘉慶元年丙辰1796）得袁枚回信，《雨村詩話》記載其事說：

> 袁子才與余前後同館，讀其詩，常慕其人，曾於視學廣東時，刻其詩五卷以示諸生。然蜀、吳各天，無由通信。客歲，王心齋同年回金陵，曾肅寸楮候問。嘉慶元年五月十四日，忽於心齋處接得子才書云：

> 「枚頓首雨村觀察老先生閣下：忝叨同館，久切欽遲，祇以吳、蜀睽違，愛而不見。二十年前，有東諸侯來訪者，道閣下視學粵東，曾選刻拙作以教多士云云。仰見閣下不棄葑菲，聆音識曲，樂取於人，以爲善之意。枚雖感深肺腑，而沾接無由，至今翹首雲天，不知向何處一申拜謝。忽客歲，令弟墨莊太史過白門，得通悃款，方知蜀中五色雲見，自生司馬長卿後，又應在君家昆季也。立春前五日接手書，娓娓千言，迴環雒誦，如接光儀。惟是獎飾逾情，有龐士元稱引人才每逾其分之慮，且感且慚。伏讀《童山全集》，琳琅滿目，如入波斯寶藏，美不勝收，容俟卒業後，當擇其尤者補入詩話，以光簡篇。惟是區區之心，有不能已於言者。大集開首一卷，題俱古樂府，非不侈侈隆富，足登作者之堂，然而規仿太多，似乎有意鋪排門面，未免落套，恐集中可傳之作，正不在此。漢惠帝使夏侯寬爲樂府令，武帝命之采詩，其中有因聲而造歌者，有因歌而造聲者，有有聲有詞者，有無聲無詞者。古樂府已忘其音節，久不可考，故元微之《樂府古題序》云：『由樂以定詞，非選詞以配樂。』最爲定論。太白所作樂府，亦只偶借古題，自寫己意而已。此外，杜甫、白香山、王建諸人竟作新樂府，自樹一幟，眞豪傑之見解也。至於詠物一門，古人亦不過興之所至，偶詠數題，便足千古。詩中如詠嶺南

草木，物物有詩，似可不必編入尊作。《詩話》精妙處，與老
人心心相印，定當傳播士林，奉爲矜式。枚今年八十有一，
頹光暮景，料無相見之期，僅以文字因緣，一通悃款，爲之
憮然。茲特奉上拙刻數種，另單開呈，統祈教削，知不以老
毫而棄我也。所要心餘、甌北二集，枚皆有之，多被人借去，
現存者只夢樓先生一集，寄上一覽，其奇橫排奡處，雖不如
蔣、趙，而細筋入骨，神韻悠然，實爲過之，知老作家自有
定評也。再啓者：尊著《函海》洋洋大觀，急欲一睹爲快，
雖卷帙浩繁，一時無從攜帶，儻有南來便船，望與選刻拙作
五卷，一齊惠寄，是所懇切。上元后四日枚再拜。」

以數十年傾倒未見之人，一旦得聞謦咳，不勝狂喜，因作
二首奉寄云：「仙山無路得登龍，忽接隨園書一封。七集寄
來如拱璧，千言讀罷若晨鐘。天分吳蜀何時聚，人是東南
一大宗。只合黃金鑄袁虎，幾多名士辦香供。」「子才眞是
今才子，天賜江淹筆一枝。要與江河同不廢，隨拈花草別
成奇。高軒半是公卿過，遊屐惟應宗尚知。天下傳人當首
屈，不知附驥更爲誰？」〔註104〕

這則詩話首先簡述對袁枚的傾慕，所謂「袁子才與余前後同館，讀其
詩，常慕其人」，及編選《袁詩選》之事。其次，述說自己去年致信
袁枚，袁枚於是於「上元（即元宵節）後四日」回信，託從金陵回川
的王心齋帶回，收到的時間是同年五月十四日。第三，照錄了袁枚的
回信，〔註105〕袁枚的書信首先敘述了他與李調元交往的經過與欣喜
之情，接著評價《童山詩集》，重點是評價《童山詩集》中的古樂府。
袁枚總結出漢樂府的四種情況，非常有見地，概括性也很強。又認爲
唐代樂府創作爲兩類，一是李白爲代表的借古題寫己意的擬古樂府，
二是杜甫、王建、白香山「即事名篇，無復依傍」的新樂府，且認爲
創作新樂府是「自樹一幟，眞豪傑之見解」，說明他對杜甫、白居易

〔註104〕 詹杭倫、沈時蓉《雨村詩話校正》，成都：巴蜀書社，2006年371頁。
〔註105〕 此《答李雨村觀察書》，今《小倉山房文集》不載。

新樂府的高度肯定與讚揚。袁枚對比李白、杜甫、白居易的樂府，認爲李調元《童山詩集》開篇的古樂府「規仿太多，似乎有意鋪排門面，未免落套」，「詠嶺南草木，物物有詩，似可不必編入尊作」，這種評價當是有識之見，切中肯綮。第三是讚美《雨村詩話》「精妙處，與老人心心相印，定當傳播士林，奉爲矜式」，說明二人論詩有相似之處。第四是希望繼續交往，自己「奉上拙刻數種」，同時也希望得到《函海》與「選刻拙作五卷」。

李氏的這則詩話在記錄袁枚來信後表示了收信後的喜悅：「以數十年傾倒未見之人，一旦得聞謦咳，不勝狂喜。」並附上自己的贈詩。此詩《童山詩集》有載，題目爲《得袁子才書奉寄二首》，序言云：

> 錢塘袁子才前輩，己未館選，宰溧陽，調江寧，遂解組不出，於金陵築隨園以終老。余嘗讀其詩，想見其人。曾於視粤學時，刻其詩示諸生。乙卯，余同年王心齋純一回金陵，乃肅楮候問。今年五月十四，下江紅花客船到，從心齋信得接子才書。娓娓千言，不啻覿面，兼寄近刻七種，並索余《函海》。以素所傾慕之人，一旦得聞謦咳，不勝狂喜，因作二詩奉寄。〔註106〕

序言首先敘述袁枚的生平，接著表示自己的傾慕，所謂「讀其詩，想見其人」，神往已久，於是便有編選《袁枚詩選》示諸生之行，再敘述書信交往，說其信「娓娓千言，不啻覿面」，還「兼寄近刻七種，並索余《函海》」，寄來的書籍不少，欲索的也甚多，說明雙方關係已經非常親切自然了。如此美事與好心情，自然應該有詩相贈。所錄的詩歌與《雨村詩話》所載有小異，如「千言讀罷若晨鐘」作「千詩讀罷若撞鐘」，「只合黃金鑄袁虎」作「只合黃金鑄臨汝」，「隨拈花草別成奇」作「獨開今古別成奇」，「高軒半是公卿過，遊屣惟應宗尙知」作「詩名不讓少陵占，遊屣惟應宗炳知」。對比《童山詩集》與《雨

〔註106〕《童山詩集》卷三十四，叢書集成初編，北京：中華書局，1985年版。

村詩話》，十六卷本《雨村詩話》刻成於乾隆六十年（1795）六月，四十卷《童山詩集》刻成於同年稍後，後世補入二卷。二者的先後不易確定，僅就這兩首詩歌的文字看，《雨村詩話》所載多較好，「千言讀罷若晨鐘」作「千詩讀罷若撞鐘」，二者各有千秋，「作晨鐘」稍勝。「只合黃金鑄袁虎」作「只合黃金鑄臨汝」，則用籍貫臨汝來代袁虎，《世說新語·文學》：「袁虎少貧，嘗為人傭載運租。謝鎮西經船行，其夜清風朗月，聞江渚間估客船上有詠詩聲，甚有情致；所誦五言，又其所未嘗聞，歎美不能已。即遣委曲訊問，乃是袁自詠其所作《詠史詩》。因此相要，大相賞得。」〔註107〕當以「只合黃金鑄袁虎」較佳。「隨拈花草別成奇」作「獨開今古別成奇」，「隨拈花草」說袁枚善於寫景寓情，寓有袁枚「拈花惹草」詩多寫豔情之意，而「獨開今古」則是對其詩歌的總體的高度讚揚，二者各有千秋。「高軒半是公卿過，遊屣惟應宗尙知」據詩意應該是「半是過公卿高軒，惟應知宗尙遊屣」，說的是袁枚高朋滿座，只終日如六朝名士一樣到處遊覽，所謂「宗尙知」用的是何晏的典故。《世說新語·文學》「何晏為吏部尙書」劉孝標注引《文章敘錄》曰：「晏能清言，而當時權勢，天下談士多宗尙之。」〔註108〕改成「詩名不讓少陵占，遊屣惟應宗炳知」後則讚揚袁枚詩名堪比杜甫，也像宗炳一樣到處遊覽，對仗更為工穩，不過袁枚與杜甫無論思想與詩風都不大沾邊。因此當以「半是過公卿高軒，惟應知宗尙遊屣」為貼切。

6、李調元《寄袁子才八十用尚書畢秋帆沅前韻兼以奉寄》

當年袁枚八十大壽，李調元有《寄袁子才八十用尚書畢秋帆沅前韻兼以奉懷》：

> 夙仰奇文萬丈光，君於李杜別生芒。六七月間始通訊，
> 八十老來猶報章。才吏何妨官百里，散仙不在展三長。
> 如今髦耋行將過，仍說披吟日夜忙。

〔註107〕 《世說新語·文學》，濟南：齊魯書社，2007 年版 67 頁。
〔註108〕 《世說新語·文學》，濟南：齊魯書社，2007 年版 48 頁。

寄到雲箋萬口傳，蜀中人竟寫新篇。若仍對策同梁灝，
儻使同舟或郭仙。地占六朝多勝迹，天教一老享高年。
問君頤養遵何術，莫是曾餐太華蓮。自注：君曾檢發陝西，以縣
令用，未補即歸。

何人不識小倉山，獨我無緣未款關。老始接談徒紙上，
向曾選句遍坊間。也貪花酒偏多壽，盡有交遊不礙閒。
自歎問奇空有志，天涯無奈鬢毛斑。

眞是磻溪一隱淪，飛熊不夢夢長生。遲方得子眞英物，
晚序同人半大賓。文遍雞林通異域，詩傳娥黛滿江濱。
有名有壽君兼占，借問從來有幾人。〔註109〕

《雨村詩話》卷十六記祝壽事云：

袁子才今年八十一矣，自七十以上，四海文人以詩遙祝者甚
多，而以畢秋帆先生爲第一，曾有《寄祝隨園前輩七十詩四
首》云：「巋然江左一靈光，星宿羅胸句出芒。山水靜留眞
歲月，煙霞絢染好文章。何人御李思懷刺，此事推袁果擅長。
春到杖頭元不老，雙丸物外任他忙。」「元相才名出禁傳，
雞林紙貴豔新篇。筆雄繡虎詩兼史，影落飛鳧吏即仙。緣（或
當作綠）字養心花養性，碧山同壽鶴同年。回思上表成婚日，
曾撤明光寶炬蓮。」「園裏樓臺江外山，盍簪曾記款雲關。
地兼綠野平泉勝，人在青蓮玉局間。官職抛才全福占，詩名
成爲半生閒。別來未取紅衫浣，猶帶倉山冷翠斑。」「十入
（八）名場半隱淪，鹿銜芝草伴長生。六朝風骨餘金粉，五
嶽眞靈作主賓。燕喜尊開蘭渚會，鳳簫聲（笙）遠洛川濱。
祝鳩寄語須珍重，己未詞臣有幾人。」四首褒獎如分，無一
諛詞浮語，非子才不足以當之，洵傑作也。今春忽得子才書，
余因用其韻補《祝八十詩四首》：「誰有奇文萬丈光，君子李
杜別生芒。六七歲時曾讀集，八十年來始報章。才吏何妨官
百里，散仙不在展三長。如今髦悼行將到，仍說校讎日夜忙。」

〔註109〕 《童山詩集》卷三十四，叢書集成初編，北京：中華書局，1985
年版。

「寄到雲箋萬口傳，蜀中人竟寫新篇。若仍對策同梁灝，儻
使同舟或郭仙。地占六朝多暇日，天教一老享高年。問君頤
養遵何術，莫是曾餐太華蓮。」「何人不識小倉山，獨我無
緣未款關。老始接談徒紙上，向曾選句遍坊間。自注：余視學
廣東，曾刻選前輩詩以示多士。也貪花酒偏多壽，盡有交遊不礙閒。
自歎問奇空有志，天涯無奈鬢毛斑。」「真是蟠溪一隱淪，
飛熊不夢夢長生。遲方得子真英物，晚序同人半大賓。文遍
雞林通異域，詩傳淑女滿江濱。有名有壽君兼占，借問從來
有幾人。」〔註110〕

《詩話》中所記詩歌與《童山詩集》有小異，如「君於」作「君子」，
二字均可通。而「六七月間始通訊」作「六七歲時曾讀集」，則「六
七月間」為有據，都當從《童山詩集》。文中袁枚是八十一歲，而詩
歌中卻是八十，這是周歲與虛歲之別。袁枚當時隱然文壇泰斗，朝野
仰慕，士林文壇更是宗奉至高，所以「自七十以上，四海文人以詩遙
祝者甚多」，這種祝壽詩歌弄不好就稱頌過分而近諛，李調元雖對袁
枚素來有仰慕之情，但十年來並未湊這種熱鬧。現今因為有詩文交
往，並且互贈書籍，關係頗為密切，又見畢秋帆《寄祝隨園前輩七十
詩四首》，覺其詩「褒獎如分，無一諛詞浮語，非子才不足以當之，
洵傑作也」，便「用其韻補《祝八十詩四首》」，言下之意是既為袁枚
祝壽，又恰如其分地評價袁枚。不過這組祝壽詩歌似乎並未寄給袁
枚，因為袁枚沒有回信及和詩，當然也可能是祝壽之詩太多，已經八
十歲的袁枚和不過來。

　　這組詩歌第一首首先總寫自己的仰慕之情，讚美對方「奇文萬丈
光」，且在詩仙詩聖之間別開生面，獨樹一幟。接著敘述二人的交往，
有相見恨晚卻情誼極深的意。後面轉寫袁枚身為才吏卻為官止於縣
令，只能作散仙而未能展現三長，有為之抱憾之意。最後寫對方老來
「披吟日夜忙」，以詩文名世，沾溉後進，值得仰慕與讚揚。第二首

〔註110〕　詹杭倫、沈時蓉《雨村詩話校正》，成都：巴蜀書社，2006 年 373
　　　　　頁。

先寫袁枚書信與詩文傳到巴蜀，人們競相傳誦與寫和詩的盛況。接著
讚美對方老而才華不衰，瀟灑不凡，如同梁灝與郭仙。後面稱頌對方
身居金陵六朝勝地，養顏有術，獨享高年。第三首前半主要寫他未能
結識並拜袁枚爲師，實在是一大憾事。次聯寫二人的文字交往，所謂
「向曾選句遍坊間」，「老始接談徒紙上」。第三聯轉而描述袁枚的生
活，所謂「也貪花酒」卻「偏多壽」，「盡有交遊」卻「不礙閒」，言
下不無豔羨之情。尾聯感歎自己「空有志」卻「無奈鬢毛斑」，也兼
爲對方感歎，有惺惺相惜之意。第四首先讚揚對方是「硯溪一隱淪」，
卻不能實現平生志向而只能長生高壽。接著寫袁枚老年得子，還經常
爲有名的詩人作序。第三聯繼續寫對方的詩文傳遍異域及美女之口，
值得豔羨。最後讚揚對方「有名有壽」，與《寄袁子才先生書》所引
白樂天詩歌「已爲海內有名客，又占世間長命人」相似。這組詩歌當
是李氏精心結轉而成，既描寫對方的情趣追求與生活，讚揚對方的成
就，又表現了自己的仰慕豔羨之情，在同類作品中無疑是上乘之作。

7、袁枚《奉和李雨村觀察見寄原韻》

嘉慶二年丁巳（1797），八月。袁枚收到李調元所寄《函海》及
未刊的手抄《續集》，以及贈詩二首，隨即題寫《奉和李雨村觀察見
寄原韻》二首。詩云：

> 訪君恨乏葛陂龍，接得鴻書笑啓封。正想其人如白玉，高
> 吟大作似黃鐘。《童山集》著山中業，《函海》書爲海內宗。
> 西蜀多才今第一，雞林合有繡圖供。

> 蓬島仙人粵嶺師，栽培桃李一枝枝。何期小稿蒙刊正，竟
> 示群英謬賞奇。面與荊州尚未識，音逢鍾子已先知。醒園
> 篇什隨園句，蘭臭同心更有誰？〔註111〕

《雨村詩話》卷十六有記載云：

> 嘉慶三年戊午（1798 年）四月二十七日，接江寧王心齋同

〔註111〕 《童山詩集》卷三十四附，叢書集成初編，北京：中華書局，1985
年版。此二詩今《小倉山房詩文集》不載。

年書，言去年八月，接到《函海》及尊詩二首寄去，子才
當即寫書和詩，兼寄《小倉山房集》，於九月交紅花客佘九
寄來，不料舟至巫峽覆溺，仍舊帶回，見袁函已開，尚不
模糊，因錄子才原詩奉寄，詩題爲《奉和李雨村觀察見寄
原韻》，詩云：「⋯⋯」

隨又接一書云：「子才已於丁巳年十一月十七日病故，並送少君通書
及訃聞。」余聞大慟，向南哭之，仍用前韻奉挽云：「懸知老子是猶
龍，不謂俄成馬鬣封。江上馮夷停鼓瑟，山中師曠不調鍾。六朝風月
教誰管，萬里雲天失所宗。自恨彥先慳一面，生芻一束向南供。」「瓣
香遙奉是吾師，望斷龍門百尺枝。詩比漁洋聲更大，老遊粵海集尤奇。
可能虎賁中郎似，若個驢鳴武子知。接罷和章兼接訃，文章萬古更推
誰？」兩書到日適季夏連雨，亦滲漉不能讀，仍用前韻寄答心齋，詩
云：「長江豈有愛詩龍，浪打袁詩要拆封。總爲文名驚水府，故遲歲
月到林鍾。紅花異客原難信，丹桂同年實可宗。到底來書遭雨滲，只
宜沉浸當茶供。」「此老峨峨百世師，無端千尺倒松枝。書看虎子生
成肖，寄到驪珠死後奇。交晚難登名士傳，年衰料得故人知。錦江不
少吳船泊，此後郵筒捨子誰。」〔註112〕

　　這則詩話說明李氏同日前後不久接到王心齋兩封書信，第一封轉
告袁枚書信、和詩及文集一事。收信的時間是嘉慶三年（戊午 1798
年）四月二十七日，說「言去年八月，接到《函海》及尊詩二首寄去，
子才當即寫書和詩，兼寄《小倉山房集》」，且「於九月交紅花客佘九
寄來，不料舟至巫峽覆溺」，因爲「見袁函已開，尚不模糊，因錄子
才原詩奉寄」，即袁枚的和詩是王心齋抄錄轉交的。袁枚的和詩第一
首先寫接到書信的欣喜之情，接著讚美對方「高吟大作似黃鐘」，於
是進而推想對方「人如白玉」。第三聯讚美《童山全集》與《函海》
是名山大業與海內宗師。尾聯讚美李調元是多才之鄉西蜀當今的第一

〔註112〕　詹杭倫、沈時蓉《雨村詩話校正》，成都：巴蜀書社，2006 年 374
　　　　　頁。

才子，所以詩歌流傳海外。第二首先讚美李調元如蓬島仙人，暗寓其是像李白一樣的詩仙，在粵嶺爲學政，獎掖後進，指導生員，所謂「栽培桃李一枝枝」。次聯對李調元刊行《袁枚詩選》作爲生員學習材料表示感謝與謙虛，第三聯寫他與李調元雖未相識卻成了知音。最後說二人同心，詩文亦相匹敵，所謂「醒園篇什隨園句，蘭臭同心更有誰」。這兩首詩歌表現了袁枚的謙虛與善於獎掖後進，作爲當時的宗師，其對李調元的讚揚，如「《童山集》著山中業，《函海》書爲海內宗」，「西蜀多才今第一」，「醒園篇什隨園句」等，可稱當時人對李氏的最高褒獎與評價，其雖不無溢美之詞，但仍值得重視與研究。

王心齋的第二封信則告訴袁枚辭世的消息，並轉送袁枚之子的通書及訃告。李調元用原韻作悼詩二組四首。《童山詩集》卷三十六有載，前二首題目爲《哭袁子才前輩仍用前韻二首》，序言云：「今年四月二十七日，接江寧隨園袁子才前輩少君通書及赴聞，言子才已於丁巳年十一月十七日辰時病故。並言前歲蒙貲函海，遠貼先嚴。當即肅函申謝，並寄《小倉山房全集》一部，用答雅貺，並和見寄詩二首。不料託帶書人遇風覆舟，將箚及書均被水浸，漫漶不可復識，仍行寄回。此去年冬十月杪事也。現在苫堊之中，檢理舊稿，尚未覓得云云。聞之大慟，向南哭之，仍用見和前韻二首，聊寄奉挽。」〔註113〕後二首題目爲《同日接江寧王心齋書仍用前韻奉寄二首》，序言云：「來書云：簡齋先生於去年八月接到《函海》及尊詩二首，當即寫書和詩，兼寄小倉山房集及外集，於九月交紅花客佘九，從水路帶來。不料至巫峽舟陷溺水，書箚皆濕，仍舊帶回。見袁函已開，尚不模糊，因錄詩奉寄云云。與袁少君所言無異。但此書到日，適季夏連雨，亦滲漉不能讀。因仍用子才見和前韻戲答之。」〔註114〕《童山詩集》與《雨

〔註113〕　《童山詩集》卷三十六附，叢書集成初編，北京：中華書局，1985年版。

〔註114〕　《童山詩集》卷三十六附，叢書集成初編，北京：中華書局，1985年版。

村詩話》所載詩歌相同。

　　這兩組詩歌都是李調元得知袁枚辭世後的傷悼之作，一是表示二人的知心，以及深沉的傷悼與懷念之情，如所謂「江上馮夷停鼓瑟，山中師曠不調鍾」，「接罷和章兼接訃」，此後他的詩文集中再無有關袁枚的信息，因此可稱蓋棺論定，所謂「六朝風月教誰管，萬里雲天失所宗」，「瓣香遙奉是吾師」，「詩比漁洋聲更大」，「文章萬古更推誰」，「此老峨峨百世師」，褒獎可稱無以復加。

　　從上面的記載與考察可知李調元有關袁枚的評價始於乾隆四十三年戊戌，時任廣東學政，刊行《袁枚詩選》五卷，以供生員參閱，並作《袁詩選序》，其後乾隆五十五年庚戌（1790）李調元有《三弟檢討墨莊自楚回里以出峽草見示，言此行於金陵得見袁子才，於杭州得見祝芷塘爲快事爲題二首》，對袁枚有評贊。乾隆六十年（乙卯1795）從弟李鼎元來信將他與袁枚交往之事告知李調元，並勸李調元主動去信深相結納，但李調元婉言拒絕了。可知李氏傾慕袁枚達十八年之久，卻並未主動結納交往。

　　李調元給袁枚的第一封書信在乾隆六十年六月，託王心齋代交。次年（嘉慶元年丙辰）立春前五日袁枚接到來信，回信的時間是上元后四日。李調元收信的時間是當年五月十四日，有《得袁子才書奉寄二首》，並隨即回信，同時寄去《函海》、《雨村詩話》等。本年李調元又有《寄袁子才八十用尙書畢秋帆沅前韻兼以奉寄》，但似乎沒有寄給袁枚。嘉慶二年丁巳（1797），八月袁枚接信後有和詩《奉和李雨村觀察見寄原韻》，且贈書籍七種，但因紅花客船沉沒巫峽，李調元在嘉慶三年（戊午1798年）四月二十七日方才得到王心齋轉達的消息及袁枚的和詩，同日又收到王心齋的第二封信，及袁枚之子的通書及訃告，有和時二組四首。袁枚從嘉慶元年丙辰立春前五日收信，到嘉慶二年十一月十七日辭世，前後時間不足兩年。雙方互致書信一封，和詩一次，李調元有祝壽詩四首，袁枚死後有和詩四首。這就是二人正式的文字交往。

　　但李調元閱讀袁詩卻很早，《寄袁子才八十用尙書畢秋帆沅前韻

兼以奉寄》說「六七歲時曾讀集」，則時間當在乾隆五年（1739）左右，袁枚當時僅僅 23 歲，見十六卷本《雨村詩話》卷十六，《童山詩集》本句作「六七月間始通訊」。《寄袁子才先生書》說「調初選庶常時，與新安程魚門訂交，見案頭有先生詩抄一冊，讀而好之，因借攜出入，不忍釋手。」〔註115〕庶常即庶吉士，《書・立政》：「太史、尹伯，庶常吉士。」〔註116〕明代置庶吉士，取義於此，清因以「庶常」為庶吉士的代稱。時間在乾隆二十九年（1764），袁枚時年四十八歲。

評價袁枚的詩歌始於編選《袁枚詩選》並為之作序之時，但集中採錄評價袁枚之詩卻在編寫十六卷本《雨村詩話》之時。考十六卷本《雨村詩話》的內容，大致以寫作年代為序，即隨寫隨成卷，文中所載也大致以年代為序，但到後來所載的年代則較為模糊，記錄任廣東學政編選袁枚詩之事記載在第九卷末，而十六卷本《雨村詩話》第一卷即有對袁枚的評價。十六卷本《雨村詩話》的寫作始於何時，不得而知，但據序中有「前以話古人，此以話今人」看，是在二卷本《雨村詩話》寫定之後才開始的，而二卷本《雨村詩話》又看不出作年，故此只可以其刊刻於乾隆四十七年（1782）為最終寫成時間，那麼十六卷本《雨村詩話》當於稍後開始寫作，而畢於乾隆六十年（乙卯1795），此為十六卷本《雨村詩話》作序之時，最後的第十六卷記有嘉慶三年戊午之事，當是後來補入。即其集中研究評價袁枚的詩歌大約始於乾隆四十七年（1782）通永道任上，而終於袁枚逝世之後一年，即嘉慶三年（1798 年），前後約 16 年。

從上面的介紹考證可以看出，李調元與袁枚的神交可分為三個階段：第一階段，李調元少年即閱讀袁枚之詩，至少在 30 歲任庶吉士時便研讀袁枚之詩，終於乾隆四十三年（1778），前後約 38 年或者14 年，可稱閱讀欣賞袁枚詩歌階段；第二階段始於乾隆四十三年編選《袁枚詩選》，終於乾隆六十年（乙卯1795），前後約 17 年，為研

〔註115〕 《童山文集》卷十，叢書集成初編，北京：中華書局，1985 年版。
〔註116〕 《書・立政》《尚書正義》第二十一，阮元十三經注疏本。

讀階段；最後三年爲深入交往階段。在長達十六年的十六卷本《雨村詩話》寫作期間，李調元對袁枚的評價前後是有差別的。前期批評較多，後期讚揚較多，與袁枚正式交往期間則頌揚更爲明顯。

（二）李調元對袁枚及其詩歌的評介

李調元編寫「話今人」的十六卷本《雨村詩話》隨寫隨編輯，大致以寫作時間爲序，但觀察第一卷，記載的多是名人權貴，即印象深者先寫，隱約具有綱領的意思，如第二條即提出他的詩歌三字訣，以作爲評價的理論依據，又如他重視性靈派，所以第四、五、六等三條都採錄評價袁枚，第十一條則綜合比較評價性靈派三大家，三十、三十一、三十二條重點評價蔣士銓，四十五、四十六、四十八、四十九、五十二、五十三條重點評價趙翼，三大家幾占第一卷百分之八十的篇幅，此後則較爲零散。下面擬以專題概括李調元對袁枚的評價。

1、綜合比較評價袁枚

李調元說：「近時詩推袁、蔣、趙三家，然皆宗宋人。子才學楊誠齋，而能各開生面，此殆天授，非人力也。心餘學山谷，而去其艱澀，出以響亮，亦由天人兼之。子才亦自言：『余不喜山谷而喜誠齋，心餘不喜誠齋而喜山谷。』雲松立意學蘇，專以新造爲奇異，而稗家小說，拉雜皆來，視子才稍低一格，然視心餘，則殆過者而無不及矣。」〔註117〕這段話首先肯定當時排定的乾隆三大家，其實也就是性靈派三大家，三人是當時最傑出的詩人，然後追溯三人詩歌的淵源與創新，但「然皆宗宋人」卻有批評之意，因爲李氏尚唐抑宋的傾向一直很明顯，不僅二卷本《雨村詩話》這種傾向十分明顯，而且其他評論中也多持這種觀點。他認爲袁枚學楊萬里，但「能各開生面」，就是有所創新，這種創新主要得自「天授」，即源自先天的個性氣質與才華，這種觀點與性靈說強調天才與性情相近。相比而言，蔣士銓學黃

〔註117〕詹杭倫、沈時蓉《雨村詩話校正》，成都：巴蜀書社，2006 年 33 頁。

庭堅雖然也有特點與成就，但卻是「天人兼之」，與主要是「天授」相比，就等而下之了。而趙翼的詩歌雖比蔣士銓好，但其優點與缺點都很突出，所以比袁枚也「稍低一格」。

李調元又說：「然平心而論，詞曲，袁、趙俱不及蔣；詩，蔣俱不及袁、趙。而詩詞俱兼者，斷必推丹徒王夢樓先生。」〔註 118〕這段話比較評價性靈派三大家的成就及地位，認爲綜合而言，平心而論，蔣士銓更長於詞曲，是乾隆時期最有成就與影響的戲曲家，但詩歌卻不及袁枚、趙翼，詩歌成就的排行當是袁枚、趙翼、蔣士銓，綜合文學成就則另當別論。李調元的這個比較評價當是較爲準確的。

李調元晚年還持這種觀點。《寄袁子才先生書》：「如先生之與蔣心餘是已。然其間亦有高下焉。先生居金陵，心餘居鉛山，其地相去甚遠也。而今稱詩者，必曰袁、蔣。然蔣實不敵君也。蔣工於詞曲，而詩則間出其奇，然微逃於釋。先生工於詩律，而詞則稍遜其長，然駢體皆精，故外之人多後蔣而先袁。」〔註 119〕文中袁、蔣並稱，但認爲二人有高下之分。總體而言，是蔣不如袁。具體而而言，則蔣「工於詞曲，而詩則間出其奇，然微逃於釋」，即詩有奇橫過度之弊，且還「微逃於釋」而與儒家思想有齟齬衝突；袁枚則「工於詩律」，即詩歌藝術精湛，詩律精細，當然就長於律詩絕句了，而且還精於駢文，於是世人公論是「後蔣而先袁」。

他的《得趙雲松前輩書寄懷四首》之四說：「趙袁媲唐白與劉，蔣於長慶僅元侔。自注：時有程秀才創爲拜袁揖趙哭蔣三圖。一生此論常偏袒，萬口稱詩讓倚樓。」〔註 120〕此詩寫於嘉慶七年壬戌（1801），袁枚、蔣士銓都已經逝世很久了。詩歌認爲袁枚、趙翼與唐代的白居易、劉禹錫相似，袁枚近乎白居易，趙翼近乎劉禹錫，說

〔註 118〕 詹杭倫、沈時蓉《雨村詩話校正》，成都：巴蜀書社，2006 年 42 頁。
〔註 119〕 《童山文集》卷十，叢書集成初編，北京：中華書局，1985 年版。
〔註 120〕 《童山詩集》卷四十二，叢書集成初編，北京：中華書局，1985 年版。

明袁枚不僅學習宋代的楊萬里，而且上溯而至白居易，既有楊萬里那種活潑機靈之風，也有白居易閒適詩那種清新平易恬淡之風。而蔣士銓則與元稹有相似的地方，和元稹與白居易並列但成就及影響卻稍遜於白一樣，蔣士銓也稍遜於袁枚。

綜合而言，袁枚詩歌學楊誠齋而參以白居易，其特點突出，順應世風，所以風靡數十年，詩學觀點鮮明，影響極大，作爲性靈派領袖而兼風流才子的袁枚名聲最大，趙翼學蘇軾、陸游而參以吳梅村、查初白，優點與缺點都較突出，更以史學家著稱，蔣士銓學黃山谷而參以韓愈、蘇軾，有奇橫之風，但更以戲曲及詞取勝。李調元對三人的比較評價當是較爲準確到位的。

2、介紹袁枚

袁枚作爲主宰乾隆一朝近半個世紀詩壇的詩人兼詩學家，其對士林的影響是巨大的，李調元少年時便讀袁枚詩歌，青年時又研讀之，對袁枚的生平、行事比較熟悉，十六卷本《雨村詩話》大量採錄袁枚的詩歌，並介紹與詩歌有關的背景與故事，尤其對袁枚的風流逸事非常感興趣，進而多有記錄，下面擬擇要介紹之。

一是記錄袁枚及隨園

李調元說：「錢塘袁太史枚，字子才，薦博學鴻詞，登乾隆己未庶吉士，散館，以不嫻國書，改沐陽令，調江寧，解組，遂不出。寓居金陵郭外，築菟裘以老，名曰『隨園』，四面無牆，每春秋佳日，任士女往來遊觀，不禁也。有綠淨山房二十三間，非相識不能到。自題集唐句聯云：『放鶴去尋三島客，任人來看四時花。』又聯云：『不做公卿非無福，命終緣懶難成仙。』既愛詩書，又好花。其園門李鶴峰先生贈一聯云：『此地有崇山峻嶺茂林修竹，是能讀三墳五典八索九丘。』人多傳頌。園有二十四景……」〔註121〕

這是十六卷本《雨村詩話》第四條。這則詩話前面可稱袁枚的小

〔註121〕 詹杭倫、沈時蓉《雨村詩話校正》，成都：巴蜀書社，2006 年 28 頁。

傳，籍貫、姓字、科舉、仕宦經歷、隱居，甚至改任縣令的原因是「不嫻國書」等等都介紹得十分清楚。接著介紹描寫隨園：「四面無牆，每春秋佳日，任士女往來遊觀，不禁也。有綠淨山房二十三間，非相識不能到。」隨園景色的優美與自然，遊觀的自由，春秋佳日士女成群結隊鶯歌燕舞一派詩酒風流的江南名園景象，以及隱秘的房間等，都以簡潔的文字描寫得非常生動準確，可謂如詩如畫，有聲有色。接著以袁枚自題對聯來表現景色特點與主人的志趣愛好，又以「既愛詩書，又好花」總結之，再以他人的對聯來申說之。後面則列舉了二十四景的名稱，照錄了袁枚的《答人問隨園絕句》十八首，通過這些名稱與詩歌來繼續描寫隨園的景色特點，表現主人的情趣志向。綜合而言，這則詩話確實是一則詩紀事性質的詩話，因為它主要採錄了袁枚的絕句十八首，又記錄了三幅聯語。但它又是一篇寫景兼寫人的妙文，尤其是前面所引的一段，既簡介了袁枚的平生履歷，又描寫了隨園，且描寫角度不同：既有直接描寫，又引用對聯來間接描寫。更為精彩的是它描寫表現了看透官場、勘破世俗而又悠遊於世俗之中的追求聲色名譽的詩酒風流的江南大才子、大名士形象，他「解組，遂不出」，《雨村詩話》所載的對聯「不做公卿非無福，命終緣懶難成仙」，意思是既不想做官，又不想成仙成佛，志趣在於追求世俗的自由與幸福。但該聯對仗不工，《雨村詩話》記載採錄有誤，應該是「不作高官，非無福命祇緣懶；難成仙佛，愛讀詩書又戀花。」袁枚意思是我沒有作上高官，不是因為沒有福命，而是因為懶惰，或者說是懶於追求世俗的權勢；反之，難以修煉成為仙佛，是因為我「愛讀詩書又戀花」，追求的是高雅的世俗之樂。

所以袁枚築園而名「隨園」，「隨園」者「隨緣」也，又「遂願」也，其「隨」表現為「四面無牆」，且任士女往來遊觀而不禁，其「既愛詩書，又好花」，其詩是寫景抒情之詩，其文多是描寫女性與鬼怪的小品，「花」則既指自然美景，又指如花的美女。李調元以優美的文筆、欣賞的心情來描寫表現袁枚與隨園，其中也暗寓了他自己的嚮

往之情與仿傚之志，他憤而隱居與袁枚相似，在家鄉羅江建囷園、醒園，辦戲班修改劇本，寫《新搜神記》，在詩話中大量採錄女性的詩歌，也與袁枚相似，所以吳壽庭的「西川江水六朝山，醒園隨園差並偶」〔註122〕是道出了李調元與袁枚的相似之處的，因爲袁枚在前，李氏在後，所以李氏當是仿傚袁枚。不過，李調元並未完全忘懷時事，在聲色享樂上與袁枚的程度差別也不小。

李調元還介紹袁枚的名聲與生活，說：

> 袁子才住金陵六朝之地，爲詩壇主，四方客至，坐花醉月，尊俎殆無虛日。一日大開東閣，客至五百人。趙雲松方遊棲霞，招之，竟不往，貽以詩云：『名紙填門奉坫壇，隨園豪舉欲留餐。靈山五百阿羅漢，一個觀音請客難。』袁得詩大笑。〔註123〕

以金陵爲代表的江左地區自六朝以後就逐漸成爲中國的經濟文化中心，自然也是富貴溫柔之鄉。袁氏選中此地，建隨園以悠遊終老，他自稱「好味，好色，好葺屋，好遊，好友，好珪璋彝尊，名人字畫，又好書」，〔註124〕其實還好名、好客，好名而至成爲詩壇盟主，隨園有貨、有味更有色，自然以文士爲主的客人便不少，文中的「四方客至，坐花醉月，尊俎殆無虛日」是最簡潔準確的描寫，而一次「客至五百人」則爲歷代文人家少有，大約只有宋代的姜夔可勉強與之相比。詩壇盟主的這種詩酒花月並美的盛會，一般人自然不請自到，趨之若鶩，但也有少數不到者，這人便是趙翼。雖然袁枚與趙翼同爲性靈派的主將，但二人的生活習性與價值觀不一樣，所以趙翼「招之，竟不往」，還貽詩取笑。趙翼所謂「名紙填門奉坫壇」，說奉詩壇盟主之命來請他赴宴的書信與請柬很多，以至多到「填門」的程度了；次

〔註122〕《童山詩集》卷三十四附，叢書集成初編，北京：中華書局，1985年版。

〔註123〕詹杭倫、沈時蓉《雨村詩話校正》，成都：巴蜀書社，2006年360頁。

〔註124〕見《小倉山房文集》卷二十九《所好軒記》，周本淳標校《小倉山房詩文集》，上海：上海古籍出版社，1988年版1775頁。

句承上，寫填門之名紙都是一個內容：隨園豪舉欲留餐。宴會客至五百，自然是「豪舉」，只有袁枚才有這等雅興，才有這等號召力，才有這種財力。第三句以調笑的口吻，寫袁枚這個詩壇盟主有似西方的佛祖，弟子眾多，仰慕者不少，蹭飯者大概也不少，猶如佛祖手下有五百阿羅漢一樣。末句說他自己雖然也屬於佛教一脈，但卻與獨來獨往的觀音一樣，不願去湊這個熱鬧。詩歌調笑中暗寓得體的諷諫，大度的袁枚自然是「得詩大笑」。

二是記錄袁枚招收女弟子。

李調元說：

> 墨莊弟癸丑（1793年乾隆五十八年）南遊，謁袁簡齋於隨園，始知近日於西湖收女弟子甚眾，皆能詩。袁日登壇講詩，女弟子圍侍，其善解悟者，袁乃撫摸而噢咻之，眾女以為榮，女悉宦家良子也，因錄其詩寄余。言庚戌春暮，袁子才回杭，拜祭先塋，寓西湖孫氏寶石山莊，女公子張秉彝、徐裕馨、汪妽等十三人以詩受業，大會於湖樓，子才以《隨園雅集圖》遍令題之。臨行賦詩紀其事云：『紅妝也愛魯靈光，問字爭來寶石莊。壓倒三千桃杏樹，星娥月姐在門牆。』……此公一生享詩之福，四方執贄請謁者，桃李盈門，而晚年並收及閨媛，奉杖屨者多至，有女如雲，可謂樂事矣。以視毛西河收女弟子徐昭華，不得專美於前矣。〔註125〕

這則詩話源自李墨莊的轉述，說他癸丑南遊在隨園拜謁袁枚，見聞袁枚收授女弟子的佳話逸事：在杭州西湖舉辦女子詩會，弟子都是宦家良子，「袁日登壇講詩，女弟子圍侍，其善解悟者，袁乃撫摸而噢咻之，眾女以為榮」。李墨莊還「錄其詩寄余」，說袁枚回杭州拜祭先塋，寓西湖孫氏寶石山莊，於是有「女公子張秉彝、徐裕馨、汪妽等十三人以詩受業，大會於湖樓，子才以《隨園雅集圖》遍令題之」。袁枚庚戌年作《庚戌春暮寓西湖孫氏寶石山莊臨行賦詩紀事》十二首之十一以記其

〔註125〕詹杭倫、沈時蓉《雨村詩話校正》，成都：巴蜀書社，2006年89～90頁。

事：「紅妝也愛魯靈光，問字爭來寶石莊。壓倒三千桃李樹，星娥月姊在門牆。自注：女公子張秉彝、徐裕馨、汪婤等十三人以詩受業，大會於湖樓。」〔註126〕詩歌與李調元所載略有不同。袁枚召開湖樓詩會無可非議，向女弟子授業也確有膽量，亦有一些反傳統的意義，但「乃撫摸而噢咻之」確實近乎不雅。李調元並沒有目睹這次盛會，但他在《雨村詩話》中詳細記錄這件事，採錄了袁枚及女弟子的詩歌與書信，可補充研究袁枚史料的不足。後面他評述袁枚說：此公一生享詩之福。這個福既包括精神的，也當包括物質的。「四方執贄請謁者，桃李盈門」，收入不菲，禮節極隆，尊崇極高，名聲極大，而「晚年並收及閨媛，奉杖屨者多至，有女如雲」，則主要是精神幸福了。李氏總結說「可謂樂事矣」，露出了羨慕之情。清代文人中大概袁枚隱居後的日子過得最為舒心適意，有名、有錢，還有美女如雲，他人羨慕也是人之常情。但當時確乎有「老樹著花之誚」。錢泳《履園叢話》記載：「昔毛西河有女弟子徐昭華，為西河佳話。乾隆末年，袁簡齋太史傚之，刻十三女弟子詩，當時有議其非，然簡齋年已八旬，尚不妨受老樹著花之誚。近有士子自負才華，先後收得五十三女弟子詩，都為一集，其中有貴有賤，雜出不倫，或本人不能詩，為代作一二首以實之，以誇其桃李門牆之盛。此雖從事風流，而實有關名教。曩余在三松堂，客有豔稱其事者，潘榕皋先生歎曰：『此人死後必轉輪女身，自亦工畫能詩，千嬌百媚，而長安游俠公子王孫為其所惑者，當十倍之，必得相於到五百三十人，方能抵其罪過。』余笑曰：『公竟先為閻羅王定案耶。』」〔註127〕

李調元又說：

> 袁子才除讀書、種花外，百無所嗜，獨喜近紅裙，雖老猶然，蓋其天性也。歌場酒席，每多題詠，嘗於蘇州題舊識任氏扇，詩云：『小市長陵路狹斜，當簷一樹碧桃花。果然

〔註126〕　《小倉山房詩集》卷三十二，周本淳標校《小倉山房詩文集》，上海：上海古籍出版社，1988 年版 916 頁。

〔註127〕　〔清〕錢泳《履園叢話》卷二十一《笑柄》之《先為閻羅王定案》，北京：中華書局，1979 年版。

六十非虛度，半醉天台玉女霞。』其四妹亦以扇求題，云：
『玉立長身窈窕姿，相逢從此惹相思。雲翹更比雲英弱，
知是瓊臺第四枝。』後姐妹逢人即歌此曲。又四年。任氏
卒，其姊翠筠見袁，出舊扇，紙已破矣，猶裝裏護持，爲
袁唱曲，因有感，題二絕云：『四年前贈扇頭詩，多謝佳人
好護持。不是文君才絕世，相如琴曲有誰知。』『爲儂重唱
玉瓏璁，嚦嚦鶯聲繞畫屏。一曲清歌人一世，那堪頭白客
中聽。』大有杜牧之風。〔註 128〕

這則詩話介紹了袁枚的嗜好：除讀書、種花外，百無所嗜，獨喜近紅
裙，雖老猶然。李氏認爲這是天性，說白了就是天生風流種子，因而
處處留情，常見的方法便是「多題詠」。後面採錄了袁枚給老相好任
氏扇的題詩，進而又爲其四妹題詩，詩歌因此成爲二女自高身份的保
留曲目，所謂「逢人即歌此曲」，與白居易《與元九書》中「妓大誇
曰：『我誦得白學士《長恨歌》，豈同他哉？』由是價增」〔註 129〕如
出一轍。相隔千年的歌女所唱的都是情詩，不過此二女歌唱的是韻味
悠長的短篇情詩，而唐代歌伎唱的是白居易蘊意深厚複雜的敘事兼抒
情的長詩。又記載任氏死後，其姊翠筠見袁枚，「出舊扇，紙已破矣，
猶裝裏護持」，足見情感之深，然後「爲袁唱曲」，袁枚因此再題二絕
句。李調元認爲袁枚「大有杜牧之風」。袁枚與杜牧確實有相似之處，
相似之處在都縱情聲色，處處留情，但亦有不同之處：一是杜牧處於
唐末衰亂之世，眼見大廈將傾，不得已而縱情聲色，麻醉自己，而袁
枚則處在所謂康乾盛世，世事尚還可爲，但袁枚卻嗅出了盛世掩蓋下
的腐敗氣息，且生性好此，於是如此；二是杜牧雖然風流，但卻頗有
幾分英雄氣，所謂「十年一覺揚州夢，贏得青樓薄幸名」，〔註 130〕洪

〔註 128〕　詹杭倫、沈時蓉《雨村詩話校正》，成都：巴蜀書社，2006 年版 140
　　　　　頁。

〔註 129〕　〔唐〕白居易《白居易集》卷四十五，北京：中華書局，1979 年版
　　　　　936 頁。

〔註 130〕　〔唐〕杜牧《遣懷》，《全唐詩》卷五百二十四，北京：中華書局，
　　　　　1960 年版 5998 頁。

亮吉說：「中唐以後，小杜才識，亦非人所及。文章則有經濟，古今體詩則有氣勢。儻分其所長，亦足以了數子。宜其薄視元白諸人也。」〔註131〕而袁枚則地地道道的風流才子，是生性使然。

三是記錄袁枚好男色

李調元說：

> 江寧劉霞裳秀才，姿容絕世，望之如處女。學詩於袁子才，出筆敏捷，兼聰慧善體人意，袁深愛之，每出遊必攜與之俱，爲小友，相與唱和。如天台山、仙霞、九華、黃山、武夷，遠而東粵，近而西湖，無不從也。霞裳家貧，初受業時，嚴子進、陶怡園兩公子代饋修贄，並牽羊引進。子才卻曰：『如此好門生，爲老人山水伴足矣。何必贄也！』即約爲天台之遊，贈詩云：『䑛䑛問字子雲家，奕奕風神動絳紗。似汝瓊枝來立雪，一時愁殺後堂花』……次年霞裳方就婚汪氏，子才又約遊黃山，而婚以五月尚不出。子才賦詩調之，兼呈新婦云……霞裳雖日從子才遊，而少年性情不慣孤衾獨枕，時有狹斜之行，子才亦聽之不禁。在武夷時，霞裳隨輿夫至屏風館茶肆茆亭，有張氏女者，見而悅之，遂宿其家。其女憐其單寒，並代出纏頭交阿母，臨別泣下，霞裳亦爲墮淚。子才作《屏風館》七古吟其事，有『冶容易惹天花染，莫再他生作宋朝』之句。又在粵東時，有袁郎名師晉，年十七，明慧善歌，爲吳明府司閽。乍見霞裳，推襟送抱，若不得沾接。再三，謀得私約。某日，兩情可狎，忽主人奉大府檄，火速鬢行，郎不得留。別時，淚如縆縻。子才以兩雄相悅，數典殊希，作詩以補《國風》之變云：『珠江吹斷少男風，珠淚離離墮水紅。緣淺愛能生頃刻，情深誰復識雌雄？鄂君翠被床才疊，苟令香爐座忽空。我有青詞訴眞宰，散花折柳太匆匆。』亦善謔也……〔註132〕

〔註131〕　〔清〕洪亮吉《北江詩話》卷二，叢書集成初編本，北京：中華書局，1985 年版。

〔註132〕　詹杭倫、沈時蓉《雨村詩話校正》，成都：巴蜀書社，2006 年版 45～47 頁。

這則詩話很長，記載袁枚與姿容絕世的江寧秀才劉霞裳始交到終別的故事，其中記載了袁枚贈劉霞裳及其新婦的詩歌絕句律詩十五首，劉霞裳的和詩四首，根據對事情的記載與採錄的詩歌可以推演爲一部小說或者戲劇來：袁枚深愛劉，「每出遊必攜與之俱，爲小友，相與唱和」，且免其修贄而收爲門生弟子，約爲天台之遊；劉結婚不滿五月，袁枚即催其陪伴遊黃山，還「賦詩調之，兼呈新婦」，劉有和詩四首。後劉有狹斜之行，風流之事，袁枚有《屏風館》七古吟其事。再後，劉與吳明府司閽袁師晉兩情相狎而不得，袁枚作詩相戲。最後袁枚又將其薦與九江觀察福公，且有別詩。《小倉山房詩集》卷二十八首有《贈劉霞裳秀才約爲天台之遊》六首，即《雨村詩話》所引，其後有《戲霞裳》等，終於三十七卷之《謝霞裳寄藥方兼訊病中光景》二首，共計十七題三十五首，可能不算袁枚詩集中贈酬懷念之最多者，但絕對是後期贈酬懷念最多者，且《小倉山房外集》有《劉霞裳詩序》，《隨園詩話》中也多次提到劉霞裳。《隨園詩話》說：「余弟子劉霞裳有仲榮之姣，每遊山，必載與俱。趙雲松調之曰：『白頭人共泛清波，忽覺沿堤屬目多。此老不知看衛階，誤誇看殺一東坡。』」〔註133〕這則詩話所記載的故事實在不怎麼光彩：風流名士袁枚不僅好女色，而且好男色，見江寧秀才劉霞裳姿容絕世，望之如處女，便免其修贄而收爲弟子，且終日相隨，遠近遊覽「無不從也」；且劉婚後不滿五月就催逼其相從，最終又將其薦贈給達官貴人，且多次作調笑之詩相贈。這裡的袁枚實在出格，似乎好男色始終不懈，而且還將其贈送給權貴，這事放在古今中外任何時候任何地方都是一件不大光彩的事，斷不能以所謂反傳統、反封建禮教來解釋與讚揚。那位劉秀才既被身爲大名士的老師玩弄，卻又婚後不久即時有狹斜之行，以至乾脆宿於茶館女之家，甚至還好男色，自己被人調戲侮辱卻又調戲侮辱人家，最終不免被贈送權貴，實在是既可悲又可恨。故事還告訴我們，當時即

〔註133〕 〔清〕袁枚《隨園詩話》卷二，北京：人民文學出版社，1982 年版 46 頁。

便是下筆敏捷的秀才，如果無錢無權且持身不正，便有既被名士玩弄，也被權貴玩弄的可能。故事還告訴我們，所謂康乾盛世，尤其是乾隆後期，社會道德淪喪，下層文人狹斜無恥，大名士無恥，如福公之類的權貴更無恥，社會焉得不亂？李調元津津有味地記載了這個故事，採錄了這些調笑詩歌，肯定有欣賞的成分，他評論袁枚的這些詩歌是「亦善謔也」。袁枚之詩確實有「善謔」者，裏面似乎也有「性靈」，但卻不是袁詩中的佳作。李調元詩歌中也偶有調笑之作，如《宿趙家渡有館人為子納姻而欲易余榻戲答之》「老夫正要蟾宮住，玉杵今宵聽搗霜」，〔註 134〕《童山詩話》卷六也有記載，可謂津津樂道，當不足為訓。袁枚認為：「詩者，人之性情也。近取諸身而足矣。其言動心，其色奪目，其味適口，其音悅耳，便是佳詩。」〔註 135〕詩歌的本質是抒情的說法固然不錯，將情禁錮在儒家倫理道德上也失之偏頗，好詩確實應該動心、奪目、適口、悅耳，但如倒過來說凡動心、奪目、適口、悅耳的詩都是好詩則未必，因為寫狹斜之情的詩歌也可能動心、奪目、適口、悅耳。

　　對於袁枚的「好味、好色、好貨」，還有好名、好玩、好客等，一般人自然是羨慕的，也持讚揚態度。但當時即有不以為然者，據傳趙翼便曾經戲為控詞，說袁枚「園論宛委，占來好水好山；鄉覓溫柔，不論是男是女」，並下了判決：「來世重則化蜂蝶以償凤債，輕也要復猿猴本身逐回巢穴。」〔註 136〕同時的章學誠則對袁枚招收女弟子深惡痛絕，他在《丙辰箚記》中指責道：「近有無恥妄人，以風流自命，蠱惑士女，大率以優伶雜劇所演才子佳人惑人。大江以南，名門大家閨秀多為所誘，徵刻詩稿，標榜聲名，無復男女之嫌，殆忘其身之雌

〔註 134〕　《童山詩集》卷三十三，叢書集成初編，北京：中華書局，1985年版。
〔註 135〕　〔清〕袁枚《隨園詩話》補遺卷一，北京：人民文學出版社，1982年版 565 頁。
〔註 136〕　〔清〕梁紹壬《兩般秋雨盦隨筆》，上海：上海古籍出版社，1982年版 3 頁。

也。此等閨娃，婦學不修，豈有眞才可取敘而爲邪人播弄，浸成風俗。人心世道，大可憂也。」〔註137〕清末的朱庭珍評述袁枚：「袁既以淫女狡童之性靈爲宗，專法香山、誠齋之病，誤以鄙俚淺滑爲自然，尖酸佻巧爲聰明，諧謔遊戲爲風趣，粗惡頹放爲豪雄，輕薄卑靡爲天眞，淫穢浪蕩爲豔情，倡魔道妖言，以潰詩教之防。」〔註138〕章氏與朱氏的評論有一定道理，但未免過分，且確實有衛道之嫌。近來不少論者則褒揚有加，認爲袁枚是反封建禮教的勇士，袁枚招收女弟子講授詩藝，編詩話廣泛搜羅默默無聞的女子所作單篇隻句，力予闡揚，重其聲名，反映出他對女子異乎尋常的尊重。這在封建時代，是需要睿智和勇氣的，他對女士懷著深切的同情，幻想著要改變她們的悲憂命運，「他生願作司香尉，千萬金鈴護落花」。〔註139〕這種說法也有一定道理，但「撫摸而噢咻之」確乎不雅，且他以要作司香尉而「千萬金鈴護落花」並非保護女性，而是說他要做個護花使者，一生都在花叢中穿行。在色的問題上，現在有人認爲袁枚痛恨扼抑人性的理學腐談，提倡追求自然、合理、歡樂的情感和愛情生活，雖也不免含有某些任意放縱享樂欲望之過，但決不是煽揚輕浮放蕩。不過袁枚好色是男女通吃：於女色則小妾成群，兩個陶姬、方聰娘、陸姬、金姬……還有不計其數的女弟子，七十多歲時還有女色緋聞，於男色也緋聞不斷，計有李郎、慶郎、桂郎、曹郎、吳郎、陸郎，與前面所說的吳秀才。這確實過了。

李調元記載了這些故事，採錄了有關詩歌，對其行爲與相關詩歌卻不加評論，似乎含有默許的意思，又似乎含有不滿，需要進一步研究。

不過李調元同時也記載袁枚的寧靜與恬然。他說：「人當去官，多作不平語。袁子才《江寧罷官詩》獨和平，詩云：『曳紫拖青笑蛤

〔註137〕 〔清〕章學誠《丙辰箚記》，北京：中華書局，1986年版98頁。

〔註138〕 〔清〕朱庭珍《筱園詩話》，郭紹虞《清詩話續編》，上海：上海古籍出版社，1983年版2366頁。

〔註139〕 〔清〕袁枚《隨園詩話》卷九，北京：人民文學出版社，1982年版311頁。

魚，年年戶限最難居。未能閉閣常思過，且乞還山再讀書。楊素無兒供灑掃，潘安有母奉花輿。一灣春水千竿竹，容得詩人住草廬。』頗得隨遇而安之樂。」〔註140〕

　　總之，袁枚以「好色、好吃、好詩」的名士派頭行走江湖，亦正亦邪，亦方亦圓，也交權貴，也納後學，是一個性格複雜的人物。後世對其應當辯證地評價，既不可過分貶斥，視爲洪水猛獸，也不必曲爲之飾。

3、對袁枚詩歌的評價

（1）直接批評袁枚的詩歌

　　李調元對袁枚詩歌的批評主要集中在《雨村詩話》前二卷中。

　　首先是批評袁枚之詩「宗宋人」。他說：「近時詩推袁、蔣、趙三家，然皆宗宋人。子才學楊誠齋，而能各開生面，此殆天授，非人力也。」〔註141〕宋代以後即有宗唐宗宋之爭，說明宋詩自有特點與優勢，可以與唐詩一爭高下，但多數人主張宗唐，即便主張宗宋者也不敢菲薄唐詩。唐詩、宋詩的優劣此處不作評價，但單就成就與影響而言，應該說多數人的觀點較爲合理。性靈派三大家皆宗宋人，即李調元所說袁枚宗楊萬里，蔣士銓宗黃庭堅，趙翼宗蘇軾。對於宗宋，袁枚自己也認同，他說：「不甚喜宋人，雙眸不盼兩廡旁，惟有歌詩偶取將。」〔註142〕李調元是典型的宗唐者，二卷本《雨村詩話》評論推崇唐詩的條目達三十五條之多，而評論宋詩者僅僅有十一條，且他評論宋詩的第一句話便是「余雅不好宋詩而獨愛東坡」，足見其對宋詩的不滿之情。這則詩話認爲袁、蔣、趙三家是近時詩壇翹楚，但其後的斷語是「然皆宗宋人」，不滿之意溢於言表。他認爲袁枚學楊萬里，而又能有

〔註140〕　詹杭倫、沈時蓉《雨村詩話校正》，成都：巴蜀書社，2006 年版 170
　　　　　頁。

〔註141〕　詹杭倫、沈時蓉《雨村詩話校正》，成都：巴蜀書社，2006 年版 33
　　　　　頁。

〔註142〕　〔清〕袁枚《子才子歌示莊念農》，周本淳校《小倉山房詩文集》，
　　　　　上海：上海古籍出版社，1988 年版 318 頁。

所創新，是準確的，且認爲其原因主要是「天授」，即天生的性格才氣相近，這種分析也是準確的。當時人認爲袁枚的詩歌宗楊萬里而上溯至白居易，李調元也同意這種看法，所以他對袁枚有近似白居易的評價。他說：「有問袁子才如何人，余誦白樂天句云：『已爲海內有名客，又占世間長命人。』此一聯可以貽贈。」〔註143〕這段話主要評價袁枚與晚年白居易的名聲與命運相近，但也含有詩歌的內容與風格相似的意思。李調元對宋詩是「獨愛東坡」，那麼其不愛者就包括楊萬里。他評價楊萬里說：「楊誠齋理學經學俱不可及，而獨於詩非所長。如《不寐》云：『翻來覆去體都痛。』復成何語？至其用筆之妙，亦有不可及者，如『忽有野香尋不得，蘭於石背一花開』，又『青天以水爲銅鏡，白鷺前身是釣翁』，皆有腕力。」〔註144〕楊萬里的詩歌特點十分鮮明，即多寫景詠物，長於捕捉轉瞬即逝變化無窮的景象，想像奇特，幽默風趣，語言通俗清新而又活潑流利，如彈丸脫手，號稱「誠齋體」，但其也有凝重深沉的作品，如《初入淮河》。李調元認爲楊萬里「經學俱不可及，獨於詩非所長」的評價不盡恰當，但他批評其「翻來覆去體都痛」之類率滑、俚俗的詩歌，其「忽有野香尋不得，蘭於石背一花開」是正宗的誠齋體，「青天以水爲銅鏡，白鷺前身是釣翁」之類則含蘊較深而且有腕力，即有筆力，這卻是較爲準確的。古今之人多認爲袁枚學楊萬里而上溯至白居易，而李調元卻「雅不好宋詩而獨愛東坡」，楊萬里就在其「不好」之列，還認爲楊氏「於詩非所長」，言下之意是袁枚不僅取徑較窄，而且效法其中便得其下了。簡言之，對袁枚詩歌的總體評價不高，這可能有些偏頗，但確實有一定道理。考察袁枚全部詩歌，尤其是隱居之後的詩歌，不僅題材較爲狹窄，而且風格少有發展變化，可讀之作較多，但第一流的佳作大作卻幾乎沒有，

〔註143〕 詹杭倫、沈時蓉《雨村詩話校正》，成都：巴蜀書社，2006 年版 128 頁。

〔註144〕 《雨村詩話》卷下，郭紹虞《清詩話續編》，上海：上海古籍出版社，1983 年版 1534 頁。

他的詩壇盟主的身份主要依靠其詩學觀與綜合名氣而得。

其次是批評袁枚「好爲大言」。他說：

> 袁子才詩好爲大言，亦是一病。如五言云：「不敢吞雲夢，休登黃鶴樓。」七言云：「仰天但見有日月，搖筆便知無古今。」未免太狂。又自作《子才子歌》云：「……」此與英雄欺人之王弇州何異？〔註145〕

這是《雨村詩話》第一卷第六條，第一句話便毫不客氣地斷定袁枚詩「好爲大言，亦是一病」。所舉的第一個例子「不敢吞雲夢，休登黃鶴樓」寫闊大高聳之景象而寓雄豪之情，似乎來自孟浩然的《臨洞庭》之「氣蒸雲夢澤，波撼岳陽樓」，〔註146〕但描寫欠生動，語言較生硬，情景聯繫不緊密，形象板滯無神，寄寓的情懷便虛浮無根，與孟浩然的《臨洞庭》和杜甫的《登岳陽樓》之「昔聞洞庭水，今上岳陽樓。吳楚東南坼，乾坤日夜浮」〔註147〕相比，何啻天壤。第二個例子「仰天但見有日月，搖筆便知無古今」語出《除夕讀蔣苕生編修詩即仿其體奉題三首》之二，如果解作師法自然而重創新，則值得肯定，如果解作自己的詩歌超越古今則有些大言炎炎了。詩歌大約想學李白，表現一種超越時空且目空一切的狂豪之情，似乎想表現如杜甫「獨立蒼茫自詠詩〔註148〕」一類的境界，但蘊意淺薄，形象僵而虛，狂則有之，豪則沒有，只流於狂號。所以上述兩例不僅僅是李調元所說的自視過高而「未免太狂」，而且更在於藝術表現的不成功。

第三個例子是袁枚的《子才子歌》，該詩作於隱居隨園十一年之時，時年四十四歲，正是名聲蒸蒸日上之時，詩歌敘述自己的經歷生活，抒發情懷，詩題就有自命不凡之意，稱自己爲「子才子」，詩既

〔註145〕　詹杭倫、沈時蓉《雨村詩話校正》，成都：巴蜀書社，2006年版30～31頁。

〔註146〕　《孟浩然集》卷二，《四部叢刊》影明本。

〔註147〕　〔清〕楊倫《杜詩鏡銓》，上海：上海古籍出版社，1980年版952頁。

〔註148〕　〔唐〕杜甫《樂遊園歌》，楊倫《杜詩鏡銓》，上海：上海古籍出版社，1980年版44頁。

是一首才子歌，更是一首狂士歌。詩歌開始一段云：「子才子，頎而長，夢束筆萬枝，爲桴浮大江，從此文思日汪洋。十二舉茂才，二十試明光，廿三登鄉薦，廿四貢玉堂。爾時意氣凌八表，海水未許人窺量。自期必管樂，致主必堯湯。」詩歌表現的思想感情頗有些像杜甫《奉贈韋左丞丈二十二韻》的前一部分，又有些像《壯遊》前幾句，整首詩的風格則明顯地效法李白的歌行體，如《將進酒》、《夢遊天姥吟留別》等，不過其以時爲序炫耀科舉功名則顯得非常俗氣，而「自期必管樂，致主必堯湯」則將諸葛亮的自比管樂〔註149〕與杜甫的「致君堯舜上，再使風俗淳」〔註150〕結合，自詡能文能武，有治國平天下的雄略高才，這就太過了，因此可以說古代敢於大言炎炎的文士無過於袁枚了。後面詩中又有「駢文追六朝，散文絕三唐」之類的自我評價，最後說：「就使仲尼來東魯，大禹出西羌，必不呼子才子爲今之狂。既自歌，還自贈，終不知千秋萬世後，與李杜韓蘇誰頡頏？大書一紙問蒙莊。」言下之意是他可以立德超越孔子，立功超過大禹，立言超越李杜韓蘇，狂誕自在又超越莊子，這種「英雄欺人」可稱前無古人後無來者，王弇州豈敢望其項背！

綜上可知，李調元所說的袁枚「好大言」一指其喜歡描寫闊大的景象，以表現豪放的情懷，二指目空一切說大話。目空一切，狂放不羈是詩人的本性，尤其是浪漫主義詩人就更應該如此，前代的莊子、屈原、李白、蘇軾、辛棄疾，也包括青年杜甫，都有這種情懷與表現這種情懷的詩歌。自宋代以後，浪漫主義詩人少了，狂放不羈的詩人及詩歌就更少了，袁枚敢於表現闊大的景象，雄放的情懷，有狂氣，本身就是一件迥乎時流的好事。遺憾的是袁枚在思想胸懷情感個性與上述諸人有質的差別，筆力的差距也不小，於是他的詩歌中所表現的

〔註149〕 〔晉〕陳壽《三國志‧諸葛亮傳》：「亮身長八尺，每自比於管仲、樂毅，時人莫之許也。惟博陵崔周平，穎川徐庶元直與亮友善，謂爲信然。」

〔註150〕 〔唐〕杜甫《奉贈韋左丞丈二十二韻》，楊倫《杜詩鏡銓》，上海：上海古籍出版社，1980年版25頁。

大象與大言就顯得有些滑稽可笑，宜乎被人批評與嘲笑。

　　第三是批評袁枚不學前人之說。他說：

　　　　袁子才曾有句云：「若問隨園詩學某，二唐二宋是誰應？」
　　　　亦英雄欺人語，集中不盡然也。……大抵句法無有不學前
　　　　人者，所謂幼而習之、壯而行之也，雖前人亦然。……輾
　　　　轉相學，亦不足爲病也。〔註151〕

性靈派重視性靈，其性靈包括性情、靈氣、靈巧與靈感，其中性情是
本，詩歌表現性情之說來自儒家詩學，只不過儒家的性情首重社會關
懷，次重個人關懷，當然也包括愛情，主張「情志一體」，但又認爲
表現愛情應該有節制，所謂「發乎情，止乎禮義」。〔註152〕倡導以抒
情爲本，因爲情感人人不同，且時時不同，所以寫眞情就意味著創新。
至於作者主體的靈氣、寫作時的靈感，與表現出來的靈巧等都指向創
新，所以說袁枚的性靈說主張創新，而反對效法古人、堆垛典故是準
確的。他說：「自三百篇至今日，凡詩之傳者，都是性靈，不關堆垛。」
〔註153〕又說：「雙眼自將秋水洗，一生不受古人欺。」〔註154〕問題
是學問與堆垛雖有聯繫，但是卻是性質不同的兩回事，倣古效古與學
習前人也是兩回事。換言之，創新並不是不讀書學習，也不是不需要
學問，其他人如此，袁枚亦如此。

　　袁枚的「若問隨園詩學某，二唐二宋是誰應」是說他誰也不學，
這就偏頗片面了。一則從理論上看，創新與學習是相輔相成的，創新離
不開學習繼承，學習繼承是創新的基礎；二則從實踐上看，學習模倣是
必然的，生下來就創新且全部創新的人是沒有。但是學習與法古效古有
本質的區別，即學習繼承是手段，而創新才是最終目的，仿倣古人不過

〔註151〕　詹杭倫、沈時蓉《雨村詩話校正》，成都：巴蜀書社，2006年版45
　　　　　　頁。
〔註152〕　《毛詩正義》卷一，阮元刻十三經注疏本。
〔註153〕　〔清〕袁枚《隨園詩話》卷五，北京：人民文學出版社，1982年版
　　　　　　146頁。
〔註154〕　〔清〕袁枚《隨園詩話》補遺卷三，北京：人民文學出版社，1982
　　　　　　年版638頁。

是學習的手段而已，所以以效法古人爲學習的目的是本末倒置，南轅北轍。青少年時期通過仿傚古人來學習提高是可以的，也是必要的，但學習的目的是爲了創新，學習的同時也要追求創新，此後更要時時刻刻追求創新，並且從理論上倡導創新。因此如果袁枚說他成年成名之後不學唐宋，這是可以的，如說他一生都不學唐宋則不可以。且從事實上看，古今都一致認爲袁枚學楊誠齋，進而上溯到後期的白居易，從題材、內蘊、風格、語言等方面都有近似之處，袁枚的成功處在於學楊萬里與白居易「而能各開生面」，李調元認爲這種學習而重創新，最終形成獨特風格的原因是「殆天授，非人力也」，即他所謂「淵明清遠開放，是其本色，而其中有一段深古樸茂不可及處。或謂唐王、孟、韋、柳學焉，而得其性情之所近」。〔註155〕因爲袁枚的自許既不合理，又不合事實，於是便被李調元逮住痛腳，斷言其「亦英雄欺人語」，再舉出其學習仿傚的實例以證明之。舉例之後李調元有一段論述：「大抵句法無有不學前人者，所謂幼而習之、壯而行之也，雖前人亦然。」意思是學習是可以的，具體而言有學有不學，藝術表現手法、風格個性、精神內蘊等是不可學的，其實也是學不到的，而詩歌的句法、格律等是可學的，且「幼而習之、壯而行之」，自然融合到創作中了，這符合文學創作有法而無定法之俗話，因此即便是「輾轉相學，亦不足爲病」。李調元的這種觀點，比袁枚自許誰也不學、什麼都不學的說法通達實際，也證明了歷代巴蜀學者都具有不走極端的學風。

第四是批評袁枚的惡人敏捷。他說：

　　詩有捷才，殆天賦也。古有七步八叉，本朝自宮詹張南華鵬翀而外，指不多屈，目見者唯廣漢玉溪一人而已。乃袁子才最不喜人敏捷，曾有《箴作詩》句云：「物須見少方爲貴，詩到能遲轉是才。」此余所不解也。〔註156〕

〔註155〕　《雨村詩話》上卷，郭紹虞《清詩話續編》，上海：上海古籍出版社，1983 年版 1523 頁。

〔註156〕　詹杭倫、沈時蓉《雨村詩話校正》，成都：巴蜀書社，2006 年版 69頁。

李調元是才子便當然有才，尤其是有捷才，這是當時文人所公認的，所以李調元對捷才評價頗高。這則詩話認為捷才是天賦之能，古代有曹植七步成詩、溫庭筠八叉成詩之美談，而後世不多見。他對袁枚不喜歡捷才，有「物須見少方爲貴，詩到能遲轉是才」之說感到不解。袁枚之詩爲《箴作詩者》：「倚馬休誇速藻佳，相如終竟壓鄒枚。物須見少方爲貴，詩到能遲轉是才。清角聲高非易奏，優曇花好不輕開。須知極樂神仙境，修煉多從苦處來。」〔註157〕袁枚此詩首聯認爲倚馬可待，下筆千言不值得誇耀，文思遲緩的司馬相如作品勝過鄒陽、枚乘便是證明。其實這祇是一方面，捷才而提筆立就者亦有不少佳作，如劉禹錫的《酬樂天揚州初逢席上見贈》便是即席而就的千古名篇，曹植七步成詩、溫庭筠八叉成詩更是捷才成詩的佳話。頷聯前一句以物以稀爲貴說明詩歌當獨創而具特異性，特異者即稀有者，有一定道理；後一句認爲詩歌創作「能遲方是才」則未必，因爲只要能出創作好詩便是有才，而不論其遲速。從創作心理學的角度看，才思與寫作的遲速是相對的，遲緩者有快速時，即便是遲緩者，如積累深厚又觸景生情而靈感突來，也可以頃刻可成佳作；反之快速者亦有遲緩時，如情景不偶而靈感不生，則下筆艱澀，難以成文。頸聯轉寫優秀作品之不易與稀少。尾聯說最高境界多從勤苦修煉而來，這話有理，但文學創作的成功因素很多，苦練祇是其中一個必要條件，還有另一個同樣重要的必要條件是天資，而天資與創作遲緩或迅速雖有一定關係，但並不成正比例。

（2）直接讚揚袁枚的詩歌

一是讚揚袁枚之詩曲盡人情。李調元說：

> 袁子才《生女詩》云：「墮地無人賀，遙知瓦在床。爲誰添健婦，懶去報高堂。妄想能招弟，佯歡且爲娘。江干有黃竹，慣作女兒箱。」若不經意，而曲盡人情。〔註158〕

〔註157〕〔清〕袁枚《箴作詩者》，周本淳標校《小倉山房詩文集》，上海：上海古籍出版社，1988 年版 555 頁。

〔註158〕詹杭倫、沈時蓉《雨村詩話校正》，成都：巴蜀書社，2006 年 73 頁。

袁枚論詩重性靈，性靈的基本要素就是性情，所以袁枚主張詩歌要抒
發性情。袁枚說：「提筆先須問性情，風裁休劃宋元明。」〔註 159〕又
說：「品畫先神韻，論詩重性情。蛟龍生氣盡，不如鼠橫行。」〔註 160〕
提出只要寫眞情實感，詩歌便有生氣。他說：「詩家兩題，不過寫景
言情四字。我道：景雖好，一過目而已忘；情果眞時，往來於心而不
釋。孔子所云『興觀群怨』四字，惟言情者居其三，若寫景，則不過
可以觀一句而已。」〔註 161〕認爲詩應以言情爲主，只有眞情才易動
人而且經久不忘。理論上如此，詩歌創作實踐中自然也比較重視性情
的抒發，即李調元所說的「曲盡人情」。情有種種，大而言之有偏於
社會關懷者，如憂國憂民之情，有偏於個人關懷者，如愛情、親情、
友情。綜合而言，袁枚雖然不僅有妻，有小妾若干，還有不少頗爲曖
昧的女弟子，但因其生性風流，處處留情，所以就沒有留下多少表現
男女眞情的佳作，如上文所引他贈給劉霞裳的詩歌，就是李調元所謂
「善謔」，說不上眞情流露。相比而言，他很重視友情，對性靈派的
趙翼、蔣士銓等人的情誼非常重視，相贈詩文中表現較深的情感，對
其他文士及弟子也如此，其友沈鳳司死後，因無後嗣，袁枚每年爲他
祭墳，三十年未曾間斷，對友人的情義深重，令人感動。他似乎更重
視親情，其妹袁機於乾隆二十四年（1759）卒，袁枚八年後寫成的散
文代表作《祭妹文》哀婉眞摯，流傳久遠，古文論者將其與唐代韓愈
的《祭十二郎文》並提，李調元所採錄評論的《生女詩》也是表現親
情的佳作。

　　袁枚的《生女詩》首聯寫女兒降生後賀客冷清、父母冷淡的情景，
所謂「遙知瓦在床」，寫他連去看新生女兒一眼的心情都沒有。頷聯

〔註 159〕　〔清〕袁枚《答曾南邨論詩》，周本淳標校《小倉山房詩文集》，上
　　　　　海：上海古籍出版社，1988 年版 73 頁。

〔註 160〕　〔清〕袁枚《品畫》，周本淳標校《小倉山房詩文集》，上海：上海
　　　　　古籍出版社，1988 年版 769 頁。

〔註 161〕　〔清〕袁枚《隨園詩話補遺》卷十，北京：人民文學出版社，1982
　　　　　年版 819 頁。

承上，寫女兒不能接續香火，支撐門庭，今後只能嫁與他人之家作一個操勞家務、侍奉公婆的健婦，所以令人心灰意懶而不去報告父母親。頸聯轉寫他希望生此女後能生兒子，於是便給女兒取名爲招弟，還佯裝高興，以安慰高堂老母。尾聯寫出了他對女兒的不屑：權且將她養大吧，反正也費不了多少錢財，江邊的黃竹將來就可以作她的嫁箱。詩歌不是表現對女兒的深情，也不是表現女兒出生時的欣喜之情，而是表現他又生女兒的厭煩不屑之情，立意不足取，但卻表現了當時如他一樣未能免俗的渴望苦望生兒子的父親的情感與心理，非常眞實，也非常典型，而語言卻非常平易，表現得非常自然，所以李調元評其「若不經意，而曲盡人情」。「若不經意，而曲盡人情」應該是很高的藝術境界，甚至是最高的藝術境界，歷代詩歌之典範者如漢末無名氏的《古詩十九首》，陶淵明的詩歌，遺憾的是袁枚這類詩歌並不多，尤其是愛情詩歌。

二是讚揚袁枚之詩「論古最爲敦厚」。李調元說：

> 溫柔敦厚，詩之教也，余最不喜尖新。在浙時，有人遺《商氏家集》，有孝廉商和《新豐》云：「行人樹裏見新豐，雞犬歸來萬戶同。爲問安居諸父老，可知叱?欲烹翁。」太尖新矣。嘗讀袁子才《玉環》云：「可惜雲容出地遲，不將讕語訴人知。《唐書》新舊分明在，那有金錢洗祿兒。」論古最爲敦厚。〔註162〕

沈德潛等格調派標舉儒家的「溫柔敦厚」。袁枚反對之，他說：「孔子論詩可信者，『興觀群怨』也；不可信者，『溫柔敦厚』也。」〔註163〕他又說：「詩家兩題，不過寫景言情四字，我道景雖好，一過目已忘；情果眞時，往來於心而不釋。孔子所云『興觀群怨』四字，惟言情者居其三，若寫景，則不過可以觀一句而已。」〔註164〕所謂「興觀群

〔註162〕 詹杭倫、沈時蓉《雨村詩話校正》，成都：巴蜀書社，2006 年 157 頁。
〔註163〕 〔清〕袁枚《再答李少鶴》《小倉山房尺牘》卷 10，上海新文化書社，1934 年版。
〔註164〕 〔清〕袁枚《隨園詩話》補遺卷十，北京：人民文學出版社，1982

怨」指表現對象或者客體,也指詩歌表現的功能,袁枚認爲其中三者都是情,只有一者是景,況且景主要用來寓情,因此儒家詩學是主情的,而「溫柔敦厚」則是後世儒家提出的抒情規範,所謂「發乎情,止乎禮義」,也即抒情要止於「溫柔敦厚」,或者說追求「溫柔敦厚」,因此「溫柔敦厚」又是儒家追求中和之美在詩學領域的表現。袁枚論詩主張直抒胸臆,寫出個人的「性情遭際」,以「眞、新、活」爲創作追求,這就與表現有所限制而追求「溫柔敦厚」的儒家詩教有一定衝突,不過卻並沒有本質的矛盾。通觀袁枚之詩,眞正出格的作品極少,即便是表現愛情或者曖昧之情的詩歌,比起《詩經》的鄭衛之風來也含蓄得多,當然在統治嚴密,文禁森嚴的乾隆朝,也不允許有眞正出格的作品。袁枚的所謂出格也不過是要小性子,討小妾,親近女弟子,喝花酒,有時寫寫個人性靈,做個盛世陪襯而已。追求「眞、新、活」,過度了便缺乏深厚的意蘊與深長的韻味,也就是李調元所不滿的尖新,也就是朱庭珍所批評的「尖酸佻巧爲聰明」。〔註165〕

　　商和的《新豐》前二句寫新豐今日安居祥和的景象,所謂「雞犬歸來萬戶同」;後二句轉而追溯歷史,問而今安居的父老可曾知道當年「叱?欲烹翁」之事?(你們的祖先劉邦爲奪取天下,與項羽大戰不利時,吆喝著「烹吾翁即而翁」的無賴之語)詩歌的前三句都很平實厚道,但尾句之問出乎意外,確乎十分新奇,但是也過於尖酸刻薄,所以李調元認爲「太尖新矣」。李調元接著引用袁枚的《玉環》詩,認爲古今傳說的楊玉環作風不正,「金錢洗祿兒」等都屬於子虛烏有,因爲新舊《唐書》有明確的記載。李調元認爲袁枚「論古最爲敦厚」。其實袁枚的懷古詩不多,在詩歌史上也不著名,因爲他本質上是一風流才子,缺乏趙翼那樣的史學精神與見識,但他對唐代李隆基與楊玉環的愛情故事及悲劇卻很感興趣,寫下幾首有關的懷古詩歌。按理,

---

年版 819 頁。

〔註165〕　〔清〕朱庭珍《筱園詩話》,郭紹虞《清詩話續編》,上海:上海古
　　　　　籍出版社,1983 年版 2366 頁。

風流才子的袁枚對李楊豔情及悲劇肯定會附和傳聞，大寫其豔情秘史，發尖新之論，但袁枚卻非常厚道地為之辯護，大概是所謂為尊者諱吧。

　　袁枚的另一首《馬嵬》還立意甚高。李調元評論說：「馬嵬詩古今賦者甚眾，至本朝袁子才而絕，句歎觀止矣。近日見川東觀察、丹徒嚴筠亭士紘七律詩尤出其上，詩云：『弄權不似韋皇后，竊國寧同武則天。若得函關嚴鎖鑰，肯教蜀道走烽煙。將軍龍武威何在，天子蛾眉葬可憐。漫把蒙塵罪妃子，開元諫草隔多年。』起二句何等議論，何等筆力。」〔註166〕袁枚寫於早年的《馬嵬》四首之四云：「莫唱當年《長恨歌》，人間亦自有銀河。石壕村裏夫妻別，淚比長生殿上多。」〔註167〕詩歌將帝王貴妃的悲劇同石壕村百姓的苦難作對比，說明人間普通夫妻離別的痛苦更值得人們的同情，是袁枚少量同情百姓疾苦的作品之一，以致被多種選本選入。這首詩便不僅「論古最為敦厚」，而且立意甚為高遠深刻，表現出袁枚的另一面。李調元所錄嚴筠亭的詩歌應該更具史識，詩歌首聯以對句起，認為楊貴妃既不弄權，又沒有竊國，因而值得同情。頷聯認為安史叛軍攻入長安，禍及黃河流域，唐玄宗逃亡入四川，幾乎亡國的原因是朝廷軍事不修、軍隊戰鬥力不強。頸聯轉寫龍武將軍陳玄禮發兵誅除姦佞，其威風體現在逼迫天子令絕世美人楊貴妃自盡，楊貴妃自盡後安葬馬嵬，確實可憐。尾聯認為天子蒙塵、國家殘破的罪責不在楊貴妃，而在玄宗昏庸，沒有繼續開元廣納忠言良策的好風氣。這首詩歌確實不錯，不僅僅「起二句何等議論，何等筆力」，全詩亦如此。袁枚的《馬嵬》之四亦如此，詩歌使用對比方法，帝王貴妃與百姓對比，從廣闊的時空來審視，立意高遠深刻，筆力可稱入木三分。

〔註166〕　詹杭倫、沈時蓉《雨村詩話校正》，成都：巴蜀書社，2006 年 386頁。

〔註167〕　周本淳標校《小倉山房詩文集》，上海：上海古籍出版社，1988 年版 171 頁。

（三）李調元介紹評價袁枚的詩學

李調元對袁枚的詩學只有零星的介紹，卻並無專門的評價。這些介紹雖然零星，卻將袁枚詩學的要素包括殆盡，從這些論述中可以看出李氏的詩學與袁枚有同有異，而且異大於同。下面擬分別論述之。

1、不參死句，掃盡粗豪，追求靈活

李調元說：

> 子才有《論唐堂集詩》云：「莫將死句入詩中，此訣傳來自放翁。掃盡粗豪見靈活，唐堂真比稼堂工。」〔註168〕

李調元採錄了袁枚這首著名的論詩詩，原詩為《仿元遺山論詩》之八，〔註169〕論清代詩人潘稼堂、黃石牧。袁枚認為詩歌中既有死句，就必有活句。所謂活句有兩層意思，主要是描寫生動形象，所謂栩栩如生，使人有如見其人如聞其聲的感覺，有身臨其境的感覺，生動形象則新，這與袁枚論詩主張「新」追求「新」的美學旨趣是相通的。而死句則反之。李調元說：「羅兩峰自言能見鬼，嘗畫《鬼趣圖》，袁子才題云：『畫女必須美，不美情不生。畫鬼必須醜，不醜人不驚。美醜相輪迴，造化即丹青。……』。」〔註170〕袁枚原詩為《題兩峰鬼趣圖》之二，〔註171〕袁枚的題詩強調無論畫人畫鬼，表現美與表現醜都必需生動形象，具有典型性，「畫女必須美」、「畫鬼必須醜」，否則便「情不生」，「人不驚」，即沒有情感衝擊力與審美感染力。袁枚還認為美與醜是相互輪迴的，對照的，因此應該使用對照的方法，使美醜通過對比而更為生動形象，至於如何使美與醜的刻畫描寫生動形象，袁枚認為最為關鍵的是師法自然造化，所謂「造化即丹青」。李

〔註168〕 詹杭倫、沈時蓉《雨村詩話校正》，成都：巴蜀書社，2006 年 91 頁。

〔註169〕 周本淳標校《小倉山房詩文集》，上海：上海古籍出版社，1988 年版 688 頁。

〔註170〕 詹杭倫、沈時蓉《雨村詩話校正》，成都：巴蜀書社，2006 年 91 頁。

〔註171〕 周本淳標校《小倉山房詩文集》，上海：上海古籍出版社，1988 年版 684 頁。

調元說：「吳壽庭有《秧馬詩》云……寫來聲色如繪。」〔註172〕對強調表現描寫對象之「活」，李調元與袁枚的意見是一致的。

　　所謂「活句」還指句子活，用字活，只有詞句靈活多變，才能使詩歌這一最高的語言藝術實現其審美功能，也才能使描寫表現的對象生動形象。簡言之，表現手法與表現對象都活，才是真正的活句。李調元說：「作詩須講句法，有句法，則著字皆活，所謂『文章切忌參死句』也。如曲江句云：『一水雲際飛。』若俗手，必作『一雲水際飛』也。放翁句云：『山從飛鳥行邊出。』若俗手，必作『鳥從山邊出』矣。知此，方可與言詩。」〔註173〕這裡強調詩歌的句法之活，句活則字活，反之亦然。後面所舉的例子都是調換字詞次序使句法靈活多變，使人產生新奇之感。所謂「文章切忌參死句」就是詩歌創作不能呆板地學習模倣前人的成句，或者雖變而不新不活。他又說：「安慶笪抱雪與費此度論詩云：『論詩何所據？人各有詩腸。但悟十分活，先除一字忙。雲煙無鹵莽，花鳥費商量。其意果能得，知希亦不妨。』此度答云：『老去才華盡，篇章久不關。群公出高論，使我一開顏。彩筆從時變，遺篇未易扳。只愁年代遠，更復幾經刪。』觀二公詩，深得旨趣。」〔註174〕笪抱雪認為詩人應該有個性，詩歌也應該有個性，所謂「人各有詩腸」，「詩腸」的關鍵在「活」，如何實現達成這個「活」呢？要點有二：一是「先除一字忙」，即推敲字詞，講究句法，二是表現描寫生動形象細緻到位，即所謂「雲煙無鹵莽，花鳥費商量」。如果表現了這種情意，達到了這種境界，則「知希亦不妨」。費密的觀點是「彩筆從時變，遺篇未易扳」，即表現手法，包括字法、句法都應該與時俱進，但對前人的佳作遺篇，包括其字法、句法不能隨便改變。李調元認為二人的說法「深得旨趣」，是說對表現手法，包括字法、句法當有變有不變，有創新，也有繼承，這一點與袁枚不

〔註172〕　詹杭倫、沈時蓉《雨村詩話校正》，成都：巴蜀書社，2006 年 99 頁。
〔註173〕　詹杭倫、沈時蓉《雨村詩話校正》，成都：巴蜀書社，2006 年 38 頁。
〔註174〕　詹杭倫、沈時蓉《雨村詩話校正》，成都：巴蜀書社，2006 年 50 頁。

盡相同。李調元認為不僅當字活、句活，還應該「對活」。他說：「詩有活對，可開無限法門。」〔註175〕這與袁枚也不大相同。

袁枚還認為當「掃盡粗豪見靈活」，這既涉及創作，即摒棄粗豪之語而使用靈活生動的語言及句法，也涉及美學，即不滿粗豪的風格，而追求表現作者靈氣而顯示的靈活之美，即今人總結的袁枚追求「眞、新、活」，「眞」是表現對象，是前提，「新、活」是表現效果，也就是此處的「靈活」。全面考察袁枚的詩歌，可見他確實是不滿粗豪而青睞靈活或者曰新活，但創作卻未必，前面所的《子才子歌》就是典型的粗豪之作。朱庭珍謂以其以「粗惡頹放爲豪雄」，就是指這類作品，其餘類似作品還有，但不多。李調元《雨村詩話》中採錄此詩，便說明他贊同袁枚的觀點，但他卻區別豪放與粗豪，標舉與提倡表現「英氣」與「豪氣」，追求風骨與氣骨，多次標舉讚賞「渾厚樸茂」，「堅渾雄博」，「高健雄渾」，「精深老健，魄力沉雄」，「奇峭生冣」等風格美，讚賞杜甫沈鬱頓挫的詩風，還標舉雄麗、壯麗，以及「沉雄俊爽」，「氣必雄渾，詞必典麗」一類陽剛陰柔相兼的風格美。〔註176〕他說：「永川李孝廉桂山天英，工詩，豪放中時有古音。如《皖江》云：『山添一夜雨，綠過大江來。』《梅花》云：『一片月橫水，十分香到人。』皆有丰骨。」〔註177〕這段話評價李天英的詩歌，《皖江》詩之一聯極力形容誇張皖江夜雨的氣勢和綠遍大江兩岸的效果，詩歌以「一夜」對「大江」，造成奇橫懸絕的對比，又使用形容詞動化的方法，使詩歌極具動勢，確實是寫闊大之景象而寓豪放之情。《梅花》詩之一聯寫水月映襯下梅花濃鬱的香氣，本是一種靜止的柔和的景象，但作者以「一片」對「十分」，造成懸絕的對比，又用「橫」字來形容月照水面，再加上「一片月——橫水，十分香——到人」的較爲奇特的句式，整聯就具

〔註175〕 詹杭倫、沈時蓉《雨村詩話校正》，成都：巴蜀書社，2006 年 97 頁。
〔註176〕 參見本書《李調元的詩歌審美論》。
〔註177〕 詹杭倫、沈時蓉《雨村詩話校正》，成都：巴蜀書社，2006 年 96 頁。

有豪放的風格，不失為描寫梅花的佳句。李調元讚賞這兩聯詩句「皆有丰骨」，「丰骨」義近風骨，但與主要追求力度的風骨又有區別，即豐腴、豐滿而有骨力、骨氣，即他所謂「豪放中時有古音」，也就是豪而不粗，豪放而又有古雅之韻味，或者是豪放而又敦厚。

總之，李調元雖與袁枚一樣都不參死句，掃盡粗豪，追求靈活，但也有區別，即李調元認為不應該參死句，卻可以參活句，在繼承的前提下創新，要掃盡粗豪，卻不廢豪放，追求豪放與古雅的融合。

2、詩無常師，不分唐宋，惟取其是

李調元說：「袁子才嘗云：『吾詩無常師，惟取其是。』有《遣興詩》云：『愛好由來落筆難，一詩千改始心安。阿婆還是初笄女，頭未梳成不許看。』『但肯尋詩便有詩，靈犀一點是吾師。夕陽芳草尋常物，解用都為絕妙詞。』『平生作字類塗鴉，況復年衰腕力差。爭奈家家索親筆，不容老樹不開花。』又《題天台卓筆峰》云：『孤峰卓立久離群，四面風雲自有神。絕地通天一枝筆，請看依傍是何人。』皆夫子自道也。」〔註178〕這段話採錄了袁枚重視獨創的言論，與表現獨創的論詩詩。袁枚所謂「吾詩無常師，惟取其是」，是說作詩有師但無常師，不僅僅只學習歷史上某大詩人、某重要流派或者某時代的詩歌，而是多方擷取，釀花而成蜜，擷取的方法是「惟取其是」，即應該學習者，值得學習者，還含有我願意學習並能夠學習者，這是一種正確的學習方法與途徑。李調元贊成這種方法，他說：「編修上元朱元英師晦，作《學詩金丹》一卷，言詩有祖宗、父母、妻等各色十六條。所謂祖者，言《三百篇》為詩祖；宗者，言大宗則陳思王、陶淵明、謝靈運、杜甫、李白之類；小宗則張、陸、庾、鮑、王、楊、盧、駱之類，言學詩不可不宗一人，可謂奇矣。至父，則己詩之所出也，母則己詩之所育，妻則與己齊者也，更為紕繆。《論語》曰：『夫子焉不學，而亦何常師之有？』《三百篇》後無慮數百家，將誰氏之

〔註178〕詹杭倫、沈時蓉《雨村詩話校正》，成都：巴蜀書社，2006 年 350 頁。

從？必執一人以爲宗，豈不謬乎？」〔註179〕明確反對詩宗一人或者一派的觀點。李調元所引袁枚的《遣興詩》第二首認爲只要努力尋找詩材便一定會找到，且創作出好詩來，所謂「但肯尋詩便有詩」，學詩的最好方法與方向是「師心」，即所謂「靈犀一點是吾師」。至於詩材，則不愁找不到，「夕陽芳草尋常物，解用都爲絕妙詞」，關鍵在「解用」，即知道怎樣尋找與使用詩材，也就是實現客體主體化與主體客體化的結合，只要有詩心而善於尋找與體會，則萬物皆詩。第二首論創作，認爲詩歌要反覆修改，所謂「一詩千改始心安」，且即便成了老手宿將，也像初笄女一樣，沒有修改好決不示人。第三首也論創作，以寫字作比喻，認爲形勢逼迫也是創作的動力之一，所謂「爭奈家家索親筆，不容老樹不開花」。《題天台卓筆峰》寫景兼論詩，前二句描寫卓筆峰卓然獨立小視群峰以及四面風雲的風神，暗寓詩人當卓然不群，富有特色與個性。後二句繼續寫景兼論詩，說眞正的詩人當如卓筆峰一樣「絕地通天」，一枝獨立，誰也不依傍，誰也不仿傚學習。李調元認爲這些詩歌都是袁枚「夫子自道」，也贊成這種詩人當獨立不群、敢於創新的觀點，但他並不否定必要的學習，因爲學習繼承與創新是相輔相成的，這是一種被實踐與理論證明的常識。

李調元說：「袁子才《讀蔣苕生詩》云：『俗儒硜硜界唐宋，未入華胥先做夢。先生有意喚醒之，矯枉張弓力太重。滄溟數子見即嗔，新城一翁頭更痛。我道不如掩其名姓朝代只論詩，能合吾意吾取之。優孟果能歌白雪，滄浪童子皆吾師。不然《三百篇》中嚼蠟者，聖人雖取吾不知。』此公論詩畢竟高人一層。」〔註180〕李調元重視學習，袁枚也不否定學習，於是便產生了學誰的問題。自元代開始中國詩壇便有了宗唐宗宋之爭，以致形成流派，爭論不休。袁枚認爲只有俗儒

〔註179〕 詹杭倫、沈時蓉《雨村詩話校正》，成都：巴蜀書社，2006 年 233頁。

〔註180〕 詹杭倫、沈時蓉《雨村詩話校正》，成都：巴蜀書社，2006 年 130頁。又見周本淳標校《小倉山房詩文集》，上海：上海古籍出版社，1988 年版 466 頁。

才有宗唐宗宋之分，這些人「未入華胥」卻先做陞堂入室成爲名家的夢。他認爲蔣士銓有意矯正喚醒這些宗唐宗宋的夢中人，祇是有矯枉過正之嫌，他也因此而得罪前輩，所謂「滄溟數子見即嗔，新城一翁頭更痛」。袁枚認爲辨別好詩的方法是「掩其名姓只論詩」，不論是唐是宋，不論時代先後，不論名氣大小，「能合吾意吾取之」。如此則優孟一類也可能寫出好作品，普通童子也可能成爲我的老師，反之則「《三百篇》中嚼蠟者，聖人雖取吾不知。」袁枚反對劃分唐宋，認爲當就詩論詩，能合吾意的就是好詩，還敢於正視甚至輕視儒家經典，具有一定的反傳統精神。李調元認爲袁枚「論詩畢竟高人一層」，說明他也反對劃分唐宋之論。但就他的整個詩學觀而言，又有明顯的崇唐抑宋觀點，二卷本《雨村詩話》論述讚揚唐詩者很多，論述宋詩者很少且評價偏低，還明確宣佈「余雅不好宋詩而獨愛東坡」，十六卷本《雨村詩話》也多以唐詩爲參照，這些都是有力的證據。他還多次倡導學唐詩，學李白杜甫，他說：「詩學唐人，須要脫去唐人面目。」〔註181〕又說：「學杜而處處規撫，此笨伯也，終身不得陞其堂，況入其室？唐人陞堂者，惟義山一人而已，常誦其『池光不愛草，暮氣欲沈山。江海三年夢，乾坤百戰場』，舉以問唐堯春曰：『此唐何人詩？』曰：『少陵也。』余曰：『此非少陵，乃善學少陵之義山也。』蓋義山自立門戶，絕去依傍，方能成家。黃山谷名爲學杜，實從義山入手，故猶隔一層；然戞戞獨造，亦成江西一派。此古人脫胎換骨，不似今人依樣葫蘆也。」〔註182〕認爲崇尚唐詩是可以的，學習唐詩也是必要的，但關鍵要以創新爲宗旨，且一定要「脫去唐人面目」。崇尚杜甫是可以的，學習杜甫也是正常的，二卷本《雨村詩話》中有關杜甫的論述記載達二十多條，占「話古人」篇幅四分之一，居清代以前詩人之首，且評述研究最細緻到位，又無批評之語，還說「不但詩宗杜，

〔註181〕　詹杭倫、沈時蓉《雨村詩話校正》卷四，成都：巴蜀書社，2006年110頁。
〔註182〕　詹杭倫、沈時蓉《雨村詩話校正》，成都：巴蜀書社，2006年94頁。

詩題亦應宗杜」，〔註 183〕關鍵在不能「處處規撫」，且以李商隱學杜甫而「自立門戶，絕去依傍，方能成家」，黃庭堅學李商隱進而上溯杜甫但戛戛獨造，自成一派爲例，證明學習繼承與創新的重要性與相輔相成的關係。他的這種觀點有融合格調說與性靈說的趨勢，其理論的獨創性與衝擊力不如袁枚，但其合理性與操作性卻比袁枚強。

　　李調元論詩如此，作詩亦如此。李調元的詩歌中有一些表現性靈的小詩，但也有講究格調、注重社會關懷的作品，他明確倡導學詩當從李白入手，所以其古體與絕句有李白詩歌的影響，他對杜甫研究最深，論贊最多，其表現時事的新樂府與五律、七律等也受杜甫的影響，蘇軾的豪放飄逸風格在他的詩中也有影響。自然，李調元詩歌的模倣之作也較袁枚多，所以袁枚批評他說：「大集開首一卷，題俱古樂府，非不侈侈隆富，足登作者之堂，然而規仿太多，似乎有意鋪排門面，未免落套，恐集中可傳之作，正不在此。」〔註 184〕其實袁枚的文學創作也注重學習仿倣，《子才子歌》說：「駢文追六朝，散文絕三唐。不甚喜宋人，雙眸不盼兩廡旁，惟有歌詩偶取將。」〔註 185〕說他的駢文學習六朝而追趕六朝，散文學習三唐而超越三唐，相比而言，他「不甚喜宋人」，但在詩歌上卻「偶取將」，李調元也認爲袁枚「皆宗宋人」，具體而言是主要學習楊萬里，因爲在抒發性情，捕捉靈感，表現靈氣，顯現靈活等方面與其有相似之處，又上溯白居易，因爲白居易中晚年的閒適與詩酒風流與袁枚有相似之處。

　　就詩歌整體成就而言，李調元不亞於袁枚，袁枚的詩歌題材集中而且特點明顯，李調元的詩歌則取經較寬而題材較廣。袁枚詩歌的名氣與影響大於李調元，其原因一是袁枚是風靡乾嘉近五十年的詩壇領

〔註 183〕　《雨村詩話》卷下，郭紹虞《清詩話續編》，上海：上海古籍出版社，1983 年版 1527 頁。

〔註 184〕　詹杭倫、沈時蓉《雨村詩話校正》，成都：巴蜀書社，2006 年 371頁。

〔註 185〕　詹杭倫、沈時蓉《雨村詩話校正》，成都：巴蜀書社，2006 年 31頁。

袖，而李調元則不是；二是袁枚的詩論風靡當時，其詩是其論的實踐，迎合了時風與士風，詩以論顯；三是後世江浙文人掌握了文壇話語權，袁枚是文壇領袖，祗是散兵的李調元當然不能與其相比。

3、論詩總綱，曰新曰爽

李調元《與袁子才先生書》：「先生論詩曰新，調元論詩曰爽；先生有《隨園詩話》，調元有《雨村詩話》，不相謀也，而輒相合，何哉？豈亦如珠玉、珊瑚、木難與夫荔枝、葡萄、梨棗之不擇地而生歟？」〔註186〕這則詩話總結袁枚的綱領是「新」，自己的綱領是「爽」，且有分庭抗禮的意思。其實此處所謂「新」與「爽」既有聯繫，又有區別，下面試作申論。

李調元說：「近時詩推袁、蔣、趙三家，然皆宗宋人。子才學楊誠齋，而能各開生面，此殆天授，非人力也。心餘學山谷，而去其艱澀，出以響亮，亦由天人兼之。子才亦自言：『余不喜山谷而喜誠齋，心餘不喜誠齋而喜山谷。』雲松立意學蘇，專以新造為奇異，而稗家小說，拉雜皆來，視子才稍低一格，然視心餘，則殆過者而無不及矣。」〔註187〕認為三人之詩稱雄當時，「然皆宗宋人」，微露不滿之意。他認為袁枚「學楊誠齋，而能各開生面」，是準確的，其原因是所謂「天授」，即性情性格使然，也是準確的。對蔣士銓詩「學山谷，而去其艱澀，出以響亮」、趙翼詩「立意學蘇，專以新造為奇異，而稗家小說，拉雜皆來」的評價也是較為準確。對三大家的詩歌，時人尚鎔在《三家詩話》中說：「（袁、蔣、趙）三家生國家全盛之時，而才情學力俱可以挫籠古今，自成一家，遂各拔幟而起，震耀天下，此實氣運使然也。子才之詩，詩中之詞曲也；苕生之詩，詩中之散文也；耘松之詩，詩中之駢體也。子才如佳果，苕生如佳饌，耘松如佳肴。子才學楊誠齋而參以白傅，苕生學黃山谷而參以韓、蘇、竹垞，耘松學蘇、

〔註186〕　《童山文集》卷十，叢書集成初編本，北京：中華書局，1985年版。
〔註187〕　詹杭倫、沈時蓉《雨村詩話校正》，成都：巴蜀書社，2006年 33頁。

陸而參以梅村、初白。平心而論，子才學前人而出以靈活，有纖佻之病；苕生學前人而出以尖銳，有粗露之病；耘松學前人而出以整麗，有冗雜之病。」〔註188〕尚鎔認為三家詩的成就及其特色的形成是所謂「氣運使然」與個人「才情學力」結合的結晶，這個論斷更為全面準確。他認為袁枚之詩是「詩中之詞曲也」，即以抒發個人性情為主，有清新通俗之風；蔣士銓的詩歌乃「詩中之散文也」，有醒豁奇橫自由之風；趙翼之詩則為「詩中之駢體也」，較為嚴整有氣勢。他還認為三人之詩不僅僅學宋，「子才學楊誠齋而參以白傅」，楊萬里的詩歌本就生新活潑，如彈丸脫手，袁枚更別開生面，突出一個「新」字，所謂「參以白傅」，即學習白居易的閒適詩恬淡清新通俗之氣，而蔣士銓則兼學宋代的蘇、黃與唐代的韓愈及清代的朱彝尊，趙翼也兼學宋代的蘇軾、陸游和清代的吳梅村、查初白。

　　簡言之，袁枚之詩生新，蔣士銓之詩響亮，趙翼之詩豪縱奇峻。李調元的詩歌應當受三家的一些影響，其詩有清新者，也有豪縱奇峻者，而音節則追求響亮。他說：「詩有三字訣，曰：響、爽、朗。響者，音節鏗鏘，無沉悶堆塞之謂也；爽者，正大光明，無囁嚅不出之謂也；而要歸於朗，朗者，冰雪聰明，無瑕瑜互掩之謂也。言詩者不得此訣，吾未見其能詩也。」〔註189〕他所謂響，就是響亮，既指音節鏗鏘，擲地有金石聲，又指詩意及語言清爽，「雄整而出以流麗」，〔註190〕沒有「沉悶堆塞」之弊。所謂爽，指的詩的精神情感正大光明，分言之則是人格要高尚正直，性情要健康向上，即所謂「正大光明」，氣勢要充沛，即韓愈所謂「氣盛宜言」，也就是人要開朗、豪爽，表現在詩文中要痛快，直接醒豁，沒有「囁嚅不出」的弊病，有一種

〔註188〕　〔清〕尚鎔《三家詩話》，《清詩話續編本》，上海：上海古籍出版社，1983年版1920頁。
〔註189〕　詹杭倫、沈時蓉《雨村詩話校正》，成都：巴蜀書社，2006年 27頁。
〔註190〕　詹杭倫、沈時蓉《雨村詩話校正》，成都：巴蜀書社，2006年 180頁。

爽快之風。所謂朗，是居於響亮與爽之上的審美感念，所謂「而要歸於朗」。他解釋朗說：「朗者，冰雪聰明，無瑕瑜互掩之謂也。」所謂冰雪聰明，指詩歌充分表現了作者的聰明才智，或者才華出眾，也含有高潔之意；所謂「無瑕瑜互掩」，即藝術上趨於完美。合起來就是所謂「潔」。他說：「詩尤貴潔。金在沙必揀其礫，米在箕必簸其秕，理也。若揀金而不去礫，簸米而不去秕，則塵飯土羹，知味者必不食；以瑕掩瑜，善鑒者必不觀矣。」〔註191〕此所謂「潔」，就是「冰雪聰明，無瑕瑜互掩之謂也」，要達到這個目標，披沙揀金，吹糠見米，在藝術上進行不懈的追求。

　　李調元論詩以一個字概括便是「爽」，即所謂「調元論詩曰爽」，主要強調在精神情感上的正大光明，氣勢充沛。他標舉的「響、爽、朗」三者是互相聯繫的，響亮與爽快相連，相互生發與昇華：詩歌的精神感情要爽快，表現要爽快，要有一種爽快之風，就必然音節響亮鏗鏘，擲地有金石聲，且詩意及語言清爽，「雄整而出以流麗」，反之音節響亮，語意清爽，則必然精神情感爽快，在二者結合與相互生發的基礎上就能達到他所謂「朗」的最高境界，或曰「朗潔」的境界。綜合而言，李調元論詩追求的是爽朗響亮，其詩歌創作便是這種美學追求的體現，這與袁枚追求的清新有近似的一面，但也有區別。簡言之，所謂「新」主要是表現真性情，捕捉新鮮新奇的意象，如此則表現對象新，要求創作主體有「靈氣」，有靈氣則新，審美之「新」就是「活」，就是清新，主要體現為「靈巧」與「靈活」，不過只注重這些，就可能新巧有餘而深度、力度不足，因此袁枚的詩歌愉悅性較強，但感染力與衝擊力則不足。李調元的不少詩歌確實正大光明，氣勢充沛，而又音節響亮鏗鏘，語言清爽，有一種爽快之風，但清新靈巧則不如袁枚。李調元的詩歌受性靈派與格調派的一些影響，但更受巴蜀前輩大詩人李白蘇軾及杜甫的影響，而後自成一家。但李白杜甫產生

〔註191〕　詹杭倫、沈時蓉《雨村詩話校正》，成都：巴蜀書社，2006 年 71頁。

於盛唐時代，因爲時代已過，積極入世而又豪放不羈的時代精神不再，且李氏沒有李白那種狂豪的個性與情感，也沒有杜甫那種深厚的憂國憂民情懷、堅忍不拔的精神、家國危亡之痛及曲折複雜的經歷，他祇是一個才子兼學者，又生當政治高壓與思想禁錮並重的所謂康乾盛世，是一個忠君的幹員循吏，所以其詩與李白、杜甫在精神氣質上差別很大。他也沒有如蘇軾那樣幾起幾落飽經仕宦起伏與飽嘗人生痛苦，還沒有蘇軾那種儒釋道相容的博大思想，所以其詩與蘇軾比在內蘊的豐富複雜上，豪放飄逸恬淡的風格上也有很大的差別。不過他能「學而得其性情之所近」，有自己的特點，在清代詩壇上佔有一席之地，這也就足夠了。

4、既重性靈，又重學問

作爲性靈派首領，袁枚自然強調性靈，他說：「自三百篇至今日，凡詩之傳者，都是性靈，不關堆垛。」〔註192〕又說：「提筆先須問性情，風裁休劃宋元明。」〔註193〕「我道古人文，宜讀不宜倣。讀則將彼來，倣則以我往。面異斯爲人，心異斯爲文」〔註194〕他提出，只要寫眞情實感，詩才有生氣：「品畫先神韻，論詩重性情。蛟龍生氣盡，不如鼠橫行。」〔註195〕他強調性靈，而相對輕視學問，且因此而譏諷神韻派是「貧賤驕人」，格調派是「木偶演戲」，肌理派是「開骨董店」，宗宋派是「乞兒搬家」。他說：「抱韓、杜以凌人，而粗腳笨手者，謂之權門托足。倣王、孟以矜高，而半吞半吐者，謂之貧賤驕人。開口言盛唐及好用古人韻者，謂之木偶演戲。故意走宋人冷徑

〔註192〕 〔清〕袁枚《隨園詩話》卷五，北京：人民文學出版社，1982年版165頁。

〔註193〕 〔清〕袁枚《答曾南邨論詩》，周本淳標校《小倉山房詩文集》，上海：上海古籍出版社，1988年版73頁。

〔註194〕 〔清〕袁枚《讀書二首》，周本淳標校《小倉山房詩文集》，上海：上海古籍出版社，1988年版111頁。

〔註195〕 〔清〕袁枚《品畫》，周本淳標校《小倉山房詩文集》，上海：上海古籍出版社，1988年版769頁。

者，謂之乞兒搬家。好疊韻、次韻，刺刺不休者，謂之村婆絮談。一字一句，自注來歷者，謂之骨董開店。」〔註196〕

要論述這個問題，必須先回顧一下性靈及性靈說的產生與發展。性靈一詞始見於六朝。庾信《趙國公序》說：「含吐性靈，抑揚詞氣。」〔註197〕《南史・文學傳敘》說：「自漢以來，詞人代有，大則憲章典誥，小則申抒性靈。」〔註198〕此性靈與性情大致同義，但也含有靈氣的意思。唐段安節《樂府雜錄・琵琶》說：「朱崖李太尉有樂吏廉郊者，師於曹綱，盡綱之能事。綱嘗謂儕流日：『教授人亦多矣，未曾有此性靈子弟也。』」〔註199〕此所謂性靈是指聰明或者靈氣。後世所謂性靈則多是這而的結合，即指性情與靈氣。

後世以性靈論詩文的代有其人。明代後期，公安三袁首先以性靈來論述詩歌創作。他們反對前後七子的復古仿眞，主張「獨抒性靈，不拘格套」。三袁主將袁宏道說自己的詩歌創作是「信心而出，信口而談」，其《序小修詩》評其弟袁中道之詩「大都獨抒性靈，不拘格套。非從自己胸臆流出，不肯下筆。有時情與境會，頃刻千言，如水東注，令人奪魄。其間有佳處，亦有疵處。佳處自不必言，即疵處亦多本色獨造語。然余極喜其疵處，而以爲佳者，尚不能不以粉飾蹈襲爲恨，以爲未能盡脫近代文人習氣」。〔註200〕他的這段話可稱性靈派與性靈說的綱領。其總綱領便是「獨抒性靈，不拘格套」，其具體內涵則是：一是抒發眞情實感，即眞性情；二是作者要有靈氣，寫作時靈感泉湧，風格要靈巧；三是重視獨創與自然本色，反對仿眞。其實

〔註196〕〔清〕袁枚《隨園詩話》卷五，北京：人民文學出版社，1982年版148頁。
〔註197〕《全上古三代秦漢三國六朝文》《全三國文》卷十三，嚴可均校輯，北京：中華書局，1958年版。
〔註198〕《南史・文學傳敘》，百衲本二十四史。
〔註199〕《中國古典戲曲論著集成》第一冊，北京：中國戲劇出版社，1959年版51頁。
〔註200〕《袁中郎全集》卷一，鍾敬伯增定本。

早於三袁三十年的張佳胤即有有關性靈說的論述。他說：「夫二儀既判，宮商並生，體物緣情，聲詩是尚。苟吮墨之徒，矜重強聞，馳誇典囿，獵名鬻藻，不因性靈，斯太音沈響，風義微矣。《虞書》曰：『詩言志。』孔子曰：『可以興。』要在直尋，何資補假哉。」〔註201〕又說：「若乃雕擬不施，性靈洞見，方諸元亮，天趣雖同，而製作之該備，遘會之昌隆，勳名之駿烈，又元亮所不能兼者。」〔註202〕還說：「其詩典富平正，根極性靈，命意準體，往往合轍。曾未嘗求工一字間，亦未嘗有法外語。即儒家能言之士，操觚白首，何以加諸。公於詩誠深矣。」〔註203〕張氏所說的「性靈」與三袁意思相同或者相近，只不過沒有得到後人重視罷了。至清代中期的袁枚將其發展爲性靈說。袁枚以性靈論詩，其要點一是內容上要表現真實性情，但他的性情偏於男女之情；二是創作上提倡靈活風趣的藝術風格，即所謂「靈機」或靈巧，具體而言就是創作者應具有詩人的靈性，創作時要有靈感，寫出的作品要顯示出巧妙靈動之美，要有風趣。從性靈說的這些基本論述上可以看出它受儒家詩歌「吟詠性情」的影響，及抒發真實感情與追求辭達的影響；而道家重視個性自由、張揚個性、追求自然之美的影響也很明顯，也可以看出其語源學上的意義。

　　李調元親近性靈派，也強調性靈。李調元有關性靈的論述有兩處。《鄭夾漈遺集跋》稱讚莆田鄭樵之：「詩文遺稿各一卷，發抒性靈，素位自樂，藹然吾道之言。及其獻書陳詞，繃中肆外，概然以文章經濟爲己任。讀之，令草茅增長氣色，所謂言大而非誇者歟？」〔註204〕

〔註201〕　〔明〕張佳胤《山陰王詩集序》，《居來先生集》卷三十四，民國亦歲寒齋校輯萬曆甲午留都本。

〔註202〕　〔明〕張佳胤《大總制張元洲詩集序》，《居來先生集》卷三十六，民國亦歲寒齋校輯萬曆甲午留都本。

〔註203〕　〔明〕張佳胤《余將軍詩集序》，《居來先生集》卷三十二，民國亦歲寒齋校輯萬曆甲午留都本。

〔註204〕　《童山文集》卷十三，叢書集成初編本，北京：中華書局，1985年版。

文中讚揚其詩文「發抒性靈，素位自樂，藹然吾道之言」，又讚揚其獻書陳詞，「繃中肆外，概然以文章經濟為己任」，這說明他將文字寫作分為抒情自樂的詩文與經濟文章兩類，前者當「發抒性靈」，這裡的性靈與袁枚的性靈義近，即抒發性情，展示主體的靈氣與靈感，表現為靈活、靈巧之美，後者主要指用於經邦濟世、經世濟用的實用文章，包括「獻書陳詞」等。二者之間從抒情與審美的角度看，有本質的區別，但也有聯繫，即在主要發抒性靈的詩文中也會間接表現反應其經邦濟世的思想與策略，反之，在主要表現經邦濟世的思想及策略的實用文章中也會流露作者的性靈。中國古代文人往往以天下為己任，重視社會關懷而憂國憂民，立德立功不成才立言，立言時也還忘不了經邦濟世的思想與策略，只重視個人生命關懷者極少，李調元就是這樣。袁枚早年亦有經濟之志，只不過難於實現，於是便急流勇退而主要寫作發抒性靈的詩文罷了。

　　不過李調元更強調性靈與學問並重。他又說：「太倉唐東江孫華……至康熙戊辰中進士，年已五十五。嘗論詩以為學問、性靈缺一不可，有學問以抒性靈，有性靈以融學問，而後可與論詩。其言如此，與嚴滄浪之言相合，詢藝苑家之金丹大藥也。」〔註205〕這段話討論的是詩歌創作中學問與性靈的關係，文中引述唐孫華（1634～1723，字實君，別字東江，江蘇太倉州人，吳偉業的同鄉晚輩）的論詩觀點，認為學問與性靈缺一不可，二者各有作用而相輔相成，即有學問才可以抒發性靈，反之，有性靈才可以涵容學問。此處的性靈與學問對舉，說明此性靈是詩歌的表現對象，即性情或者感情，學問則當包括詩歌藝術表現的方法技巧等。李調元認為唐氏之說的確是「藝苑家之金丹大藥」，且與嚴羽之言相合。嚴羽提倡妙悟說，反對宋詩以文字為詩，以議論為詩，以才學為詩，但他同時也重視學問。嚴羽說：「夫詩有別材，非關書也；詩有別趣，非關理也。而古人未嘗不讀書、不窮理。」

〔註205〕　詹杭倫、沈時蓉《雨村詩話校正》，成都：巴蜀書社，2006 年 356頁。

〔註206〕李調元贊成嚴羽的觀點，他說：「嚴滄浪云：『詩有別才，非關書也；詩有別趣，非關理也。』然廬陵文章爲有宋一代巨製，劉原父尙譏其不讀書；大蘇詩雄一代，而與程子言理不合。若非多讀書、多窮理，安能善其才與趣乎？」〔註207〕認爲只有多讀書、多窮理才能完善其才與趣，發揮其才與趣，這裡的才與趣主要指袁枚所說的性靈，因此李調元重視學問，強調性靈與學問並重的傾向非常明顯。他又說：「述菴云……又云：『士大夫略解五七字，輒以詩自命，故詩教日卑。吾之言詩也，日學、日才、日氣、日調，學以經史爲主，才以運之，氣以行之，調以舉之，四者兼而弇陋生澀者，庶不敢妄廁於壇坫乎？』其論如此，今觀所著《述菴詩鈔》，清華典麗，經史縱橫，然學、調其長，而才、氣略短，總之近體勝於古體，七律勝於五律，而七律尤以《從軍》諸詩爲最。蓋身列戎行，目所經歷，故言之親切而痛快也。」〔註208〕李調元贊同王氏的觀點，認爲論詩、作詩當學、才、氣、調並重，具體而言當「學以經史爲主，才以運之，氣以行之，調以舉之」，如此才能避免「弇陋生澀」而寫出好詩，才能立足詩壇。李調元以王氏的理論來衡量其作品，認爲其詩歌有特點，即所謂「清華典麗，經史縱橫」，但亦有缺點，即所謂「學、調其長，而才、氣略短」。重視「才、氣」近乎性靈派的觀點，重視「學、調」則近乎格調派的觀點。袁枚性靈說的靈機靈氣、靈感與靈活都是才華的顯現，而性情則是氣，沈德潛的格調說強調學習繼承，重視學問，還強調格高調雅，這裡的格調既指詩歌的格調，也包含人的格調，也就是重視儒家溫柔敦厚的詩教原則，強調襟懷學識直接關係到詩歌的品位，與發揮詩歌的美刺作用，在神韻之外還重視風格、風骨等審美範疇，論詩強調辨體，注重詩歌的體法聲調，欲通過規模前人來把握詩

〔註206〕《滄浪詩話・詩辨》，乾隆刻本《詩人玉屑》卷一。
〔註207〕詹杭倫、沈時蓉《雨村詩話校正》，成都：巴蜀書社，2006 年 188 頁。
〔註208〕詹杭倫、沈時蓉《雨村詩話校正》，成都：巴蜀書社，2006 年 209 頁。

歌的創作方法，崇尚唐人雄渾宏壯的風氣，但卻有復古之嫌。翁方剛的肌理說受乾嘉學派的影響，強調義理、考據、詞章三位一體，偏重於學問。性靈說與格調說都重視氣，但性靈說的氣主要指創作時的靈氣與靈機，而格調說的氣則主要指儒家的骨氣正氣。

　　李調元性靈與學問兼重的觀點，較之偏重性靈，或者偏重學問，應該更為合理。因為從詩歌本質的角度看，詩歌固然應當以抒情為主，以審美為根本。但是性情與學問並不對立。所謂學問有廣義與狹義之分。廣義的學問主要指詩歌寫作的文字功底、才學，即以文化知識與語言功底和技巧為主，又包括諸如詩歌的體法聲調，詩歌的藝術表現方法技巧，尤其是語言技巧，當然也包括使用文化意象，即典故。狹義的學問則指源自《孟子·滕文公上》：「吾他日未嘗學問，好馳馬試劍。」〔註 209〕後來指各種知識。狹義的學問在詩歌寫作中指典故的應用與議論的使用。如果指狹義的學問，詩歌以抒情為本而確實與其有些矛盾，即典故多了會影響性情的抒發，議論也會影響詩歌的意境美。但如指廣義的學問，說學問與性情對立，則會推出一種謬論：即詩歌都是沒有文化知識的人，或者是不識字的人創作的，或者只有這些人才能創作出好詩歌來，換言之，抒發性情的詩歌不需要文化知識，不需要高超的方法技巧與書面語言功底，只要抒發了性情就是詩歌，甚至就是好詩，這就非常偏頗可笑了。因為詩歌創作需要一定的文化、語言功底，也需要包括使用文化意象等技巧方法，這些都是實現詩歌抒情本質與審美特性的要素，沒有這些要素便沒有詩歌的成熟與發展，甚至沒有詩歌，因此可以說沒有廣義的學問便沒有詩歌，至少是沒有好詩歌。從詩歌發展實際的角度看，即便是上古先民的歌謠，也產生於當時最有文化的人之口，而不是反之；後世的名詩人、大詩人無一不是有較高文化或者學問的人。明代李贄倡導「童心說」，王國維也倡導「赤子之心」，但他們所謂「童心」與「赤子之心」指

〔註 209〕　〔宋〕朱熹《四書集注》，北京：中華書局，1983 年版 253 頁。

的是不受世俗功名利祿污染之心，而不是指兒童之心與文盲之心。

餘論：李調元與性靈派、格調派的關係

　　最後簡述一下李調元有關性靈派的論述。因為李調元與性靈派主將袁枚、趙翼、蔣士銓的關係甚為密切，其十六卷本《雨村詩話》又採錄與評論了很多性靈派的詩歌，而且張玉溪編的《四家詩選》將李調元與袁枚、趙翼及王夢樓並列，於是當時及近時人都有一些認為李調元是性靈派詩人，論詩也持性靈說。這個問題確實值得探討。李調元與性靈派交往之時，沈德潛正與袁枚進行論辯，不過他並沒有加入這場論辯。但據其十六卷本《雨村詩話》及四卷本《雨村詩話補遺》，他對格調派頗有微詞而傾向於性靈派的觀點還是較為鮮明的，不過卻不能據此得出他就是性靈派，論詩也尚性靈的結論。

　　從前面李調元有關論述看，李調元的觀點應該是調和格調派與性靈派而成，最重要的證據是是性靈與學問兼重，因此可以說李調元論詩不是性靈說，其詩歌創作也如此，即既重視情感的抒發，包括男女之情的抒發，但也重視人品對詩品的影響，還重視溫柔敦厚的儒家詩教，重視興觀群怨與關懷和表現時事。

　　但現在卻有一些人說李調元批評過沈德潛及格調派，所以他就是性靈派。這種觀點其實值得商榷。不能因為性靈派與格調派詩學觀不同而互相辯難與對立，就認為批評過格調派便是性靈派，這實際上是一種非此即彼、非左即右的偏頗的哲學觀念，其實兩極之間的空間很大，會有不少折中的或者融二者之長的觀點存在。李調元不是性靈派的主要證據在於他的整個詩學觀。結合前面的有關論述，可知：

　　首先李調元在論述詩歌本質論時一是從人類發展史的角度追溯詩歌的本源，認為詩歌源於自然之聲與自然之情；二是從哲學的角度論述詩歌的本質，以氣、性、理來解釋詩歌的產生，認為氣即喜怒哀樂愛惡欲等類感情，但氣受性與理的影響；三是鮮明地倡導詩歌本於性情說，延伸下去，他主張詩歌要抒發真情，但他又非常重視人品與

詩品的聯繫，主張人品之高與情感之正，還主張詩歌當「時有寄託」，要「規諷勸誡」而又「旨隱詞微」。可以看出，他的性情說不同於傳統的以性節情的性情說，因為他主張抒發真情，而真情有時是要突破儒家所謂「性」的，但也不同於陸機「詩緣情而綺靡」的緣情說，或唯愛情、豔情及個人悲歡是抒的惟情說與濫情說，因為他倡導詩歌要表現人品之高與情感之正，要有所節制，因此也不同於袁枚的性靈說。這種不同不僅因為論述不同，而且還因為立論的思想淵源不同，李調元的理論主要源自儒家，又融入了道家重自然法自然的思想，而袁枚的性情說源自其「情欲」說，他說：「天下之所以叢叢然望治乎聖人，聖人之所以殷殷然治天下者，何哉？無他，情欲而已矣。老者思安，少者思懷，人之情也……使眾人無情欲則人類久絕，而天下不必治；使聖人無情欲，則漠不相關，而亦不肯治天下。」〔註210〕近乎荀子的性惡論。為此，「以詩受業隨園者，方外緇流，青衣紅粉，無所不備」。〔註211〕

其次，李調元在論述創作時既非常重視創新，強調「立言先知有我，命意不必猶人」，「作詩須自成一家言」，「詩無常師，惟取其是」，但在論述創作主體的要素時又強調「學、調、才、氣」並重，倡導繼承與創新兼顧，所謂「我用我法，不失古規矩」，在學習繼承對象上他是宗唐的，強調學詩當從李白入手，又非常推崇杜甫，且以之為典範，還說：「詩以唐為主。今人言詩，多趨於新，然新矣，而失之巧。多好為異，然異矣，而失之尖。尖與新蘊於胸思，以追唐而去唐愈遠，則皆詩之歧路，而非詩之正渠也。」〔註212〕但又不大抑宋，所謂「格調宗唐律，杼機採宋人。」

〔註210〕　〔清〕袁枚《清說》，周本淳標校《小倉山房詩文集》，上海：上海古籍出版社，1988 年版 1615 頁。

〔註211〕　〔清〕袁枚《隨園詩話》補遺卷九，北京：人民文學出版社，1982年版 806 頁。

〔註212〕　《嶺云詩集序》《童山文集》卷六，叢書集成初編本，北京：中華書局，1985 年版。

第三，李調元的審美總綱爲「響、爽、朗」，含有社會關懷與個人關懷兼重、陽剛與陰柔並舉的意思。具體而言，他提倡天然平易之美，重視風骨且提倡陽剛之美，提倡清遠閒放之美，還提倡輕倩秀豔之美，這四種美學追求囊括了自漢魏風骨、陶謝神韻，李杜雄風，及六朝與李商隱的詩風，也囊括了清代最有影響的神韻派、格調派及性靈派的審美追求。他特別重視風骨且提倡陽剛之美，標舉且提倡表現「英氣」與「豪氣」，追求風骨與氣骨，多次標舉讚賞「渾厚樸茂」、「堅渾雄博」、「高健雄渾」、「精深老健，魄力沉雄」、「奇峭生奡」等風格美，讚賞杜甫沈鬱頓挫的詩風，還標舉雄麗、壯麗，以及「沉雄俊爽」「氣必雄渾，詞必典麗」一類陽剛陰柔相兼的風格美。〔註 213〕

總之，從詩歌本質論、創作論、審美論等方面他都相容格調派、性靈派及神韻派之長，而沒有反對及否定格調說的意思。

至於他在其《詩話》中論述格調派較少，且多批評之語也當具體分析。他對沈德潛有批評。如說：「乾隆戊己之間，長洲沈歸愚德潛以詩受特達之知，天下翕然宗之，所選唐、明詩別裁，家有其書，一時後生求序詩文者幾乎踏破鐵限，其一時壇坫之盛，差與漁洋頡頏。迨後復進呈《國朝詩別裁》，適值普天同慶，而開卷即《陸宣公墓道》，被旨切責，詩名遂衰矣。然平心而論，其詩格律整嚴，音調諧叶，雖描頭畫角，微帶蘇人習氣，而模倣太過，反失性情，此其失也。余雅不喜讀其集，以其臺閣氣重也，惟《田家雜興詩》一首，題雖擬古，而自出新意，尚可爲法。」〔註 214〕批評沈氏模倣太過，而反失性情，與「臺閣氣重」，而肯定其「格律整嚴，音調諧叶」，即批評沈德潛之短，也肯定其長，還同情其因爲《陸宣公墓道》而「被旨切責」。他又說：「溫柔敦厚，詩之教也，余最不喜尖新。……嘗讀袁子才《玉環》云：『可惜雲容出地遲，不將讕語訴人知。《唐書》新舊分明在，

〔註 213〕參見本書《李調元的詩歌審美論》。

〔註 214〕詹杭倫、沈時蓉《雨村詩話校正》，成都：巴蜀書社，2006 年 362 頁。

那有金錢洗祿兒。』論古最爲敦厚。」〔註215〕讚揚的是袁枚，但使
用的卻是格調派的詩學觀來衡量，且「尖新」正是袁枚詩歌之短。他
說：「查梧岡先生……詩本家法，格律謹嚴，有批點元人《瀛奎律髓》，
深惡詩眼之非。余在平湖，曾授余讀之，大抵論詩以風韻、神韻爲主，
而氣必雄渾，詞必典麗，余詩得先生而益進。」〔註216〕文中讚揚老
師查梧岡「詩本家法，格律謹嚴」，「氣必雄渾，詞必典麗」，這都是
典型的格調派追求雄渾典麗的美學觀與重視體法的創作方法。他又
說：「『江南七子』者，閣學嘉定王盛鳴鳳喈、學士錢曉徵大昕、曹來
殷仁虎、進士長洲吳企晉泰來、光祿清浦王蘭泉昶、主事上海趙璞函
文哲、布衣王芳亭文蓮也。爲沈歸愚所定，大抵所選聲調仍不出明七
子窠臼，而佐以剪紅刻翠，失之靡麗矣。其中傑出者，來殷、蘭泉、
曉徵、璞函而已。鳳喈反列壓卷，殆以爵，非定論也。」〔註217〕認
爲沈德潛選評不准，具體而言是「所選聲調仍不出明七子窠臼」，這
是格調派之短，但「佐以剪紅刻翠，失之靡麗」則在含蓄地批評性靈
派，尤其是袁枚之短，即朱庭珍評述袁枚的「輕薄卑靡爲天眞，淫穢
浪蕩爲豔情」。

　　他同時也肯定讚揚沈德潛。他說：「錢塘方芳佩芷齋，乾隆丁丑
編修汪芍波新夫人也，著《在璞堂稿》。沈歸愚稱其『清而不靡，如
水仙一囊，緗梅半萼』。……《詠秋海棠》云：『幾夕和煙更和雨，一
時無語本無人。』可謂化工之筆。」〔註218〕認可沈德潛對方芳佩詩
歌的評價：「清而不靡，如水仙一囊，緗梅半萼」，說明格調派欣賞「清
而不靡」的風格美，與李氏的觀點相近，而清而靡正是袁枚部分詩歌
之短。可能有人要說李調元對沈德潛肯定太少，所以他是反對格調派
的。其實未必。因爲如上所論，李調元雖然採錄袁枚的很多詩歌，也

〔註215〕　詹杭倫、沈時蓉《雨村詩話校正》，成都：巴蜀書社，2006 年 157 頁。
〔註216〕　詹杭倫、沈時蓉《雨村詩話校正》，成都：巴蜀書社，2006 年 121
　　　　　～122 頁。
〔註217〕　詹杭倫、沈時蓉《雨村詩話校正》，成都：巴蜀書社，2006 年 80 頁。
〔註218〕　詹杭倫、沈時蓉《雨村詩話校正》，成都：巴蜀書社，2006 年 81 頁。

記錄有關本事典故，但肯定讚揚並不多，嚴格而言，只有「若不經意，而曲盡人情」與「論古最爲敦厚」兩點，而且所彰顯的「敦厚」恰恰是沈德潛所推崇的儒家詩學觀。而批評卻較多，且比較嚴屬，如說袁枚之詩總體上「宗宋人」，還諷刺其詩「好爲大言」而粗豪浮泛，批評否定袁枚自詡不學前人之說，不滿及不理解其惡人敏捷之習等等。

綜上可知，李調元與性靈派三大家因爲種種原因而關係較爲密切，但主要集中在晚年：他與蔣士銓很少詩文交往，最早提到蔣士銓是在乾隆 38 年癸巳（1773 年），時李氏在京任職，是年 40 歲，有《正月朔高白雲先生由華亭令行取禮部主事來京，先生本辛未庶常，今仍還京職，出和袁子才蔣心餘兩前輩詩見示》，丁酉（1777）李調元在出爲廣東學政赴任途中路過南昌時有《新淦舟中汪明府來謁，得蔣心餘太史士銓書，蔣與余相左於南昌，遣人以樂府追寄，藏園其詩稿也》，眞正見面相交在壬寅（1782），二人「相見於順城門之撫臨館，歡甚」，但卻無詩文記載。李調元與趙翼相交於乾隆二十八年（1763），是年他中進士，房師即王夢樓、趙翼。《童山詩話》謂：「癸未，余始謁趙雲松先生於寓所椿樹三條胡同，汪文端公舊宅也。」〔註219〕《童山自記》有追記，但卻沒有詩文記載。乾隆三十一年（1766）冬，趙翼出任廣西鎮安知府，李調元有《送編修趙雲松翼出守鎮安》。乾隆四十三年（1778）有人冒充趙翼之子，持《甌北全集》拜謁李氏，李氏記載在《童山詩話》卷五。庚申（1800）七月初五日趙翼有《與李調元書》，同年九月初八日李氏收到信，次年辛酉（1801）有《戊戌年余視學粵東，闇人以趙雲松觀察子名帖求見，並以甌北集爲贄，余見之留飯，贈三十金而去，昨接雲松書，言其時子尚幼，並未入粵，乃假名干謁也，不覺大笑，作詩見寄，余亦爲捧腹，依韻答之》與《劉慕陔州尊遣吏送趙雲松前輩書，時萬卷樓焚，雲松不知也，因作詩寄之，亦當爲我一哭也》，此後詩歌唱和書信往來頗多。李調元與袁枚

〔註219〕 詹杭倫、沈時蓉《雨村詩話校正》，成都：巴蜀書社，2006 年 51頁。

則屬於神交，他自己說「六七歲時曾讀集，八十年來始報章」，〔註220〕乾隆四十三年（戊戌 1778）李氏時任廣東學政，刊行《袁枚詩選》五卷，並作《袁詩選序》。乾隆六十年（乙卯 1795）六月，《雨村詩話》十六卷成，李調元主動給袁枚第一封書信，並寄呈《童山全集》、《雨村詩話》各一套，有《寄袁子才先生書》，此後書信詩文交往頗多。從前面的梳理可知，李氏與蔣士銓只會過一次面，且無記載。與趙翼相交最早，但交往頻繁則是三十多年以後，時李氏已經六十七歲，離逝世只有兩年多。與袁枚書信詩文交往時李氏六十二歲，袁枚七十九歲，離辭世只有兩年多。整個交往前疏而後密，且暮年很難就詩學展開深入的討論，這不能不說是一件憾事。

　　總之，李調元的十六卷本《雨村詩話》中採錄了性靈派三大家的很多詩歌，也記錄了有關本事典故，但讚揚者並不多，前期的評價較為客觀，體現了一個批評家應有的精神，而暮年往來詩文書信多互相讚揚吹噓，實際詩學價值並不高，這大概是人之將老「其言也善」吧。就他的整個詩學而言，從詩歌本質論、創作論、審美論等方面他都相容格調派、性靈派及神韻派之長，而沒有反對及否定其中一派的意思。因此，可以說李調元與性靈派主將雖然較為親密，但卻不是性靈派，至少從有關論述及詩歌創作中缺少有力的證據。當今不少論者常將李調元拉入性靈派，有李氏與性靈派較為親密的原因，有二者的詩學觀有相似之處的原因，更有如今性靈派吃香，於是便有意拉入的原因。其實乾隆時期流行的三大詩學流派，肌理派的詩學最少理論價值，創作成就也最差，不足以與其他兩派並列。格調派與性靈派的詩學則各有特點，也各有缺陷，很難說誰的價值更大，誰更進步。它們都是在乾隆時代及時代精神的影響下產生的，並在統治者及統治思想所容許的範圍內流傳發展，格調派

〔註220〕 詹杭倫、沈時蓉《雨村詩話校正》，成都：巴蜀書社，2006 年 373 頁，《童山詩集》卷三十四《祝八十詩四首》作「六七月間始通訊，八十老來猶報章」。

主要倡導儒家詩學而近乎幫忙，而性靈派，尤其是袁枚則詩酒風流，喝花酒，娶小妾，親近女弟子，抒發小性靈，成爲盛世王朝與風流君王的點綴，近乎幫閒。

其實袁枚與沈德潛的關係一直甚好，袁枚對沈的評價也甚高，二人「三次同年夢最長」，即鴻詞、鄉、會試同科，《寄懷歸愚尙書》云：「天與高年享重名，明經晚遇比桓榮。詩人遭際無前古，海內風騷有正聲。白髮歸來雙倖重，青山題罷九重賡。戴公園上書銜處，更命春官典六卿。」﹝註221﹞《贈歸愚尙書》之一云：「九十詩人衛武公，角巾重接藕花風。手扶文運三朝內，名在東南二老中。自注：上賜詩：二老江南之大老。健比張蒼偏淡泊，廉如高允更清聰。當時同詠霓裳客，得附青雲也自雄。」﹝註222﹞二人論詩觀點有所不同，但並無根本矛盾。袁枚認爲「詩有工拙，而無古今」，「性情遭際，人人有我在焉，不可貌古人而襲之，畏古人而拘之」，都是眞理，而古今詩歌不同時期各有特點，盛衰程度不同，成就也有大小，這也是事實，後世人可以在自有效法的基礎上創新，這更是常識，沒有根本的矛盾。沈德潛認爲「詩貴溫柔，不可說盡，又必關係人倫日用」，這也是中國古代詩歌的主要特點，袁枚認爲有說盡者，即直抒胸臆者，二者可以互相補充，也沒有根本矛盾。﹝註223﹞袁枚認爲「選詩之道與作史同，一代才人，其應傳者皆宜列傳，無庸拘見而狹取之」是常識，而選詩者根據自己的宗旨愛好而選與不選、多選少選，也很正常，至於不選某人的詩、少選豔詩宮體更很正常。﹝註224﹞

﹝註221﹞ 周本淳標校《小倉山房詩文集》，上海：上海古籍出版社，1988 年版 287 頁。

﹝註222﹞ 周本淳標校《小倉山房詩文集》，上海：上海古籍出版社，1988 年版 410 頁。

﹝註223﹞ 《答沈大宗伯論詩書》，周本淳標校《小倉山房詩文集》，上海：上海古籍出版社，1988 年版 1502～1503 頁。

﹝註224﹞ 《再與沈大宗伯書》，周本淳標校《小倉山房詩文集》，上海：上海古籍出版社，1988 年版 1504～1505 頁。

　　沈德潛受知於乾隆甚晚，禮遇卻甚隆。後來因為沈氏將《陸宣公墓道》選為《清詩別裁》的開卷之作，觸犯時諱與聖諱，最終「被旨切責」。其實沈德潛「被旨切責」的原因很多，比如他為徐述夔所編詩集作序，將已經被乾隆欽定為「貳臣」的錢謙益列為「本朝之冠」，且徐述夔的《一柱樓詩集》中有「明朝期振翮，一舉去清都」，〔註225〕他自己的《詠黑牡丹》有「奪朱非正色，異種也稱王」等類犯諱的詩句，他還把為乾隆捉刀的那些詩歌又劃歸自己的名下等等，於是乾隆龍顏大怒「乃借徐述夔詩案，追奪階銜祠諡，並僕其墓碑」。〔註226〕柳詒徵說：「前代文人受禍之酷，殆未有若清代之甚者，故雍、乾以來，志節之士，蕩然無存。有思想才能者，無所發泄，惟寄之以考古，庶不干當時之禁忌。其時所傳之詩文，亦惟頌諛獻媚，或徜徉山水、消遣時序及尋常應酬之作。稍一不慎，禍且不測，而清之文化可知矣！」〔註227〕這說明乾隆固然禁錮真正的叛逆思想，連沈德潛忠誠卻犯諱的嘮叨也不允許，倒過來卻說明沈德潛選詩評詩有一貫的宗旨與底線，且為此不惜觸犯聖諱與時諱，其精神是可嘉的。不過乾隆對袁枚卻較為優容，因為袁枚的詩歌、詩學及行為「正合孤意」，文人如果都如此，則既不會叛逆，也不會忠誠地嘮叨，還可以點綴盛世風流，何樂而不容忍呢？

〔註225〕　〔清〕徐珂編撰《清稗類鈔》，北京：中華書局，1984 年版 1063 頁。
〔註226〕　〔清〕佚名《啁啾漫記》之《沈歸愚軼事》，見《清代野史叢書》之《棲霞閣野乘》。
〔註227〕　柳詒徵《中國文化史》，上海：東方出版中心 1988 年版 731 頁。

第七章　李調元詞學研究

　　明清（包括元）時期的巴蜀，因爲地域上遠離京城政治文化中心，經濟文化又相對落後於中東部等方面的原因，具有濃厚的消費文化背景的全國主流文學體式如散曲、戲劇、小說等，並未如漢唐宋時的賦、詩、詞一樣出過司馬相如、揚雄、王褒、陳子昂、李白、三蘇一類大家名家，因其繁盛而居於重要甚至是領先的地位。傳統詩歌創作相對落後，詞曲創作則更爲落後，相應詞學也必然落後。與江浙、京城及沿海詞派紛繁，詞話、詞論大量產生相比，顯得十分落寞。但李調元少年時求學江浙，加之又是才子，所以他喜歡詞曲及戲劇等通俗文學的寫作，同時也長於詞學。其詞學主要集中在《雨村詞話》中，其他的詩文中也有散見的論述。其《雨村詞話》計四卷，作於乾隆四十九年（1784）他 50 歲之際，原刊於《函海》叢書，唐圭璋收入《詞話叢編》，有《蠢翁詞》兩卷，原附《童山詩集》，近世收入《叢書集成初編》，據此可知他是理論與創作兼通的詞人。《雨村詞話》的體例與《雨村詩話》相似，與楊愼的《詞品》也很相似，主要稱引自李白遺詞至清人毛先舒爲止的歷代詞人的名篇名句，縱看是一部形象化具體化的詞史，其詞學理論貫注其中，在詞的淵源發生論、美學論、創作論等方面，不乏心得與創見，在明清時期的整個西部均屬少見，所以值得特別重視。下面主要依據其詞話對其詞學進行簡要的論述與探討。

一、淵源發生論：主張「詞乃詩之源」

　　李調元探討詞的淵源的論述不多，但觀點卻非常鮮明，主要提出了「詞乃詩之源」的觀點。這一觀點集中表現在其《雨村詞話序》中，值得認真分析探討。《雨村詞話序》說：「詞非詩之餘，乃詩之源也。周之頌三十一篇，長短句居十八。漢郊祀歌十九篇，長短句居五。至短簫鐃歌十八篇，篇皆長短句。」〔註1〕這段話出自汪森，其《詞綜序》說：「自有詩，而長短句即寓焉。《南風》之操，《五子之歌》是已。周之頌三十一篇，長短句居十八；漢《郊祀歌》十九篇，長短句居其五；至《短簫鐃歌》十八篇，篇篇皆長短句，謂非詞之源乎？」〔註2〕汪森認為先秦古詩是詞之源，其主要著眼點是其是長短句，其次是其是歌詞，從長短句與音樂性的角度說古詩是詞之源，應該有一定的道理。李調元則進了一步，說「詞乃詩之源」，這是一個本質性的變化。其理由他沒有進一步闡述，如從詩源於歌的角度看，他的話是正確的。

　　上古先民有樂隨詞傳的歌，其詞多是長短句，雖多已遺失，但先秦典籍如《易經》等有記載，《詩經》中的十五《國風》及《周頌》也保留了不少，可以證明。上古合樂的歌詞流傳下來，後來用文字的形式記錄之，就成為詩，因此可以說歌是詩之源。後世的詞與上古之歌都是合樂的歌詞，而且都多是長短句，從這個角度看歌與詞是一體的，是很相似的，因此也可以說「詞乃詩之源」。後世認為倚聲而填的歌詞是詞，否則便不是，且認為所謂「倚聲填詞」之法是唐代的發明，而倚詞譜曲的歌詞則是樂府，產生於漢代。這話看似有理，實則有重大毛病。一是這話本身就有矛盾。因為宋詞中也有如姜夔「初率意為長短句，然後協以律」〔註3〕的方法，不能說按這種方法創作的

〔註1〕唐圭璋《詞話叢編》第二冊，北京：中華書局，1986年版1377頁，
　　　　以下引同書只注明書名與頁碼。
〔註2〕〔清〕朱彝尊《詞綜》卷首，北京：中華書局，1975年版。
〔註3〕〔宋〕姜夔《長亭怨慢》自序，見唐圭璋《全宋詞》卷一百三十六，
　　　　北京：中華書局，1965年版2181頁。

歌詞就不是詞。二是不正確，不符合歌詞發展的歷史。且不說古歌謠，只說《詩經》與漢樂府，一首數章或者數解，時人不可能每章每解都分別譜曲，而是先有一章或者數章，即所謂「母曲」，不同時空的無名氏作者可以倚其曲調自由調換歌詞或者新創歌詞，如此則使歌曲的歌詞變得複雜，變得完整，產生由同一母曲填寫的不同版本的歌詞，只要各章或者各解的字數句數相同或者相似，押大致相同的韻腳，都可以按照同一樂曲演唱。長篇樂府如《孔雀東南飛》等不可能是據文詞而譜一個非常長非常複雜的樂曲而再演唱流傳，而是根據一個相對簡單的樂曲不斷地補充更新創作新歌詞，經過無數無名氏作詞家的手，最後定本為現在的樣子。而今藏族、蒙古族長達幾十萬甚至上百萬句的史詩也是如此產生的。不僅古代的民歌是如此，近世乃至今天的民歌也是如此，因此可以說民歌是萬世一法的「倚聲填詞」體。

　　汪森在《詞綜序》中接著還說：「迄於六代，《江南》、《採蓮》諸曲，去倚聲不遠。其不即變為詞者，四聲猶未協暢也。自古詩變為近體，而五七言絕句，傳於伶官樂部，長短句無所依，則不得不變為詞。」〔註4〕汪森認為六朝時期的樂府沒有立即變為詞是因為四聲「猶未協暢也」。汪氏這裡講的應該是文人「倚平仄譜填詞」，而不是真正的「倚聲（樂曲）填詞」，今存《敦煌曲子詞》平仄、押韻、字數甚至句數都不確定就是證明。如再往前追溯，南朝梁陳隋三代的蕭衍、沈約、楊廣等在《江南弄》、《長相思》、《紀遼東》等曲中已經開始了有意或者無意的倚平仄譜填詞了，只不過初唐、盛唐時期文人因為種種原因而沒有有意識地繼承發揚罷了。到了盛唐，尤其是中唐時期，因為社會形勢與經濟文化的發展變化，文人為了享樂的需要，便開始有意識地將近體詩歌的聲律用於填詞，於是倚譜（平仄）填詞之法產生了。自然，五七言律詩絕句要協合燕樂而將泛聲、和聲、虛聲變為實字，演變為長短句，也是詞發展定型的重要原因之一。中唐至五代的詞，

───────────

〔註4〕〔清〕朱彝尊《詞綜》卷首，北京：中華書局，1975 年版。

齊言與長短句並行，其中齊言體詞約占三分之一就是證明。〔註5〕

　　李調元對楊慎特別推崇，但他論詩不像楊慎一樣崇尚六朝與初唐，論詞也如此，所以他便沒有如汪森一樣接著論述六朝樂府，而是跳到了唐代。他在《雨村詞話序》中說：「自唐開元盛日，王之渙、高適、王昌齡絕句流播旗亭，而李白菩薩蠻等詞亦被之管弦，實皆古樂府也。」這段話與汪森在《詞綜》中的話幾乎完全相同。它回顧了唐代的歌詩與詞的演唱傳播情況，說明齊言的絕句律詩及長短句的詞同時被之管弦而流播。李氏認為它們的性質是相同的，即都是古樂府，也即與古樂府沒有本質的區別。

　　接著李氏為其「詞乃詩之源」作結論。他在《雨村詞話序》中說：「詩先有樂府而後有古體，有古體而後有近體。樂府即長短句，長短句即古詞也。故曰詞非詩之餘，乃詩之源也。」這裡的樂府應該是歌詞的意思，也就是前面所謂樂隨詞傳及無名氏倚聲填寫的歌詞，它既有雜言長短句，也有齊言如四言、三言、五言及七言。至東漢時文人不用於歌唱的以五言及雜言為主的古體詩產生了，因此就可以說「詩先有樂府而後有古體」。六朝時引入聲律論，到初唐，不用於歌唱的短章古體（徒詩）便逐漸發展定型為近體，而仍用於歌唱的歌詩則分道揚鑣而發展為詞。因此李調元所說的「詞乃詩之源」有兩層意思：一是詞指上古歌謠及歌詞，後世狹義的詩當然源於它；二是詞指漢樂府，它分流為古詩（即不歌的徒詩），再發展為近體詩，用於演唱的長短句便發展為詞。

　　李調元還在其他地方論述「詞乃詩之源」。《雨村詩話》卷上說：「三代以前，詩即是樂，樂即是詩。若離詩而言樂，是猶大風吹竅，往而不返，不得為樂也。故詩者，天地自然之樂也。有人焉為之節奏，則相合而成焉。」〔註6〕認識到古代有「樂隨詩傳」的詞曲配合方法，倚聲填詞也包含在「樂隨詩傳」之中。所謂「詩者，天地自然之樂也」，

〔註5〕　參見鄭家治《古典詩學論稿》，成都：巴蜀書社，2010 年版 45～47 頁。
〔註6〕　郭紹虞編《清詩話續編》，上海：上海古籍出版社，1983 年版 1517 頁。

也就是上古先民爲抒發感情而隨口吟唱的歌曲，其樂律、樂調、音階都是後世根據先民的歌曲總結出來的。

《雨村詩話》卷上說：「古人樂府，非如今人有曲譜而後塡詞也。然亦照定十二律賦爲詞，付之樂工，叶以音律。但樂工知清濁高下，而不通文，故先分章段，爲之鈎勒，亦讀樂府入門之一法。」〔註7〕這段話論述樂府的詩樂關係，說漢樂府的詞曲配合方法是倚詞譜曲，而不是後世的倚聲塡詞，但作詞者也要懂一些音樂的基本常識，要「照定十二律賦爲詞」，然後再「付之樂工，叶以音律」。李氏說：「樂工知清濁高下，而不通文，故先分章段，爲之鈎勒，亦讀樂府入門之一法。」這話符合漢代的現實，因爲漢代的文字用竹木簡或帛來書寫與流傳，識字是貴族的專利，地位低下的樂工當然不通文，便只能用樂曲去套歌詞，而不是今人的先弄懂歌詞的意思與感情，再依照詞的情感去譜曲。《雨村詩話》卷上說：「樂府者以其詞付樂工，其中工尺之抑揚，乃樂工事。五季變爲詞，將所留樂工之虛字塡滿，較古法更嚴密，不能馳騁才華，不若古樂府之鬆矣。」〔註8〕是說樂工用樂曲去套歌詞，樂曲與歌詞出自不同人之手，作詞者便可以較爲自由的發揮，而後世完全倚聲（平仄譜）塡詞，雖較古法嚴密，但束縛也較多，所以便不能自由地馳騁才華了。

李調元不但從理論上論述「詞乃詩之源」，否定詞爲詩餘之說，而且還引用人家的話嘲笑並否定詞爲詩餘之說。卷四「悔菴論詩餘」條說：「尤悔菴侗序彭羨門《延露詞》云：『詩何以餘哉？『小樓昨夜』，哀江頭之餘也。『水殿風來』，清平調之餘也。『紅藕香殘』，古別離之餘也。『將軍白髮』，從軍行之餘也。『今宵酒醒』，子夜懊憹之餘也。『大江東去』，鼓角橫吹之餘也。詩以餘亡，亦以餘存，非詩餘之能存亡，則詩餘之人存亡之也。論詩餘二字獨得。」〔註9〕李氏引用這

〔註 7〕　郭紹虞編《清詩話續編》，上海：上海古籍出版社，1983 年版 1517 頁。

〔註 8〕　郭紹虞編《清詩話續編》，上海：上海古籍出版社，1983 年版 1517 頁。

〔註 9〕　《詞話叢編》1436 頁。

段話一是說明詩詞在表現對象上沒有本質的區別，可以入詩者也可以入詞，二是進而否定詞爲詩餘之說。

　　李調元不但論述詞之源，而且還簡要梳理詞史，追溯詞話的源頭。《雨村詞話序》接著說：「溫、韋以流麗爲宗，《花間集》所載南唐、西蜀諸人最爲古豔。北宋自東坡『大江東去』，秦七、黃九踵起，周美成、晏叔原、柳屯田、賀方回繼之，轉相矜尚，曲調愈多，派衍愈別。鄱陽姜夔郁爲詞宗，一歸醇正。於是辛稼軒、史達祖、高觀國、吳文英師之於前，蔣捷、周密、陳君衡、王沂孫傚之於後，譬之於樂，舞箾至於九變，而歎觀止矣。」李氏這段話對詞史的梳理有不少顚倒之處，尤其是兩宋詞史，蘇軾的詞起於北宋中後期，晏叔原、柳屯田都是在其前的具有開派作用的詞人，絕非繼承蘇軾。南宋中後期姜夔爲詞宗，倡雅正詞，辛稼軒較姜氏年長，而且其詞風稱盛於前，當是姜夔師辛稼軒，而不是相反。按理，李氏不會犯這種常識性錯誤，一則可能是他爲了彰顯蘇軾與姜夔爲兩宋詞壇的領袖而故意如此，二則可能是抄寫翻刻時的錯誤。

　　接著他便追溯詞話的源頭。他接著又說：「（詞）流傳既廣，互有月旦，而詞話生焉。陳後山不工詞，而詞話實由之祖。自是以來，作者指不勝屈。而吾蜀升菴《詞品》，最爲允當，勝弇州之英雄欺人十倍。而近日徐釚有《詞苑叢談》一書，聚古今之詞話，彙集成編，雖不著出處，而掇拾大備，可謂先得我心矣。然則余又何詞之可話也。大凡表人之妍而不使美惡交混曰話，摘人之媸而使之瑕瑜不掩，亦曰話。余之爲詞話也，表妍者少，而摘媸者多，如推秦七，抑黃九之類，其彰彰也。」李氏認爲創作在先，評論在後，文字評論更在後，是有道理的。這裡所說詞話，當是近乎歐陽修《六一詩話》一樣的談論詞壇詞人逸聞趣事的「話」，眞正從理論上闡述詞的應當是歐陽炯的《花間集序》。卷二「詞話始陳後山」條也重申了這一觀點：「宋人詩話甚多，未有著詞話者。惟後山集中載吳越王來朝、張三影、青幕子婦妓、黃詞、柳三變、蘇公居穎、王平甫

之子七條，是詞話當自公始。」〔註10〕後面，他接著論述了後世很多詞話，讚揚楊慎的《詞品》「最爲允當」，遠勝王世貞。最後又說徐釚《詞苑叢談》「先得我心」，啓發他寫作了這部「表妍者少，而摘媸者多」的詞話。

　　總之，李調元的《雨村詞話序》雖然小有錯漏與矛盾，但卻高屋建瓴地追溯詞之源，第一次鮮明地提出了「詞乃詩之源」的觀點，還概括詞史，追溯詞話的源頭，當是他的詞話的總綱，也是其整部詞話中最具有理論意義的部分。

二、美學論：主張百花齊放

　　李調元關於詞美學的論述比較分散，但也比較多，是其詞學中比較具有理論意義的部分。清代中期，尤其是乾隆時期，詞出現了復興的形勢。清初有以陳子龍爲首的雲間詞派與遺民詞人，稍後又形成了幾個詞人群體：如西泠詞人群有張丹、毛先舒、丁澎、沈謙，柳洲詞人群如曹爾堪、魏學渠等，廣陵詞人群之著名者如王士禛、鄒祗謨、彭孫遹等。再後出現了陽羨詞派，其領袖陳維崧融蘇軾、辛棄疾爲一爐而又不爲所限，他們推尊詞體，以爲可並經史，又重視詞律，而萬樹《詞律》的編撰也爲陽羨詞派作出厚重的鋪墊。同時而稍後，以朱彝尊爲代表的浙西詞派登壇，他們編撰《詞綜》，推尊姜夔與張炎，提倡醇雅清空之風，風靡一時。其後厲鶚繼承發展了浙西詞派，蘇州一帶出現了所謂前後七子。

　　李調元詞話中論及的清代詞人及詞學家有吳綺圓、朱彝尊、王士禛、鄒祗謨、王士祿、尤侗、彭羨門、董文友、宋琬、嵇宗孟、毛奇齡、曹爾堪、沈謙、毛先舒及萬樹等，他的詞話就是因徐釚有《詞苑叢談》一書，又因「余家藏有常熟吳氏訥所彙《宋元百家詞》寫本，即朱竹垞所謂抄傳絕少未見全書者，並汲古閣所刊《六十名家詞》，日披閱之，而擇其可學者取以爲法，其不可學者取以爲鑒」，最後「錄成，

〔註10〕《詞話叢編》1403 頁。

目曰《雨村詞話》」的。他青少年時游學江南，與江南的詩人詞人必定有不少交往，也肯定受到正當紅的陽羨詞派及浙西詞派的影響，從前面的論述可以看出，他的《雨村詞話序》明顯受汪森影響，但他卻能不囿於門戶之見，據具體的詞人及詞作進行評論，其總體傾向是南北宋並重，不以婉約、豪放為批評標準，是古而不非今，對清代詞人及詞作給予了較高的評價，彰顯標舉並論證了自己的詞美學觀。

（一）論詞重工與妙

作為學者與才子，他論詞必然重視與強調「工」與「妙」。所謂「工」，即細緻、巧妙之意，與拙相對。工則美，拙則不美。或者可以說「工」未必美，未必好，但是不工則一定不好不美。所以，「工」當是中國古代美學的一個最常見的審美範疇，它既可以是非常基礎的美，也可以指非常高層次的美。當然也有人提倡以「拙」為美，如陳廷焯在《白雨齋詞話》中所倡的重、捉、大，但陳氏所說的「拙」是指樸拙之美，但一般的拙則是指拙劣，粗糙，率露，當是不美的。沈約《謝靈運傳論》：「工拙之數，如有可言。」〔註11〕它可以與其他詞語配合，造成「工致」「工穩」「工巧」「工麗」等詞，表述以工為基礎的不同的美感。這些詞各有所偏，而以「工」為基礎，又歸於工，以工為主要審美特點。它既可以主要指遣詞造句等技術層面的美，也可以指全文全篇整體的美。指遣詞造句之工如：卷一「鎮鎖二字」條：「張舍人泌詞如其人，《花間集》所載皆可入選。更工於用字，如《浣溪紗》云：『翠鈿金縷鎮眉心。』又『斷香輕碧鎖愁深。』『鎮』、『鎖』二字，開後人無限法門。」〔註12〕這裡的「工於用字」表面上看確實是在是強調字句的錘煉與琢磨，但也可申發為全詞寫作追求「工」，即追求「工致」「工穩」之美。卷二「團霜分冷」條：「炎正《西樵語業》有《訴衷情》詞云：『露珠點點欲團霜。分冷與紗窗。』團霜、

〔註11〕〔梁〕沈約《宋書》卷六十七，百衲本二十四史。
〔註12〕《詞話叢編》1403 頁。

分冷四字最工。如《生查子》云：『人好欺花色。』欺字亦工，蓋能
煉句也。」〔註 13〕也論煉字煉句的工。卷一「娶」條：「陳後山詞喜
用尖新字，然最穩。如《浣溪沙》：『安排雲雨娶新晴』，娶字未經人
道。」〔註 14〕後山原詞作「要新晴」，李氏誤作娶，認為「娶新晴」
擬人化，有出人意表之效。這裡讚揚與強調的也是用字尖新而「工
穩」，是所謂新而工。

　　重全篇之工，如卷二「放翁詞似詩」條：「放翁詞似詩，然較詩濃
縟，所欠一醒字，而《破陣子》（仕至千鍾良易）詞卻甚工。」〔註 15〕
說陸游的詞似詩是準確的，說其濃縟則未必，可以商量，說這首《破陣
子》「甚工」，則當是對陸游詞的肯定，也是對一種具有很高審美趣味的
風格的肯定。卷四「綺園懷古」條：「懷古詞宜《望海潮》調，始於秦
少游《廣陵諸懷古》，及《越州懷古》等闋。本朝吳綺園茨於此體尤工，
有懷古和韻五闋，直壓前人。」〔註 16〕評論本朝詞人的詞，而且是評論
一般人以為不該入詞的懷古詞，認為其懷古詞「尤工」，當是對於該詞
的很高褒獎，也是對懷古詞的一個很高的審美要求。卷一「永叔十二月
鼓子詞」條：「按公此詞名《漁家傲》，按十二月作，如其數，皆工膩熨
貼，不獨『五彩絲』佳也。」〔註 17〕「工膩熨貼」是對「工致」「工穩」
之美的引申發展，即工致細膩，形容盡致，表情真切熨貼之意。作為以
抒情寫景為主的詞，「工膩熨貼」應該是一個很高的審美目標。

　　卷二「竹山遺詞」條：「蔣竹山詞，有全集所遺而升菴《詞林萬
選》所拾者，最為工麗。如《柳梢青》云……。」〔註 18〕評論蔣捷的
詞，認為蔣「有全集所遺而升菴詞林萬選所拾者」也「最為工麗」，
這當是對南宋格律派名家蔣捷的很高的評價。李調元在這裡將「工」

〔註 13〕　《詞話叢編》1407 頁。
〔註 14〕　《詞話叢編》1402 頁。
〔註 15〕　《詞話叢編》1410 頁。
〔註 16〕　《詞話叢編》1433 頁。
〔註 17〕　《詞話叢編》1393 頁。
〔註 18〕　《詞話叢編》1412 頁。

與「麗」結合，實際也概括了整個婉約派的基本審美風格。卷三「易安」條：「易安在宋諸媛中，自卓然一家，不在秦七、黃九之下。詞無一首不工。其煉處可奪夢窗之席，其麗處真片玉之班。蓋不徒俯視巾幗，直欲壓倒鬚眉。」﹝註19﹞此條從整體上高度評價讚揚了女詞人李清照，觀點近似楊慎。楊慎《詞品》卷二「李易安詞」條：「宋人填詞，李易安亦稱冠絕。使在衣冠，當與秦七、黃九爭雄，不獨雄於閨閣也。其詞名《漱玉集》，尋之未得。《聲聲慢》一詞，最為婉妙。」後又說其詞「已自工致」，「氣象更好」。又說：「後疊云：『於今憔悴，風鬟霜鬢，怕見夜間出去。』皆以尋常言語，度入音律，煉句精巧則易，平淡入妙者難。山谷所謂以故為新，以俗為雅，易安先得之矣。」﹝註20﹞李調元也如楊慎一樣全面高度評價讚揚李清照，而不是像其他一些一般評論者一樣對李清照肯定一部分而又否定一部分，如南宋王灼在《碧雞漫志》中所說，也非不置一詞，如王國維的《人間詞話》。李調元認為李清照不僅在宋諸媛中「卓然一家」，而且不在秦觀、黃庭堅之下。接著對其詞進行總體評價：詞無一首不工。也即是首首都好，這應當是最高評價了。後面則具體評論其詞「煉處可奪夢窗之席」，「煉」即是工，即所謂「工煉」，即在遣詞造句、篇章結構方面都達到了天衣無縫的境界。

　　吳文英是南宋後期格律派的大家名家，清代浙西詞派奉為典範，有所謂「數十年來，浙西填詞者，家白石而戶玉田」﹝註21﹞之說，「於詞不喜北宋，愛姜堯章、吳君特諸家」﹝註22﹞李調元的詞話沒有提到，卻認為李清照詞之工煉可奪其席，聯繫當時浙西詞派朱彝尊「世人言

﹝註19﹞《詞話叢編》1431 頁。
﹝註20﹞〔明〕楊慎《詞品》卷二，唐圭璋《詞話叢編》，北京，中華書局，1986 年版 450 頁。
﹝註21﹞〔清〕朱彝尊《靜惕堂詞序》，楊家朱主編《清詞別集百三十四種》，臺北：鼎文書局，1976 年版 75 頁。
﹝註22﹞〔清〕朱彝尊《徵士李君行狀》，《曝書如集·中》，臺北：世界書局，1964 年版 490 頁。

詞，必稱北宋。然詞至南宋始極其工，至宋季而始極其變」，〔註23〕那麼李清照詞的藝術地位就異常高了。後面他又說李清照詞「其麗處真片玉之班」。後世人認為周邦彥為宋詞的集大成者，其詞風典雅精工富麗，為南宋格律派的之祖，那麼李清照則是壓倒南北宋的第一人了，所以最後他讚揚李清照：「蓋不徒俯視巾幗，直欲壓倒鬚眉」。李調元以工、麗來評價讚揚李清照，應該是非常準確全面的，標舉工及工麗之美的指向是清楚的。

　　如果說「工」是基礎的，是主要重於遣詞造句的技術層面而又及於整體的美的話，那麼「妙」則是在「工」的基礎上的主要重於整體美的更高級的達於不可言傳的審美範疇了。他用「妙」來評價詞句，評價用筆。如卷二「兜鞋」條：「呂渭老詞甚新，不獨《望海潮》『側寒斜雨』一闋為升菴所愛也。《思佳客》云：……。調高韻渾，不易得也，『兜鞋』句尤妙。」〔註24〕這裡全面評價呂渭老的詞，先贊其詞「甚新」；接著又贊其詞「調高韻渾」，所謂「調高韻渾」，分開講是整體格調高雅，韻味渾成，合起來講是韻調高渾，它既指向韻調等技術層面，又評價讚美其總體意境之美；最後以「尤妙」評價其詞之「兜鞋」句，則是由巧妙而達於美妙，也即由工巧而達於美妙了。

　　卷三「白石鷓鴣天」條：「姜白石《鷓鴣天》詞三首，如『鴛鴦獨宿何曾慣，化作西樓一縷』，不但韻高，亦由筆妙。何必石湖所贊自製曲之敲金戛玉聲，裁雲縫月手也。」〔註25〕讚揚姜夔的《鷓鴣天》詞句「不但韻高，亦由筆妙」，是勝過他自製曲的「敲金戛玉聲，裁雲縫月手」。李調元仍然將「韻高」與「筆妙」相聯，所謂「韻高」，即上文所說的「調高韻渾」，也即韻調高雅渾成，也即范成大所謂「敲金戛玉聲」；所謂「筆妙」也就是運筆神妙莫測，變化多端，也即范成大所謂「裁雲縫月手」，進而形成了美妙的意境。

〔註23〕〔清〕朱彝尊《詞綜》發凡，北京：中華書局，1975年版。
〔註24〕《詞話叢編》1406頁。
〔註25〕《詞話叢編》1428頁。

　　卷二「南宋白石派」條：「白石自製詞在南宋另爲一派，盛行於時，學之而佳者有二人。王沂孫字聖與，號中仙，有《碧山樂府》二卷，一名《花外集》，蓋取《花間集》而名也。其詞以韻勝，如《瑣窗寒》起句云：『趁酒梨花，催詩柳絮，一窗春怨。』末句云：『夜月荼蘼院。』皆倩麗宜人。同時張叔夏炎亦作《瑣窗（寒）》詞，自注云：『王碧山其詩清峭，其詞閒雅，有姜白石意趣，今絕響矣。』余悼之云：『自中仙去後，詞箋賦筆，便無清致。』又『料應也孤吟山鬼。那知人彈折素琴，黃金鑄出相思淚。』可想見平生服膺矣。『黃金』句無理而奇，最妙。」〔註26〕此條評價南宋格律詞派的姜夔與王沂孫、張炎，最後說其「『黃金』句無理而奇，最妙」，即所謂琢磨詞句的「奇妙」。有理，符合一般的常理常識固然不奇，於是無理才奇，由奇而顯示出「妙」，是爲奇妙。卷四「掛逗」二字條：「掛字新穎」，「掛逗二字俱妙。」也講煉字之妙。

　　卷四「三綠」條：「王阮亭《金釵澗上‧桃源憶故人》詞云：『金釵澗上人如玉。解唱春波新曲。畫扇船紗十幅。春水平帆綠。三三五五鴛鴦浴。觸忤閒愁春目。戲擲菱花相逐。又向花房宿。』程村云：昔應子和以『蠟炬短燒紅』，『風雨落花紅』，『兩岸夕陽紅』名三紅。今阮亭有『春水平帆綠』，『夢裏江南綠』，『新婦磯頭煙水綠』，不將更稱三綠耶。人遂有王三綠之目。然不及公《浣溪紗》『綠楊城郭是揚州』一語用綠字尤妙，可敵一篇《江都賦》也。」〔註27〕以本朝王士禎與南宋應子和爲例，說明煉字琢句之妙，近乎宋人豔稱張先爲「張三影」的煉字之妙。卷一「鏤」條：「李珣工於《浣溪紗》詞，其詞類七言，須於一句中含無限遠神方妙。」〔註28〕強調「妙」當「含無限遠神」，此所謂「神」即論詩之神韻，所謂「遠神」即難以捉摸難以言傳的「神韻」，由用筆之妙，進而到意境之妙，再及「神韻」。

〔註26〕　《詞話叢編》1414 頁。
〔註27〕　《詞話叢編》1435 頁。
〔註28〕　《詞話叢編》1389 頁。

評價讚揚整體之妙。如卷四「指螺」條：「毛先舒駴，號稚黃，作《填詞名解》四卷，能發人所未發，較勝《圖譜》。然觀其自作《鸞情詞》則多俗，何也。至《憶秦娥》（當是《清平樂》）特新妙。」〔註29〕說毛氏「作《填詞名解》四卷，能發人所未發，較勝圖譜」，是著名詞論家，但其所作的《鸞情詞》則多俗，而《憶秦娥》（當是清平樂）卻「特新妙」，將新與妙相聯，即以新來求妙，就能達到既新且妙的境界。昔人論書畫及詩有四品，李調元也引以論詞，強調詞的神意。卷一「春色三分」條：「宋初葉清臣字道卿，有《賀聖朝》詞云：『三分春色二分愁，更一分風雨。』東坡《水龍吟》演爲長句云：『春色三分，二分塵土，一分流水。』神意更遠。」〔註30〕說蘇軾點化前人的詞句，表意出人意料，韻味深遠無限，有無窮的神意。卷二「閭邱次杲」條：「閭邱次杲詞，有『漁唱不知何處，多應只在蘆花』，可稱逸品。」〔註31〕由「妙」至「神」，再至「逸」，達到了詩歌意境美的最高層次。

　　「逸品」作爲中國畫的品評標準，最早出自於被張彥遠稱爲「李大夫」的李嗣眞之口。假如李嗣眞的《畫品》原著沒有佚失，想必一定有關於逸品的更多的內容。在他的《書後品》中，逸品被列在「上上品」之前，並稱之爲「超然逸品」。可見，逸品一出現便被列爲中國畫的最高品第。但到了朱景玄，對逸品的定位有了分歧。朱景玄對於逸品的定位，追附張懷瑾的神、妙、能之說，將其排在四品之末。朱景玄對逸品的解釋爲：「非畫之本法，故目之爲逸品，蓋前古未有之法也。」〔註32〕將「非畫之本法」定爲逸品的特徵，未免過於偏頗。因爲名分未定，所以逸品即遭遇尷尬，然而事情並未就此結束。劉道醇作《五代名畫補遺》、《聖朝名畫評》，皆以「神品、妙品、能品」別次列，逸品竟然被刪除。劉道醇在《聖朝名畫評》序中曰：「善觀

〔註29〕《詞話叢編》1440 頁。
〔註30〕《詞話叢編》1394 頁。
〔註31〕《詞話叢編》1415 頁。
〔註32〕〔唐〕朱景玄《唐朝名畫錄序》，四庫全書文淵閣本。

畫者……揣摩研味，要歸三品，三品者，神、妙、能也。」〔註33〕逸品不在，劉道醇可能基於這種想法：神品已爲最高境界，逸格雖佳，終不能超越之，且神、逸二品意味接近，所以便刪除了。給逸品翻案，對其做出恰如其分的解釋，且放在最崇高地位者是黃休復。黃氏在《益州名畫錄》中將畫家與作品分爲「逸格、神格、妙格、能格」四格，即四品。其中「逸格」者僅一人，「神格」二人，「妙格」二十八人，「能格」二十七人。由此可見，逸格在黃的心目中地位之高。黃休復給逸品下的定義是：「畫之逸格，最難其儔。拙規矩於方圓，鄙精研於彩繪。筆簡形具，得之自然。莫可楷模，出於意表。故目之曰逸格爾。」〔註34〕而且，逸品也是畫家人格的寫照。在《益州名畫錄》中，享受「逸品」待遇的唯一畫家是孫位，黃氏認爲孫位「生性疏野、襟抱超然」。可見，得逸品畫名者，人必清高超脫，筆墨須簡淡自然。

中國書畫欣賞品評的標準，往往是相通的。張懷瓘著《書斷》，也著《畫斷》，《畫斷》也分爲神、妙、能三品，也是中國畫三品論的最早提出者。可惜《畫斷》久已亡佚，今其逸文僅見於唐代張彥遠《歷代名畫記》所引。唐代朱景玄在《唐朝名畫錄序》中，也引用了他的三品說。張懷瓘的書、畫「三品說」影響深遠，其後列等品評者頗多，然仍以他三品說最爲簡約。

清代《國朝書品》列神、妙、能、逸、佳五品。後於李調元的包世臣的詮釋是：「平和簡淨，遒麗天成，曰神品。醞釀無迹，橫直相安，曰妙品。逐迹窮源，思力交至，曰能品。楚調自歌，不謬風雅，曰逸品。墨守迹象，雅有門庭，曰佳品。」〔註35〕這裡包所說的五品，比照張懷瓘的三品，大致作如下歸納：包氏的逸品約相當於張氏的神品；包氏的神品、妙品，約爲張氏的妙品；包氏的能品、佳品，約當於張氏的能品。

<hr>

〔註33〕〔宋〕劉道醇《聖朝名畫評》，四庫全書文淵閣本。

〔註34〕〔宋〕黃休復《益州名畫錄序》，見《宋人畫評》，長沙：湖南美術出版社，1999 年版 120 頁。

〔註35〕〔清〕包世臣《藝舟雙輯‧國朝書品》，見《歷代書法論文選》，上海：上海書畫出版社，1979 年 10 月版第 656 至 657 頁。

這樣，我們對張氏的神、妙、能三品標準，約爲：神品，「至法天成，風韻超然」；妙品，「妙法從心，神採自然」；能品，「成法在胸，逐迹守象」。其源本自王漁洋《分甘餘話》「或問『不著一字，盡得風流』之說。答曰：……詩至此，色相俱空，政如羚羊掛角，無迹可求，畫家所謂逸品是也。」〔註36〕據唐張懷瓘《書斷》將書法以工拙分神品、妙品、能品三等，至北宋黃休復《益州名畫錄》，則置逸品於神、妙、能三品之上，以爲繪畫之最高境界。王漁洋藉以論詩，是因爲中國古代文人大多認爲書畫同源，而又與詩理相通。這實際上是一種泛文藝觀。李調元融合詩書畫，將「逸品」用於評價詞，當是其創造。

（二）提倡自然清新之美

自然清新之美倡自唐代。杜甫欣賞評價李白時說：「白也詩無敵，飄然思不群。清新庾開府，俊逸鮑參軍。」〔註37〕認爲李白詩歌的特點就是「清新飄逸」。李白是嚴羽認爲達到「入神」極致的偉大詩人，人稱之爲「詩仙」，其人天才卓異，其詩作總是洋溢著一種不可遏止的澎湃激情。表現這種激情的詩歌也可以是自然清新之美，足見其地位之高了。李白自己也以清新評人與自許。他評價六朝詩人江淹、鮑照是「清水出芙蓉，天然去雕飾」，〔註38〕就是自然清新；他最欣賞的詩人謝朓被他贊爲「中間小謝又清發」，〔註39〕「詩傳謝朓清」，〔註40〕這裡的「清發」是清新秀發或者清新發揚的意思，就是清新而又生氣

〔註36〕〔清〕王士禎《帶經堂詩話》卷三，北京：人民文學出版社，1982年版70頁。

〔註37〕〔唐〕杜甫《春日憶李白》，《杜詩鏡銓》卷一，上海：上海古籍出版社，1962年版32頁。

〔註38〕〔唐〕李白《經亂離後天恩流夜郎憶舊遊書懷贈江夏韋太守良宰》，瞿蛻園《李白集校注》卷十一，上海：上海古版籍出版社，1980年版762頁。

〔註39〕〔唐〕李白《宣州謝朓樓餞別校書叔雲》，瞿蛻園《李白集校注》卷十八，上海：上海古版籍出版社，1980年版1077頁。

〔註40〕〔唐〕李白《送儲邕之武昌》，瞿蛻園《李白集校注》卷十八，上海：上海古版籍出版社，1980年版1089頁。

的意思，而「清」則與清新、清發義近。他多次用「清」字來讚賞前朝和同代的詩人，這與杜甫所說的「清詞麗句」眞是英雄所見略同。他在《古風》中比較集中地評述了他以前詩歌發展的歷史，指出：「自從建安來，綺麗不足珍，聖代復元古，垂衣貴清眞。」〔註41〕這裡隱約可以看出李白也許並不反對「綺麗」的文風，而更多的是說明了時尚的變化——當時社會的審美趣味趨於「清眞」。此所謂「清眞」就是清新自然，就是清發，就是「清」。自然清新更早的源頭當是道家，此處不再追溯。

李調元論詩重視自然清新之美，論詞亦是如此。因爲與詩歌相較，詞是音樂文學，是以視聽爲主的綜合藝術，是瞬時藝術，如果文辭過分雕琢錘煉，則普通的歌妓難以領會而演唱，聽眾更難以領會與欣賞，所以詞必須追求自然之美，甚至追求通俗平易之美。而清新之美則是最受普通聽眾與讀者喜愛的風格美，早期的民間詞固然清新活潑，近乎白話，中唐及唐末五代的詞除溫庭筠等外也多以清新爲主，北宋詞之所以較受人歡迎也因爲其清新活潑。李調元是善於塡詞曲的才子，當然明白詞曲創作演唱接受的訣竅，所以也便倡導詞的自然清新之美。

李調元提倡自然之美可謂不遺餘力。卷一「喚作兒」條：「人謂東坡長短句不工媚詞，少諧音律，非也，特才大不肯受束縛而然。間作媚詞，卻洗盡鉛華，非少游女娘語所及。如《有感・南鄉子》詞云：『冰雪透香肌。姑射仙人不似伊。濯錦江頭新樣錦，非宜。都著尋常淡薄衣。　暖日下重幃。春睡香凝索起遲。曼倩風流緣底事，當時。愛被西眞喚作兒。』『喚作兒』三字出之先生筆，卻如此大雅。」〔註42〕所謂蘇軾「少諧音律，特才大不肯受束縛而然」，是說蘇軾爲詞崇尚自然音律，而不刻意追求詞的格律。所謂蘇軾「間作媚詞，卻洗盡鉛華」，是說蘇軾不僅寫其他題材常以詩爲詞，追

〔註41〕〔唐〕李白《古風》，瞿蛻園《李白集校注》卷二，上海：上海古版籍出版社，1980年版91頁。
〔註42〕《詞話叢編》1394頁。

求表意與用筆的自由與風格的自然美，即便寫情詞媚詞也「洗盡鉛華」，與溫庭筠、馮延巳、晏殊等人的華美柔婉不同，就是追求自然之美。後面還特地以其用「喚作兒」之類的俗語，卻顯得高雅而又自然，來證明蘇軾以俗爲雅，以俗求自然。過去人們論詞都認爲蘇軾以詩爲詞是「尚雅」，是所謂士大夫之詞，而柳永詞則是尚俗，沒有看出蘇軾之詞實際上是追求在聲律、文辭及風格上以自然爲美。

卷四「伯生詞」條：「虞伯生集詞，一洗鉛華，有《鳴鶴餘音》一卷，余已校刊矣。」〔註43〕說虞集所有的詞都崇尚自然之美，其以自然之美論詞則更爲明顯。卷三「虛齋梅花詞」條：「虛齋梅花詞云：『……。』可謂一塵不染。」〔註44〕所謂「一塵不染」當然就是極度的自然了。卷二「梅花第一詞」條：「各家梅花詞不下千闋，然皆互用梅花故事綴成，獨晁無咎補之不持寸鐵，別開生面，當爲梅花第一詞。」〔註45〕此所謂「不持寸鐵」就是追求高度的自然之美，與詩歌中的「白戰體」有相似之處，與追求語言華美雕琢及多用典故的詞相比較，當然是別開生面了。卷三「成語」條：「洪咨夔《平齋詞》，喜用成語作起句。如《沁園春》云：『詩不云乎，蒹葭蒼蒼，白露爲霜。』又云：『歸去來兮，杜宇聲聲，道不如歸。』皆極自然。按宋史，公毀鄧艾祠，更祠諸葛武侯。告其民曰：『毋事仇讎而忘父母。』其忠鯁直亮可知。故其詞軒軒多爽致。」〔註46〕前人已經用過的成句、成語當少用，如用則要用得恰當自然，否則便有抄襲之嫌。因爲成句及成語已經化作一般人的口語，顯得非常自然，所以用得好便也有一種自然之美。李調元所舉的這幾句便「皆極自然」，能產生「軒軒多爽致」的藝術效果。繪畫中有白描手法，詩畫相通，所以也用白描手法。

〔註43〕《詞話叢編》1432頁。
〔註44〕《詞話叢編》1429頁。
〔註45〕《詞話叢編》1403頁。
〔註46〕《詞話叢編》1425頁。

白描比起用色彩，以及濃墨重彩來，自然顯出一種自然樸素之美。卷二「詞中白描」條說：「詞中白描高手無過石孝友。《卜算子》云：『見也如何莫。別也如何遽。別也應難見也難，後會難憑據。　去也如何去。住也如何住。住也應難去也難，此際難分付。』所謂不著一字，盡得風流。至《惜奴嬌》仍然一種筆意，然卻開曲一門矣。」〔註47〕石孝友的這首詞確實全用白描手法，不著一麗字，不用一典故，所謂「不著一字」，卻顯得情眞意切，即所謂「盡得風流」。當然，這種詞與頗爲曲相似，即所謂「開曲一門」。

這裡便涉及到詞曲的區別，以及以詞爲曲的問題了。詞曲都是音樂文學，都是視聽藝術，還都是倚聲塡寫的產物，從本質講，它們是相同的。區別在於其所倚的音樂系統不同，原產的地域不同，所以便有不同的風格特色，也即是追求不同的藝術美，簡言之是詞雅曲俗。大約後人認爲曲是由北方小曲發展起來的，其地位比詞更低，所謂曲是「詞餘」，於是曲可以趨雅，以致近乎詞，而詞卻不可趨俗，更不可近乎曲，因此宋代近曲之詞的地位很低。這種觀點本身便沒有道理。其實詞曲都是孕育於民歌與都市小曲之類的流行歌曲的歌詞，其本質是相同的，其追求自然通俗的趣向也是相同的。早期民間的《敦煌曲子詞》及其它俗詞與曲在風格及審美追求上應該沒有什麼區別，只不過詞興盛在前，文人創作特別多，其風格及藝術追求又是越到後來越趨雅，於是文人便認爲詞當然該雅，反之曲則當然該俗。其實追求自然清新之美，甚至追求通俗平易之美才是詞的本色。

詞之所以衰亡，其重要原因就是詞在文人手裏越來越雅，甚至流於晦澀難懂，不是精詩詞、音樂的人便不能創作，不是圈內人便難以理解與演唱，自然也就難以在市井流行了。文人詞衰亡了，但民間市井的詞卻沒有衰亡，只不過融入到稍後繁盛的曲中去了。因此，李調元在卷二「十個你」條說：「宋人多以曲調爲詞調，如用『十個你』之

類是也。石孝友《惜多嬌》云：『我已多情，更撞著多情的你。把一心十分向你。盡他們劣心腸，偏有你。共你。搬下人，只爲個你。　　宿世冤家，百忙裏方知你。沒前程，阿誰似你。壞卻才名，到如今都因你。是你。我也沒星（心）兒恨你。』通首不用韻，衹以十個你字成韻。元人書皆本此。」〔註48〕點明了宋代通俗詞對元散曲的直接影響。當然詞中的俗指的是通俗平易，有雅俗共賞之意，而不是粗俗與鄙俗。所以李調元在卷二「鵝毛」條中說：「末二句全用俗諺，而上句先用『俗客莫相嘲』，故用來渾然脫俗，藏春以名其所贈之玉也。」〔註49〕所謂「全用俗諺」卻「渾然脫俗」，即俗而不俗，以俗達雅。

　　李調元論詞也尚清新與清眞。卷三「史梅溪摘句圖」條：「史達祖《梅溪詞》最爲白石所賞，煉句清新，得未曾有，不獨《雙雙燕》一闋也。」〔註50〕直接讚揚史達祖的詞「煉句清新」。此所謂「煉句清新」並非衹是說史氏遣詞造句、煉字煉句清新自然，而是說這首詞的整個風格都偏於清新自然。當然，史達祖的清新自然不同於無名氏民間市井詞的清新自然，他是經過精心錘煉之後達到的清新自然，也就是所謂極度錘煉而不見爐錘之痕的清新自然之美。卷二「撥燕巢」條：「周邦彥《片玉集》、《南鄉子》云……詞景俱新麗動人，此春閨詞也。」〔註51〕此所謂「新麗」，即清新豔麗之意，周邦彥詞之所以受人歡迎，原因是多方面的，但其追求錘煉之後的清新豔麗當是最重要的一點。卷二「姑溪古樂府」條：「李之儀《卜算子》云：『我住長江頭，君住長江尾。日日相思不見君，共飲長江水。　　此水幾時休，此恨何時已。只願君心似我心，定不負、相思意。』直是姑溪古樂府俊語。花菴《中興詞選》不列之南渡諸家，而各詞選亦未有採入者。信遺珠之恨，千古同然。」〔註52〕此所謂「俊語」當不是俊雅之意，

〔註48〕《詞話叢編》1408 頁。
〔註49〕《詞話叢編》1440 頁。
〔註50〕《詞話叢編》1427 頁。
〔註51〕《詞話叢編》1404 頁。
〔註52〕《詞話叢編》1404 頁，此處李調元誤認李之儀爲南宋人。

而是「俊逸」的意思，源於杜甫的「清新庾開府，俊逸鮑參軍」，〔註53〕俊逸與清新互文見義，或者俊逸與清新義近。觀這首詞，確實如南朝樂府，顯示了一種清新自然之美。

卷二「竹齋詩餘」條：「黃機《竹齋詩餘》，清眞不減美成，而《草堂集》竟不選一字。竹坨謂草堂『最下，最傳』，信然。如《鵲橋仙》云……。言賅而意遠。」〔註54〕此處公開提倡「清眞」，語出前引李白《古風》中的「自從建安來，綺麗不足珍。聖代復元古，垂衣貴清眞」。就垂衣而治的皇帝來說，「貴清眞」當然就不限於個人的人格、道德，而應該擴展到國家的治理，這就帶有政治的意味，意思是以清靜無爲達到政治的清明，不過詩中「聖代復元古，垂衣貴清眞」是就詩歌創作而言，指自然質樸純潔，摒棄雕琢。此所謂「清眞」當主要指清新眞切的意思，因爲《草堂集》重輕豔，自然不選或者少選「清眞」之美的詞了。卷二「稼軒風」條：「戴復古石屏《望江南》有《壺山好》四首，《石屏老》三首，一時推爲名作，余尤愛其二詞云：『壺山好，文字滿胸中。詩律變成長慶體，歌詞綽有稼軒風。最會說窮通。

中年後，雖老未成翁。兒大相傳書種在，客來不放酒樽空。相對醉顏紅。』……」〔註55〕此條讚揚戴復古的兩首詞。這兩首詞固然自然通俗，而詞中「詩律變成長慶體，歌詞綽有稼軒風」更有意思。戴氏之詞其實是在說南宋中後期不僅詩歌效法長慶體、晚唐體，以自然通俗平易爲宗旨，而詞風也與詩風近似，所謂「稼軒風」，即追求自然清新通俗平易之美。人謂辛棄疾以文爲詞，是尙雅，其實辛詞直抒胸臆，還以文入詞，以俗語與諧語入詞，追求與顯示了一種有別於民間市井無名氏的自然清新通俗平易之美，在審美追求上與姜夔、吳文英等人的路子大不相同。

〔註53〕〔唐〕杜甫《春日憶李白》，楊倫《杜詩鏡銓》，上海：上海古籍出版社，1980 年版 31 頁。
〔註54〕《詞話叢編》1418 頁。
〔註55〕《詞話叢編》1405 頁。

　　卷三「稼軒喜用四書成語」條說：「辛稼軒詞肝膽激烈，有奇氣，腹有詩書，足以運之，故喜用四書成語，如自己出。如『今日既盟之後』，『賢哉回也』，『先覺者賢乎』等句，爲詞家另一派。然學之稍粗則墮惡道。其時爲稼軒客如龍洲劉過，每學其法，時多稱之，然失之粗劣。獨《西江月》一詞有句云：『天時地利與人和，燕可伐與曰可。』用四書語，頗有稼軒氣味。」〔註56〕此條仍然評論辛稼軒的詞風，說他「喜用四書成語，如自己出」，也就是直抒胸臆，自由地運用詩文語言、以及俗語、諧語，形成了自己的風格，即「稼軒氣味」，也即前面所說的「稼軒風」，簡言之，便是氣勢豪放，以自然通俗平易爲美的語言風格。

（三）兼重婉約與豪放詞風

　　前面從詩歌美學的角度論述了李調元的詞學以工、妙爲美，兼及神與逸，以自然清新爲美，兼及通俗平易之美。

　　梳理詞史，詞從產生之日起便形成了重陰柔的婉約之美與重陽剛的豪放之美並重的局面，如《敦煌曲子詞》中有愛情詞，也有不少邊塞詞，內容十分豐富，風格也較爲多樣，以追求自然清新通俗平易之美爲主，但因爲作者文化文學素養等的關係，很少達到神妙境界的作品。從中唐到北宋前期，主要因爲詞是流行於市井的流行歌曲的歌詞，受創作演唱接受三者的拉動，就必然以表現普通人的愛情及哀樂爲主，以婉約香豔爲基本美學追求，還因爲種種內外原因，其間雖然李煜曾將詞的領域擴大到寫亡國之痛，范仲淹也有少量的邊塞詞，但以柔婉香豔爲特色的婉約詞仍然長期稱盛，甚至籠罩詞壇。至北宋後期，蘇軾登上詞壇，他擴大詞的題材領域，即不僅表現愛情，也表現性情，不僅寫柔情，也表現豪情，不僅緣情，也言志，還豐富了詞的表現手法，即後世所謂「以詩爲詞」，他以其最有特色的豪放詞開一代詞風。至靖康之變後，愛國豪放詞逐漸成爲風氣，辛棄疾則成爲豪放詞的代表。

〔註56〕《詞話叢編》1420 頁。

　　此後婉約與豪放並峙，明代張綖首倡婉約豪放兩種詞風，其《詩餘圖譜‧凡例》云：「詞體大略有二：一體婉約，一體豪放。婉約者欲其辭情蘊（醞）藉，豪放者欲其氣象恢弘。然亦存乎其人，如秦少游之作，多是婉約；蘇子瞻之作，多是豪放。大抵詞體以婉約爲正。」〔註57〕在前人論詞體類別與風格多分爲雅正、豔俗之外，又增加了眞正以風格美論詞的重要論題。後人以兩種詞風或者詞派論詞，且逐漸成爲普遍趨勢。元、明時期，詞以婉約香豔爲主，至清代遺民詞人以詞抒發亡國之痛，以陳維崧爲代表的豪放詞派興盛，而稍後的浙西詞派則崇尙醇雅清空，詞再次成爲文人士大夫抒情言志的工具，其審美追求趨向多樣化。

　　李調元生長於乾隆時期，受時風影響，且因爲他是才子，爲詩尙李白、杜甫及蘇軾，所以其詞論也以婉約與豪放並重，重視清新豔麗的情詞，也看重豪放飄逸詞表現悲壯激烈之情的言志之詞。如上所論，婉約與豪放，或者其他什麼風格，都可以達到「工」「妙」甚至「神」「逸」的境界。一般來講，清新是偏於婉約的風格美，自然與清新有近似的一面，它可以偏於婉約。但自然也可以偏於豪放，因爲自由地運用詩文常用語去直抒胸臆，便很容易造成一種氣勢，以力度與深度取勝，所以便可能偏於豪放。下面擬分別論述其有關重視婉約與豪放之美的觀點。

　　首先是李調元論詞以婉約爲本。現分條論列如下：

　　1、他贊評袁枚：「六朝風月教誰管，萬里雲天失所宗。」〔註58〕袁枚是李調元心儀的前輩詩人。袁枚論詩倡性靈，爲詩長於風情與寫景，李調元對這兩點都給予了肯定。婉約詞與六朝詩歌有內容情感及風格上的相似之處，有一種淵源關係。肯定六朝風月，實際上也就肯定了詞主要寫愛情風情的正當性，肯定了詞婉約香豔之美的正當性。

〔註57〕《詩餘圖譜》卷首，濟南：齊魯書社，1997年版。

〔註58〕《哭袁子才前輩仍用前韻二首》《童山詩集》卷三十六，叢書集成初編本，北京：中華書局，1985年版。

2、卷一「山谷十六歲作」條:「秦少游《淮海集》,首首珠璣,爲宋一代詞人之冠。今刊本多以山谷作雜之,黃九不逮秦七,古人已有定評,豈容混入。如《畫堂春》詞:……。氣薄語弱。此山谷十六歲作也,不應雜入。」〔註59〕秦觀之詞以寫情之間阻與生之憂傷爲主,以婉約哀怨爲審美追求,是公認的婉約派的代表人物之一,肯定他的詞「首首珠璣,爲宋一代詞人之冠」,實際也就肯定了詞當以婉約爲正宗。不過李調元卻鄙視偏於淫俗的黃庭堅的情詞,說他的《畫堂春》「氣薄語弱」,反之就證明他認爲情詞、婉約詞也不能一味地纏綿哀怨與柔婉香豔,甚至流於「氣薄語弱」。

3、卷二「撥燕巢」條:「周邦彥《片玉集》、《南鄉子》云……詞景俱新麗動人,此春閨詞也。」〔註60〕稱讚周邦彥的春閨詞「新麗動人」,所謂「新麗」即清新雅麗豔麗,它既是周邦彥的典型詞風,也是婉約詞的代表詞風。

4、卷二「姑溪古樂府」條:「李之儀《卜算子》云:『我住長江頭,君住長江尾。日日相思不見君,共飲長江水。　此水幾時休,此恨何時已。只願君心似我心,共飲長江水。』直是姑溪古樂府俊語。花菴《中興詞選》不列之南渡諸家,而各詞選亦未有採入者。信遺珠之恨,千古同然。」〔註61〕李之儀的這首《卜算子》是典型的自然清新而又婉麗動人的作品,李調元認爲這首詞是「遺珠」,表明他對這類風格的看重。

5、卷二「西湖八景」條:「西湖八景詞,古今詠者甚多,唯陳西麓允平詞皆可傳。如……。皆清麗芊綿之作也。」〔註62〕西湖湖水蕩漾,花草繁茂,其風景以柔婉優美著稱,描寫表現其美的作品自然也該偏於柔美,即所謂「新麗芊綿」,這當然是典型的婉約之美了。

〔註59〕《詞話叢編》1396 頁。
〔註60〕《詞話叢編》1404 頁。
〔註61〕《詞話叢編》1404 頁。
〔註62〕《詞話叢編》1413 頁。

6、卷二「南宋白石派」條：「白石自製詞在南宋另爲一派，盛行於時，學之而佳者有二人。王沂孫字聖與，號中仙，有《碧山樂府》二卷，一名《花外集》，蓋取《花間集》而名也。其詞以韻勝，如『瑣窗寒』起句云：『趁酒梨花，催詩柳絮，一窗春怨。』末句云：『夜月茶蘼院。』皆倩麗宜人。同時張叔夏炎亦作《瑣窗（寒）》詞，自注云：『王碧山其詩清峭，其詞閒雅，有姜白石意趣，今絕響矣。』余悼之云：『自中仙去後，詞箋賦筆，便無清致。』又『料應也孤吟山鬼。那知人彈折素琴，黃金鑄出相思淚。』可想見平生服膺矣。『黃金』句無理而奇，最妙。」〔註63〕評價姜夔所創格律詞派。姜夔之詞以醇雅清空著稱，是吸取周邦彥的詞風又融合辛棄疾的詞風變化而成，是唐末五代及北宋婉約詞在南宋後期的變體。李調元認爲學姜夔的王沂孫的《碧山樂府》又名《花外集》，「蓋取花間集而名也」，自然是典型的婉約詞風。又說王氏的詞「以韻勝」，即以韻味、以神韻取勝，不少名句「倩麗宜人」，當然更是婉約之美的典型了。後面又借張炎的話評價王的詞是「閒雅」，「有意趣」，還直接評價其有「清致」，「最妙」，褒舉的都是婉約之美。

7、卷二「竹齋詩餘」條：「黃機《竹齋詩餘》，清眞不減美成，而《草堂集》竟不選一字。竹垞謂草堂『最下，最傳』，信然。如《鵲橋仙》云……。言賅而意遠。」〔註64〕黃機主張抗金復國，一生鬱鬱而不得伸其志，詞風近於豪放，但也有婉約詞。李調元卻認爲黃機的詞「清眞不減美成」，周美成是婉約派集大成者，如此黃機的詞自然也是以婉約爲本了。

8、卷三「易安」條：「易安在宋諸媛中，自卓然一家，不在秦七、黃九之下。詞無一首不工。其煉處可奪夢窗之席，其麗處眞片玉之班。蓋不徒俯視巾幗，直欲壓倒鬚眉。」〔註65〕因爲性情及見聞的關係，

〔註63〕《詞話叢編》1414 頁。
〔註64〕《詞話叢編》1418 頁。
〔註65〕《詞話叢編》1431 頁。

女詞人的詞往往顯示出陰柔之美，倡導詞「別是一家」的李清照為詩為詞兩副筆墨，兩種風格，寫詞追求「煉」與「麗」，「煉」即「工妙」，所謂「煉」與「麗」就是工麗，是直接繼承周邦彥而又加以變化的風格美，所以後世認為她是壓倒鬚眉的婉約派的大家名家。

9、卷四「鳳歸雲詞」條：「鄒程村衹謨《麗農詞》，以典麗為宗，而稍失之濃縟。余喜其《鳳歸雲・偶作》云……。阮亭謂『塊壘一時，睥睨千古』，信然。」〔註66〕鄒衹謨是清初著名詞人，因受晚明浮靡風氣的影響，其作品多香豔言情之作，注重感官刺激。他與王士禛編纂刊刻的《倚聲初集》也以表現豔情為主要內容，時人稱「蘭陵鄒衹謨、董以寧輩，分賦十六豔等詞，雲間宋徵輿、李雯，共拈春閨風雨諸什，遁浦沉雄亦合殳丹生、汪枚、張赤共仿玉臺雜體」，〔註67〕說明這是清初一些地方的風氣。李調元評鄒氏的詞風典麗而濃縟，贊成其典麗，而不滿意其過分濃縟，李氏以婉約為本的審美追求是明確的。不過後面又「喜其《鳳歸雲・偶作》」一類感喟時事，傾吐胸中塊壘，風格近乎憤激陽剛之風的作品。這說明鄒氏的詞內蘊與風格也是多樣的，也說明清初那天翻地覆的巨變不能不給詞人留下深刻而痛苦的印象，進而表露在詞中。

10、卷四「湘萍」條：「近來才女，應以徐燦為第一。燦字湘萍，長洲人，歸海寧陳素菴之遴，所著有《拙政園詞》，皆絕工豔流麗。尤喜其《菩薩蠻》二詞云……。皆秀品也。」〔註68〕評價清代女詞人徐燦的作品，徐被稱為李清照以後的第一女詞人，清代第一女詞人，蘇州女詞人之首，李氏欣賞徐「工豔流麗」的審美追求，認為其《菩薩蠻》二首「皆秀品」。「工豔流麗」可以說是對歷代婉約詞風，尤其是唐末五代至北宋的婉約詞的最完整最準確的概括，

〔註66〕《詞話叢編》1438頁。
〔註67〕〔南宋〕楊湜《古今詞話》《詞話叢編》，北京：中華書局，1986年版817頁。
〔註68〕《詞話叢編》1439頁。

是李調元首先提倡來的。所謂「工」，就是前面所說的工巧、工致、工穩，主要指藝術中偏於人工錘煉琢磨的表現之美；所謂「豔」，就是香豔、綺豔，既指內容，又指藝術表現；所謂「流」，是指流利流暢，易誦易懂易唱；所謂「麗」，則是指文辭華美，風格華麗。李調元以「工豔流麗」與「秀品」來概括徐燦詞的特色，實際上既概括了歷代女詞人的詞風，也概括了婉約詞風主要追求的風格美了。由此看來，他對婉約詞風的推舉可謂表露無遺了。

其次是兼重豪放等類偏於陽剛之美的詞風。

1、卷二「竹山詞有奇氣」條：「蔣竹山詞堆金砌玉，少疏宕。獨《沁園春‧爲老人書南堂壁》，甚有奇氣，人多不選，今錄之。詞云：『……。』又次韻云：『……。』每讀之爽神數日。」〔註69〕蔣捷是宋末遺民詞人，有《竹山詞》傳世，與周密、王沂孫、張炎並稱「宋末四大家」。其詞多抒發故國之思、山河之慟，風格以悲慨清峻、蕭寥疏爽爲主，多承蘇辛一路而兼有眾長。劉熙載《藝概》稱其爲「長短句之長城」〔註70〕清初陽羨派受其影響尤大。李調元認爲蔣氏的詞承蘇辛路的詞「有奇氣」，「讀之爽神數日」，對豪放疏爽一類風格的藝術感染力給予了很高評價。

2、卷三「稼軒喜用四書成語」條：「辛稼軒詞肝膽激烈，有奇氣，腹有詩書，足以運之，故喜用四書成語，如自己出。如『今日既盟之後』，『賢哉回也』，『先覺者賢乎』等句，爲詞家另一派。然學之稍粗則墮惡道。其時爲稼軒客如龍洲劉過，每學其法，時多稱之，然失之粗劣。獨《西江月》一詞有句云：『天時地利與人和，燕可伐與曰可。』用四書語，頗有稼軒氣味。」〔註71〕此條評價讚揚辛棄疾的詞風，認爲辛詞有兩個長處，一是所謂「肝膽激烈，有奇氣」，就是感情充沛，

〔註69〕《詞話叢編》1411 頁。
〔註70〕〔清〕劉熙載《藝概‧詞曲概》，唐圭璋《詞話叢編》第四冊，中華書局，1986 年版 3695 頁。
〔註71〕《詞話叢編》1420 頁。

氣勢磅礴，壯懷激烈，有眞正英雄志士的情懷與抱負，發而爲詞便自然會豪壯感人；二是「腹有詩書，足以運之」，也就是讀書多，學問富，才力大，能駕馭詩詞文語、俗語、諧語等各種語言以表現自己豐富博大深沉的感情。辛棄疾將情感與才學的結合，便形成了前無古人的審美風格，即所謂「稼軒風」或者「稼軒氣味」，是一種達於極致的陽剛之美。至於劉過等後人，因爲情感欠充沛，氣勢欠充足，才力欠大，故而其詞顯得有些粗劣或者流於叫囂怒張，那是後來學之者的責任，與辛棄疾無關。

　　3、卷三「秦黃並稱」條：「劉後村克莊詞以才氣勝，迴非剪紅刻翠比。然服膺周清眞邦彥不容口，見之於《最高樓》一詞云：『周郎後，直數到清眞。』『欺賀晏，壓黃秦。』人因有小周郎之目，本此。」〔註72〕劉克莊繼承了辛派詩人的愛國傳統與豪放風格，是公認的辛派後勁，也是南宋後期詩詞兼長的名家。李調元認爲劉詞「以才氣勝，迴非剪紅刻翠比」，即認爲其詞與「剪紅刻翠」的香豔婉約詞不同，而且非香豔婉約詞可比，讚揚之情十分明顯。後面又說劉服膺周邦彥，說明當時的豪放詞人也讚揚婉約詞，當然也說明李調元是豪放與婉約並重。李氏這則詞話的理論意義明顯，但其出處與理解卻有毛病。按後村《最高樓》詞，標有題目曰《題周登樂府》，詞云：「周郎後，直數到清眞，君莫是前身。敍八音相應諧韶樂，一聲未了落梁塵。笑而今，輕郢客，重巴人。　　只少個綠珠橫玉笛，更少個雪兒彈錦瑟。欺賀晏，壓黃秦。可憐樵唱並菱曲，不逢御手與龍巾。且醉眠，蓬底月、甕間春。」〔註73〕標目既明言「題周登樂府」，詞中又言「直數到清眞，君莫是前身」，則「服膺不容口」者，當是周登，而不應該是周清眞，且清眞從無人以「小周郎」目之。宋有兩周登，在前者見歐陽修《歐陽文忠公文集》卷七十九「外制集」，有《貝州歷亭縣

〔註72〕《詞話叢編》1420 頁。
〔註73〕〔宋〕劉克莊《再題周登樂府》，唐圭璋《全宋詞》，北京：中華書局，1965 年版 2635 頁。

主簿周登可國子監丞致仕制》。後村所題之周登，不詳其人，亦無詞傳世，或乏佳篇故爾。〔註74〕

卷三「後村別調」條又說：「劉後村克莊有《滿江紅》十二首，悲壯激烈，有敲碎唾壺，旁若無人之意。南渡後諸賢皆不及。升菴稱其壯語足以立懦，信然。自名別調，不辜也。」〔註75〕這一條對劉克莊的豪放詞評價更高。說劉的《滿江紅》十二首「悲壯激烈，有敲碎唾壺，旁若無人之意」，是典型的英雄志士自抒情懷的壯詞，還認爲這些詞「南渡後諸賢皆不及」，也就是說是南宋最好的作品，進而也可以說是兩宋時期最好的作品，其評價是極高的。劉的這些詞是否是南宋及兩宋時期最好的作品還值得商討，但在南宋後期，一氣寫出十二首風格豪放的長調而氣勢才力不衰，以抒發自己的眞實懷抱，有「壯語可以立懦」的感染力，在南宋確實很少對手，在北宋亦然。劉克莊也知道自己的詞不符合時風，所以將其詞集名爲《後村別調》，從中可以看出世俗風氣對詩詞等文學作品及風格美的巨大影響。

4、卷三「成語」條：「洪咨夔平齋詞，喜用成語作起句。如《沁園春》云：『詩不云乎，蒹葭蒼蒼，白露爲霜。』又云：『歸去來兮，杜宇聲聲，道不如歸。』皆極自然。按宋史，公毀鄧艾祠，更祠諸葛武侯。告其民曰：『毋事仇讎而忘父母。』其忠鯁直亮可知。故其詞軒軒多爽致。」〔註76〕洪咨夔（1176～1236）於潛人，官至刑部尚書。正直敢言，「鯁亮忠愨，有助新政」，〔註77〕詞「淋漓激壯，多抑塞磊落之感」，〔註78〕風格頗似辛棄疾。馮煦《蒿菴論詞》云：「平齋工於發端。其《沁園春》凡四首。一曰：『詩不云乎，蒹葭蒼蒼，白露爲霜。』二曰：『歸去來兮，杜宇聲聲，道不如歸。』三曰：『飲馬咸池，

〔註74〕 參見羅忼烈《李調元〈雨村詞話〉可入笑林》，香港《大公報·藝林》新六〇二期。
〔註75〕 《詞話叢編》1421頁。
〔註76〕 《詞話叢編》1431頁。
〔註77〕 《宋史》卷406《洪咨夔傳》，百衲本二十四史。
〔註78〕 〔清〕紀昀《四庫全書總目》卷一百九十八。

攬轡崑崙，橫鶩九州。』四曰：『秋氣悲哉，薄寒中人，皇皇何之？』
皆有振衣千仞氣象，惜其下並不稱。」〔註79〕此條論創作，講洪氏詞
的起句喜用成語，其效果卻「極自然」。後面說洪「毀鄧艾祠，更祠
諸葛武侯」，讚揚洪的品質「忠鯁直亮」，因而其詞便「軒軒多爽致」，
自有一種陽剛之美。這裡將人品與文品相聯，與詞的風格美相聯，含
有文如其人之意。

5、卷三「金甌」條：「曾純甫覿與龍大淵同爲孝宗潛邸知客舊人，
觸詠酬唱，字而不名，怙寵恃勢，純甫尤甚，顧陳俊卿、虞允文交章
逐之。然文藻有可觀，如京師望叢臺諸作，語多感慨，令人生麥秀黍
離之感。」前面批評鄙視曾覿的爲人，下語極重。但後面又轉而說其
「文藻有可觀」，而且「語多感慨，令人生麥秀黍離之感」，與當時的
愛國豪放詞懷念故國舊京、語多感慨有相似之處。這段話有三層意
思：一是肯定讚揚懷念故國、語多感慨的愛國豪放詞，二是說明了文
學史上一個有趣的現象，即人品與文品有區別，又有聯繫；三是說明
了時代對詩詞等文學的巨大影響，即人品較爲卑下之人，在國破家亡
的時代也會有痛苦與感慨，並且會形之於文學創作。

6、卷三「項羽廟詞」條：「《天機餘錦》載無名氏題項羽廟《念奴
嬌》一闋云：『………。』用筆頗有鞭虎驅龍之勢，應爲詠項羽第一詞。」
〔註80〕項羽中國歷史上著名的悲劇英雄，所謂「力拔山兮氣蓋世」，其
際會風雲，破強秦，與劉邦爭奪天下，累累獲勝，最終卻自刎烏江，死
得極其悲壯。雖然可以用剛筆寫柔情，用柔筆抒發壯志，但一般而言，
寫英雄多用豪放之筆，顯示豪放的風格美。李調元認爲楊慎《天機餘錦》
所載無名氏的《念奴嬌》「題項羽廟」極其豪放，「用筆頗有鞭虎驅龍之
勢」，是用剛筆抒發豪情的佳作絕作，表現了他對豪放詞的讚揚。

7、卷三「元幹忠義」條：「元幹字仲宗，平生忠義，見於『夢繞

〔註79〕〔清〕馮煦《蒿庵論詞》《詞話叢編》，北京：中華書局，1986 年版
　　　　3593 頁。
〔註80〕《詞話叢編》1431 頁。

神州路』一詞。紹興辛酉，胡澹菴邦衡乞斬秦檜被謫，仲宗作《賀新郎》一闋送之，坐是與作詩王民瞻除名。今其詞列卷首，其人可知矣。」〔註81〕讚揚張元幹「平生忠義」，不僅憂國憂民，而且極有個性與骨氣。文如其人，所以其詞也慷慨淋漓，具有少見的陽剛之氣。對南宋愛國豪放詞先驅在詞中所表現的豪放之美給予讚揚。

8、卷四「目成」條：「羨門《延露詞》率多悲壯，不減稼軒。如《念奴嬌‧長歌》四首，《沁園春‧酒後作歌》四首是也。然其豔體獨步，不特阮亭所稱『子城一帶綠蔭中』也。《長相思》云：『啓圍屏。下重旄。解意銀釭（釭）故不明。今宵始目成。　　夜香清。墜釵橫。燈下頻頻相喚聲。教人待怎生。』詠目成情景，皆以靜會得之。」〔註82〕彭羨門作為清初廣陵詞人群的代表人物之一，群居於風流側豔之地，遠承《花間》，近學明代的陳鐸，多寫風流側豔之詞。而李調元卻首先肯定他的豪放詞，認為彭氏的《延露詞》「率多悲壯，不減稼軒」，表現了李氏獨特的審美眼光，以及對豪放詞風的欣賞與肯定。後面他又說彭氏「豔體獨步」，且舉例之後沒有批評之語，說明他是婉約豪放並重的。他說彭氏的《長相思》是「詠目成情景，皆以靜會得之」，說明了詞與生活經歷的關係。

綜上可知，李調元的詞美學論的主要美學範疇是以「工」「妙」「神」「逸」為總綱，以「工」「妙」的基礎，以「神」「逸」最高美學追求。具體的審美祈向則是提倡自然清新之美，兼重婉約與豪放詞風，提出並標舉了中國詞史上幾乎所有美學範疇，這些都是本於詞的抒情本質與視聽音樂性而提出來的最為合理的美學範疇。

但他雖然主張詞的「工」「妙」，甚至主張「工麗」「典麗」，卻不喜濃縟與豔麗，如卷四「竹垞」條：「本朝朱彝尊竹垞，詞名冠一時，有《江湖載酒集》三卷，《靜志居琴趣》一卷，《茶煙閣體物集》二卷，《蕃錦集集句》一卷。余酷喜其自題畫像百字令云：『……。』竹山，

〔註81〕《詞話叢編》1419 頁。
〔註82〕《詞話叢編》1436 頁。

蔣捷詞名，竹屋，高觀國詞名也。發語尤趣，可想竹垞之高風。至世所稱《洞仙歌》十七闋與詩集中《風懷》百首，則似近狹邪，不無宋玉登徒子之譏，雖豔麗，非余所好也。」〔註83〕也反對華美而欠文雅，如卷四「弇州不工詞」條：「王弇州《四部集》汗牛充棟，有明文人，無出其右，號爲淵博。然不工於詞，以只解唱『大江東去』也。當時地位既高，似富家翁鋪張錦繡，卻欠文雅。」〔註84〕提倡自然清新與通俗平易，卻認爲曲中俗語不可入詞，如卷一「廝覷」條：「『價』字，『忒』字，『廝覷』字，皆曲中借用俗語，不可入詞。」〔註85〕提倡豪放詞風，即所謂「稼軒風」，卻堅決反對詞風的粗劣與粗俚，如卷二「吾儂」條：「世傳石屏《沁園春·自述》一詞，余嫌其粗俚。如云：『贏得窮吟詩句清。』夫詩者，皆吾儂平日愁歎之聲。大似今制義文中俗調，而雜以吾儂語可乎？」〔註86〕甚至批評劉過的一些詞是「白日見鬼」，如卷二「白日見鬼」條：「余閱劉過《龍洲詞》集，有學辛稼軒而粗之評。其寄辛稼軒《沁園春》詞設爲白香山、林和靖、蘇東坡問答，有『………』等句，余初閱即批『白日見鬼』四字。」〔註87〕提倡婉約詞風，卻反對婉約詞風的過分濃縟與氣薄語弱。由此可知，他的詞美學是全面而辯證的，值得後世進一步研究與吸取。

三、李調元詞創作論

前文論及詞的審美追求時已經部分論及詞的創作，下面擬就其創作論再作簡單論述。

如上面已經論及的卷四「目成」條：「羨門《延露詞》率多悲壯，不減稼軒。如《念奴嬌·長歌》四首，《沁園春·酒後作歌》四首是也。然其豔體獨步，不特阮亭所稱『子城一帶綠蔭中』也。長相思云：

〔註83〕《詞話叢編》1434 頁。
〔註84〕《詞話叢編》1432 頁。
〔註85〕《詞話叢編》1388 頁。
〔註86〕《詞話叢編》1416 頁。
〔註87〕《詞話叢編》1416 頁。

『啓圍屏。下重旌。解意銀缸（釭）故不明。今宵始目成。　夜香清。墜釵橫。燈下頻頻相喚聲。教人待怎生。』詠目成情景，皆以靜會得之。」〔註88〕所謂「詠目成情景」，就是詞要描寫親眼所見的景物，也包括表現親身經歷與感情，無情景不能創作詞，目不「成」情景，即沒有觀察到這種情景，體會品味到這種感情，就不能成「詠」，不然就會落得「無病而呻自古譏」〔註89〕的下場。所謂「以靜會得之」，是說作者正在觀察欣賞景物時，正處在感情的高潮時，是不能寫作的，或者不能寫出好作品，而要在對景物的觀察欣賞結束後，在激烈感情的漩渦中脫離出來後，安靜思索品味出其眞諦時才能進行創作。這話道出了創作的心理機制，即後世王國維所說的「無我之境，人惟於靜中得之。有我之境，於由動之靜時得之。」〔註90〕王國維區別「無我之境」與「有我之境」，認爲二者在創作心理機制上是有差別的，說明人在觀察欣賞時、處在感情漩渦中是不能「得之」的，即不能創作。王氏又說：「詩人對於宇宙人生，須入乎其內，又須出乎其外。入乎其內，故能寫之。出乎其外，故能觀之。入乎其內，故有生氣。出乎其外，故有高致。」〔註91〕王氏所謂「入乎其內，故能寫之」，是指對景物世事的觀察與對感情的體驗，認爲沒有觀察與體驗則不能創作詩詞；所謂「出乎其外，故能觀之」是說觀察景物之後，脫離了生活及情感的漩渦，人與對象有了一定的距離，就能超脫地審視思索，達到審美的高度，即所謂「觀之」，此後才能創作出作品來。此近乎「距離產生美」的「距離說」。因爲有觀察體驗，所以作品便有生氣，因爲超脫而審美，所以便有「高致」。李調元的「目成情景」近乎王氏的「能入」，即親身觀察體驗；而「靜會得之」則近乎王氏的「能出」，即相對超脫而進入審美，進而表現及寫作。

〔註88〕《詞話叢編》1436 頁。

〔註89〕《奉和顧星橋舍人見題粵東皇華集元韻》，《粵東皇華集》卷四，叢書集成初編，北京中華書局，1985 年據《函海》影印本。

〔註90〕《蕙風詞話／人間詞話》，北京：人民文學出版社，1982 年版 192 頁。

〔註91〕《蕙風詞話／人間詞話》，北京：人民文學出版社，1982 年版 220 頁。

（二）李調元重視詞的聲律與擇腔

卷一「醉落魄舊曲」條：「山谷《醉落魄》題云：舊有一曲：『醉醒醒醉。憑君會取這滋味。……。』此曲亦有佳句，而多斧鑿痕，又語高下不甚入律，或傳是東坡語，非也。」〔註92〕此條評論黃庭堅的《醉落魄》，認爲它不是東坡的詞，因爲它雖有佳句，但「多斧鑿痕」，而且「又語高下不甚入律」。「語高下不甚入律」在其譴責之列，足見李氏是非常重視詞的聲韻格律的，也說明李氏認爲詞的創作不能過分雕琢而留下「斧鑿痕」。這裡要明白，李氏所說的「律」不是早期詞「倚聲塡詞」時的詞律，而是後來的「倚譜塡詞」的平仄律。作爲眞正的歌詞，只要「倚聲塡詞」就行了，而作爲雜言格律詩的詞，倚譜塡寫當是應有之義。

他還強調「擇腔」。卷二「擇腔」條：「晁補之有《鬥百花》詞，楊誠（守）齋云：『詞須擇腔，如《鬥百花》之無味，因此後作此腔者寥寥。』今按詞後段云：『低問石上鑿井，何由及底。微向耳邊，同心有緣千里。』句法本古樂府，更工於言情，乃知誠（守）齋非深於此道者。」〔註93〕此條評論楊守齋（纘）的觀點，認爲他不深於此道，晁補之的《鬥百花》一詞「句法本古樂府，更工於言情」，是一首不錯的詞。但他卻沒有否定其「詞須擇腔」的觀點。這裡要補充說明的是，早期的詞多詠題目，歌詞與曲調，即聲腔與感情是相互吻合的，即所謂「聲情並茂」及「聲情相諧」。後來的詞逐漸與音樂相脫離，變成了雜言格律詩，聲情的關係就不那麼緊密了，甚至完全不相關，但多數詞人還是注意哀樂、剛柔一類的大的區別。有的詞調塡寫者甚多，成百上千，而有的則很少，甚至只有一首。這種現象的原因很多，塡寫多者是因爲曲調很美，表現的對象較廣，塡寫少者則是詞調的聲腔本身不美不和諧，以及表現的對象不廣。

所謂才氣是指與作者先天的氣質性格才華爲主的寫作才能，具體

〔註92〕《詞話叢編》1397 頁。

〔註93〕《詞話叢編》1403 頁。

而言就是寫詞的才氣，也就是司空圖所謂的「別才」「別趣」。卷三「秦黃並稱」條：「劉後村克莊詞以才氣勝，迥非剪紅刻翠比。然服膺周清真邦彥不容口，見之於《最高樓》一詞云：『周郎後，直數到清真。』『欺賀晏，壓黃秦。』人因有小周郎之目，本此。」〔註94〕劉克莊是南宋後期豪放派名家，詩詞文都有佳作，應該是很有才華的，所以李氏說他的詞「以才氣勝」，還說他信筆抒情，「迥非剪紅刻翠比」，也很準確，但後面李氏又說劉克莊服膺周邦彥。〔註95〕不過考察詞史，可知周邦彥詞的語言確實千錘百煉，尤其善於化用唐詩入詞，風格精工富贍典雅，是才氣與學問兼富的人。這說明李氏重視並強調詞作者既要有才氣，又要多讀書。卷三「稼軒喜用四書成語」條：「辛稼軒詞肝膽激烈，有奇氣，腹有詩書，足以運之，故喜用四書成語，如自己出。如『今日既盟之後』，『賢哉回也』，『先覺者賢乎』等句，爲詞家另一派。然學之稍粗則墮惡道。其時爲稼軒客如龍洲劉過，每學其法，時多稱之，然失之粗劣。獨《西江月》一詞有句云：『天時地利與人和，燕可伐與曰可。』用四書語，頗有稼軒氣味。」〔註96〕這一條讚揚辛稼軒「腹有詩書，足以運之，故喜用四書成語，如自己出」，說明李氏非常重視讀書，讀書多則材料豐富，書卷氣濃，對詩詞一類高難度文體的創作其作用無疑是很大的。粗粗考察詩詞創作歷史即可以知道，詩詞固然是以抒情爲本，後世性靈派概括爲「獨抒性靈，非關堆垛」，與做學問有本質的區別，所謂「詩有別才」「詩有別趣」，但如說「詩有別才，非關學也，詩有別趣，非關書也」〔註97〕則未必，因爲反之便可推出詩人詞人都應該是白丁及識字很少的人的荒謬觀點，而實際則相反，杜甫固然說「讀書破萬卷，下筆如有神」，〔註98〕

〔註94〕《詞話叢編》1420 頁。

〔註95〕此處的周郎當指周登，考證見前述。

〔註96〕《詞話叢編》1420 頁。

〔註97〕〔宋〕嚴羽《滄浪詩話・詩辨》，乾隆本《詩人玉屑》卷一。

〔註98〕〔唐〕杜甫《奉贈韋左丞丈二十二韻》，《杜詩鏡銓》卷一，上海：上海古籍出版社，1962 年版 24～25 頁。

李白、白居易、楊萬里等詩人，李煜、歐陽修、柳永、辛棄疾等詞人也都學富五車。這說明才與學並不矛盾，關鍵在如辛稼軒一樣「肝膽激烈，有奇氣」，即有詩人的才氣，有充沛真實的感情，又「腹有詩書」，即「讀書破萬卷」，以情為本，以才馭學，即所謂「運之」，最後到達「如自己出」的境界，才能成為詞壇大家名家。

（四）重視字句的錘煉

如問寫作的基礎的是什麼，回答可能千差萬別；如問詩詞文的基礎是什麼，回答同樣可能千差萬別。但都不能否認遣詞造句是作家詩人的最基本的功夫，字詞句是文章詩詞基礎的基礎，離開了字詞句與遣詞造句而侈談創作，就猶如沒有磚石木料，工匠不會砌磚抹灰刨木雕花等基本技能卻嚮往高大華麗的高樓大廈一樣可笑。自然，因為這是最基本的功夫，所以一般的評論家便不屑於談論，以為那是形而下的東西，是技術層面的東西。其實形而下與形而上、技術層面與理論層面是相輔相成的，沒有形而下，何來形而上？沒有技術層面，何來理論層面？古代文論家詩詞理論家都重視在形而上指導下的形而下，重視理論指導下的技術操作。李調元也非常重視遣詞造句一類技術操作層面的東西。

一是強調煉字。首先是強調煉字之「工」。卷一「鎮鎖二字」條：「張舍人泌詞如其人，《花間集》所載皆可入選。更工於用字，如《浣溪紗》云：『翠鈿金縷鎮眉心。』又『斷香輕碧鎖愁深。』『鎮』、鎖』二字，開後人無限法門。」〔註99〕這個「工」是準確生動形象巧妙的意思。卷二「團霜分冷」條：「炎正《西樵語業》有《訴衷情》詞云：『露珠點點欲團霜。分冷與紗窗。』團霜、分冷四字最工。如《生查子》云：『人好欺花色。』欺字亦工，蓋能煉句也。」〔註100〕由煉字而及於煉句，也就是重視遣詞造句的基本功夫。對煉字，他有具體的審美追求，一是求「新」，如卷一「戰」條：「『戰』字新。」〔註101〕

〔註99〕　《詞話叢編》1386 頁。
〔註100〕　《詞話叢編》1407 頁。
〔註101〕　《詞話叢編》1388 頁。

其次是強調煉字之穩。或者新而穩,如卷一「娶」條:「陳後山詞喜用尖新字,然最穩。」〔註102〕或者險而穩,如卷二「毒」條:「張孝祥於湖《醉落魄》詞,有『一點秋波,閒裏覷人毒』。毒字險而穩,人不敢下。」〔註103〕

二是重視煉句。對煉句他也有具體的審美追求,首先是清新,如卷三「史梅溪摘句圖」條:「史達祖《梅溪詞》最爲白石所賞,煉句清新,得未曾有,不獨雙雙燕一闋也。」〔註104〕其次是韻高,如卷三「白石鷓鴣天」條:「姜白石《鷓鴣天》詞三首,如『鴛鴦獨宿何曾慣,化作西樓一縷』,不但韻高,亦由筆妙。何必石湖所贊自製曲之敲金戛玉聲,裁雲縫月手也。」〔註105〕通過煉句達到韻律高雅、用筆巧妙的境界。由煉字求工求新求穩,與煉句的求清新求韻高,進而達到「妙」的境界。論煉字之妙,如卷四「掛逗」二字條:「掛字新穎」,「掛逗二字俱妙。」再進而達到整體的工與妙,如卷三「易安」條:「易安在宋諸媛中,自卓然一家,不在秦七、黃九之下。詞無一首不工。其煉處可奪夢窗之席,其麗處眞片玉之班。蓋不徒俯視巾幗,直欲壓倒鬚眉。」〔註106〕這裡強調整體的「工」,這個「工」包含著「妙」與「神」,是由「煉」,即工煉、穩煉,與「麗」,即工麗、新麗、清麗、華麗,這種煉與麗構成了整體的「工」,即以字句爲基礎的整體美感。李調元主張詞句的錘煉與琢磨,但又反對過分雕琢,即所謂「多斧鑿痕」,也即他論詩所批評的「溫李亦堆垛,皮陸苦餖飣」,反之則是「秋水出芙蕖,不飾晨狀靚」,〔註107〕主張白描,即所謂「不持寸鐵,別開生

〔註102〕　《詞話叢編》1402 頁。
〔註103〕　《詞話叢編》1417 頁。
〔註104〕　《詞話叢編》1427 頁。
〔註105〕　《詞話叢編》1428 頁。
〔註106〕　《詞話叢編》1431 頁。
〔註107〕　《讀祝芷塘德麟詩稿》《童山詩集》卷八,叢書集成初編本,中華書局,1985 年版。

面」，〔註108〕也即嚴羽所謂「不著一字，盡得風流」，〔註109〕也就是不雕琢，不粉飾，不用典故，達到自然而美的境界。李調元將工煉與白描相對，相輔相成，其實就是強調極煉而達到不煉的境地，不煉而又有極煉的效果，由具體的字句錘煉琢磨達到整體的工妙神逸的審美境界。

綜上可知，李調元作爲清代巴蜀唯一的能詞的作家，儘管其詞算不得大家及名家，但卻能結合自身創作實際對詞的創作，諸如創作與生活的關係、創作心理機制、詞情與聲律的關係、才學對創作的影響，以及字句的錘煉等創作重要問題發表了不少有益的意見，不少還上升到理論的高度，值得後世詞論家及詞作者吸取。

總之，李調元的四卷《雨村詞話》就篇幅看，無疑可稱清代西部第一，儘管其在具體考證記載過程中有一些失誤，以至遭人譏誚，如羅忼烈說：「清人詞話最淺陋空疏，又復強作解人，以致謬誤百出者，莫過李調元之《雨村詞話》。」〔註110〕羅氏所說有據，但李氏考證論述正確之處更多，特別是在審美論與創作論方面的論述應該具有相當強的理論意義，與其詩學近似之處頗多，也有一些相異之處。他的詞淵源說發人所未發，比汪森更進一步，認爲詞是詩之源。這種觀點爲今人所不能接受，有學者認爲「汪森以詩乃詞之源，李調元進一步以爲長短句是詩之源。他們有意尊崇詞體，卻表明對詞體性質缺乏認識。」〔註111〕其實，如將詞作爲眞正合樂的歌詞來考察，區別開倚聲塡詞與按譜塡詞，李氏的詞爲詩之源其實就民間歌詞是詩之源，自有其合理的一面，甚至遠比詞源於燕樂

〔註108〕　《詞話叢編》103 頁。

〔註109〕　〔唐〕司空圖《二十四詩品‧含蓄》，見《歷代詩話》北京：中華書局，1981 年版 40 頁。

〔註110〕　羅忼烈《李調元〈雨村詞話〉可入笑林》，香港《大公報‧藝林》新六〇二期。

〔註111〕　謝桃坊《論李調元的詞學思想與創作》，見《李調元研究》巴蜀書社，2007 年版 149 頁。

符合實際，也更符合文化人類學、民俗學的原理，只不過他沒有系
統論述罷了。

《童山自記》校正

校正記：《童山自記》爲李調元庚申年（1800）八月之後「自省歸來，逐日背憶，手書一冊，付與夔、堯兩兒」的自傳，是研究作者生平、經歷、思想與文化、文學成就，以及研究當時社會的重要資料。羅江賴安海先生在其《李調元文化研究述論》〔註1〕一書中曾附有這篇重要的《童山自記》，對李調元研究者幫助很大，遺憾的是該附錄時有一些省略，且文字上有錯漏。《蜀學》第四期〔註2〕刊載有四川省文史館伍文點斷整理的《童山自記》，伍文說他是據「二十餘年前複印」〔註3〕的四川省圖書館特藏部的孤本原件整理的，是可靠的全文，遺憾的是該文亦有一些錯漏。筆者研究李調元，亟須較爲準確可靠的《童山自記》，因此特從四川省圖書館特藏部複印了該書，在參考的同時發覺原稿有一些文字上的錯漏，而且與上述已經面世的兩種有不少不同處，以至使人疑爲三種版本，需要進行認眞的整理。現根據該複印件，再參考比對已經出版的賴安海先生點斷的《童山自記》（下

〔註1〕 賴安海《李調元文化研究述論》北京：中國出版集團現代教育出版社，2008年版。
〔註2〕 《蜀學》第四期，西華大學，四川省文史研究館蜀學研究中心主編，巴蜀書社，2009年版。
〔註3〕 《蜀學》第四期，西華大學，四川省文史研究館蜀學研究中心主編，巴蜀書社，2009年版259頁。

面簡稱「賴本」）與伍文先生點斷的《童山自記》（下面簡稱「伍本」）重新進行點斷，並作了一些校正，以使該版本的《童山自記》趨向準確可靠。如異日發現其他版本的《童山自記》，筆者當在此基礎上重新進行校正，以饗讀者。

甲寅，雍正十二年丙子十二月丙午初五日己亥亥時，先母羅太恭人產余於綿州羅江縣北鄉南村壩李家灣本宅。先大夫石亭公時爲德陽廩生，蓋羅江驛尚未設縣也。是日家居，夢白鶴翔於庭，故乳名「鶴」。

乙卯。

丙辰，乾隆元年。

丁巳。

戊午。

己未，九月二十五日，先母羅太恭人仙逝。

庚申。

辛酉，先君由本年拔貢，中三十六名舉人，北上京。

壬戌，先君聯捷三甲進士，歸班候選回里，取繼母吳太恭人。

（癸亥）。

甲子，乾隆九年，十歲。先君設館於本村龍神堂。

乙丑。

丙寅，先君設館於縣城內豐都廟，攜余自課。初讀唐詩，即能屬對。一日出對曰：「蜘蛛有網難羅雀。」余對曰：「蚯蚓無鱗欲變龍。」先君奇之。

丁卯，先君設館於綿州高水井何宅。八月二十四日亥時，繼母孿生二弟，乳名曰「龍」、曰「虎」。

戊辰。

己巳，先君仍在高水井。是年五月，偕諸生遊西山觀，觀揚子雲石像，作歌。先君疑門人周光宇所爲，余聞而泣。先君曰：「縱此子所作，然制義尚不會，徒專爲詩，詩可取科第乎？」遂日讀明文數篇，略知大義。先君命作「天下有道則見」，題破用韓文「明天子在上，可以出而仕矣」。先君舉示人曰：「此乃吾兒也。」

庚午，讀書本村龍神堂。

辛未，先君上京謁選，謂余曰：「吾家起科甲，毋望他途進，不入學，毋來任所。」五月，先君選授浙江餘姚縣知縣。有書來命完婚。十一月娶妻胡氏，本邑庠生胡公升女。

壬申，赴綿州涪江書院肄業。受知於州尊費雲莊先生諱元龍。掌教爲張巨堂，皆歸安人。州考第一，學考第一，入庠。時學使，工部虞衡司郎中葛公峻起，河南虞城人。

是年，恩科，先君充浙闈書一房同考官。主考爲閣學晉寧李鶴峰先生因培，偕編修金匱秦果田先生鐄。草榜將定矣，而鶴峰意頗懨然，以浙中文藪必有精於經學者。時先君於八月中秋偶抱微恙，閱卷稍遲。直至九月初二，始得絲字六號，即呈薦。公讚不絕口，遂定爲壓卷。榜發，爲嘉興李祖惠，本姓沈，號虹舟，兩浙名宿也。鶴峰大喜，有贈先君詩云：「耆宿日就謝，耀彩誇後生。經田不易佘，往往魯莽耕。浮若積潦漚，細若蚓竅鳴。捫燭不識日，扣缶難爲聲。我持白玉尺，累黍皆分明。拊髀一再歎，誰能掣長鯨？吾宗有墨綬，岷峨發精英。首肯忽擊節，凝目忽轉晴。乍如得荊璞，價〔註4〕重十二城。遺我共欣賞，古色果崢嶸。尊罍列太著，金石調咸英。非復時所豔，窅然生遠情。顧爾獨何人，乃令識者驚。俗目眩金采，俗耳諧琵箏。緘口芹萍棄，什襲燕石榮。老死一丘壑，疇則玉女成。而我獨感喟，此

〔註4〕「價」伍本誤作「値」。

必十年貞。聖朝羅俊彥，寄命予持衡。南金不入冶，鐵中謝錚錚。焉用彼相哉，塗抹徒縱橫。懸茲作士鵠，俾知稽古榮。」同門者，馮重華、俞經、施禮耕、陸燧等五人也。

　　癸酉，十二月，秋闈報罷。侍祖母趙太孺人、繼母吳太恭人、弟譚元由水路至浙江餘姚署。余因得遍遊楚、吳名山大川，所過皆有詩。

　　甲戌，乾隆十九年，余二十歲，在先君餘姚署。延壬申所取孝廉俞醉六先生諱經，鄞縣人，館於縣丞署東偏，習舉業。時李祖惠亦爲先大夫延掌姚江書院，復從學經術。是年，余刻志讀書，竟夜不寐。先君戒之曰：「俾晝〔註5〕作夜，古人所戒；焚膏繼晷，大要以漏三下爲準。《論語》云：『父母惟其疾之憂。』不可不慎也。」自後仍夜讀不倦，但不敢朗誦使先君聞之而已。是年，浙撫雅公觀風餘姚，余側〔註6〕名諸生卷中，取第一。

　　乙亥，正月初五日午時，長子朝礎生於署後祕圖山。余與姚江張義年、邵晉涵訂交。俞醉六艱歸，又延錢塘副榜陳學川先生沄爲師。

　　丙子，先君遣余回蜀鄉試。先補歲考。向例：補歲考生員，俱准附三等末。時學使王公宬字容齋，鎮洋人，忽破格附一等末。旋赴科考，拔第一，補廩。是科榜發，下第。念無以慰先父，〔註7〕悲甚。夢中聞人語曰：「汝乃下科第五名經魁也。」覺而異之，記於店壁，俟驗。是冬，仍由水路赴浙，與綿州何玉書人麟、叔香如化樟、弟墨莊鼎元甫八歲，同往。十二月至浙江，則先君調繁秀水縣矣。是科，先君又充浙闈禮記房同考官，得王學濂、汪治、錢大鯨、陳墉、王世維五人。

　　丁丑，先君再調平湖縣，隨之任。先延原任編修徐公瑋爲師，先

〔註5〕　「晝」賴本誤作「書」。
〔註6〕　「側」賴本作「則」。
〔註7〕　「父」賴本、蜀學本均作「君」。

君壬戌同年也，旋以他故歸。又延在籍戶部郎中甲戌進士海寧查梧岡
先生虞昌爲師，講根柢之學，詩律益進。與平湖沈初、秀水錢受谷訂
交。先君旋格於繁不調繁之例，仍回秀水任。梧岡又以艱歸海寧，遂
隨至海寧師宅，讀書數月，仍回秀水。原任刑部侍郎、在籍食尚書俸
錢香樹先生陳群，家居金佗〔註8〕坊。先君以余所作文就正，奇之，
謂先君曰：「此子筆氣不凡。他日金華殿中人也。但貪多爲富，未得
制科正法，宜稍繩尺之。余方課諸孫爲樂，可令其來學。」先君遂令
受學門下。初進謁日，即令學字作應製詩。時鑾輿南巡，召試浙江諸
生，欽命詩題《春蠶作繭》。遂命余與諸孫同賦。余詩成，有「不梭
還自織，非彈卻成圓」句，先生大加賞歎，謂先君曰：「此名句也，
摹寫作字，爲吾〔註9〕孫輩所不逮。憶昔年侍上於乾清宮，元宵聯句，
上思如湧泉，言言珠玉，僕得一聯云：『風團謝家絮，雙〔註10〕點洞
庭橙。』一時王公大人推僕爲五字長城，固不敢當。今見圓字一聯，
後先輝映。他年成進士，入翰林，聲名鵲起，余企望之。」

是歲，浙閩總制楊公廷璋以先君辦大差出力，保舉堪勝繁缺知
府。方請咨上京引見，未行。旋聞祖英華公七月二十日仙逝訃，丁艱。
以交代暫留，命叔香如化樟、弟墨莊鼎元、何人麟先送眷屬歸蜀。獨
留余隨侍，館於嘉興府城北教場西民宅。從陸宙沖學畫。

戊寅，春，同先君至杭州，寓第一山，即宋大內也，作《南宋宮
詞百首》。五月，先君交代竣，攜余自浙由揚州起陸回川。余至六合
縣病，先君以所坐馱輿易載，而自乘騎，數日病痊。六月回里。先君
在途有紀行詩，俱命余和，詩載《石亭集》中。秋，余至金頂山鵪鴿
寺中讀書。寺中一破衲頭陀，醃臢甚，忽一早謂余僕朱貴曰：「昨夢
山門土地言，李翰林書屋與廟門對，不便，命間以牆。」余聞以爲狂，
置之。

〔註8〕「佗」賴本誤作「陀」。
〔註9〕「吾」賴本、蜀學本誤作「余」。
〔註10〕原本如此，按詩意當作「霜」，查本集作「霜」。賴本、伍本作「霜」。

－411－

　　巳卯，復至鵒鴿寺讀書。三月至成都補歲試，又准附一等末，科考復第一。學使爲史怵堂先生貽謨。獎賞日，以余卷命〔註11〕成、資、綿各學官傳閱，謂諸生曰：「此卷制義、經文、策、詩皆佳，余校試蜀中三年，並未見一秀才，今方見一秀才也。」因面問向從遊何人，對以隨父任所讀書，從師皆浙。益歎服。每爲諸生言：「南人公子皆紈綺，惟蜀中佳文必出於公子，以川中書少，無師承，見聞不廣故也。」遂命給雙花紅鼓樂送出。即日咨送錦江書院肄業。時掌教爲高白雲先生辰，金堂人，辛未進士，由庶吉士改歸班。是日至書院，總制開公泰，月課復考，余第一。第二張鶴林鶿，〔註12〕第三姜松亭錫嘏，第四張石臣邦伸，皆知名士。四月，以病嗽回里，七月病癒，復赴成都鄉試。先君送行詩有「只道薛箋由蜀產，誰知花樣自南來」，又「多少白袍如立鵠，看兒奪取錦標回」句。是科正主考，刑部郎中閔峙庭鶚元，浙江烏程人，乙丑進士。副主考，編修周立崖於禮，雲南崝〔註13〕峨人，辛未進士。是科新頒定例：二場裁去表判，添詩一首。詩題《玉蘊山含輝》。先君至省接場，余出貢院，先君忙索稿閱，見首藝即喜動鬚眉，曰：「中矣」！次場見詩稿，喜甚，遂歸。榜發，果中第五名，如丙子年夢兆，亦奇事也。是科解元何君明禮，崇慶州老宿也。同書院張君鶿成都人，姜君錫嘏內江人，孟君邵中江人，皆知名士。次日赴鹿鳴宴，學使史怵堂先生指余謂兩座主曰：「此蜀中翹楚也！」翌日，高白雲邀兩主考遊浣花溪草堂寺，選新舉人五人陪宴，何明禮、張鶿、姜錫嘏、張邦伸及余與焉。十二月，偕同榜中江孟鷺洲邵，約伴上京會試。先君別以詩云：「憶我登龍二十九，慚愧鳳池非我有。汝今年力正剛強，健翮摩空未可當。」蓋期望至深也，是年邑令楊明府周冕延先君建奎星閣、修〔註14〕大東橋。

〔註11〕賴本缺「余卷命」三字。
〔註12〕「鶿」原本誤作「嵩」，《童山詩集》卷六作「鶿」。
〔註13〕「崝」賴本誤作「習」。
〔註14〕賴本缺「修」字。

　　庚辰，二月至京，會試下第。海寧查梧岡先生先一年補官，寓大馬神廟巷內，榜後呼余同住。是年五月，先君服闋來京候選。補行引見，保舉知府。奉旨發往直隸，交總督方觀承以同知用。余隨先君赴保定，委署滄州。復與同年張石臣邦伸至滄州署，同讀書。石臣隨患嘔血，回京。

　　辛巳，是年為萬壽恩科。二月至京，寓羊肉胡同吏部考工司主事陸補梅燝宅。補梅，浙江錢塘人，庚辰進士，先君浙闈本房所得士。三月入禮闈。是科正總裁為諸城相國劉文正公統勳，副總裁為于文襄公敏中、觀公補亭。觀公搜落卷，得余，以《禮經》「鳴鳩拂其羽，文賢不家食」詩冠場，擬前列。房考工部郎中趙檢齋先生瑗堅不肯，遂下第。時新例：內閣中書不另考，即於會試薦卷內取中書、學正、學錄，共八十人，謂之中正榜。吏部帶領引見，取四十人，余名第五。兩署缺出，挨名補用。先派前〔註15〕二十人赴內閣票簽任辦事，余與焉。五月赴漢票簽任是用。移居羊肉胡同同年孟鷺洲邵宅。又移石頭胡同。是年恭逢覃恩，加一級晉封先君奉政大夫候補同知，先母晉封羅太宜人，繼母吳氏晉封宜人。祖英華公、祖妣趙氏以先君餘姚縣知縣任內已貤贈文林郎，祖妣趙氏貤贈孺人，故不重封。〔註16〕余本身得加一級封敕授儒林郎，妻胡氏勅封安人。

　　壬午，先君調署霸州。是年與編修丹徒王夢樓文治、會稽童梧岡鳳三、吳縣宋小岩銑、武進趙雲松翼、中書歙縣程魚門晉芳、興化徐步雲訂交，為詩酒會；而時與同習舉業，則庚辰科海寧舉人祝芷塘德麟，年甫十六，來往尤密。十二月復移居椿樹三條胡同。二十日，國子監缺出學錄，吏部帶胡子襄、王嵩桂及余三人引見，余以第三超補。品級：中書從七，學錄從八。人皆以降補為惜，然余獨以學錄為成均教官，得溫習舊業，且靦顏為天下諸貢監師，懼不克荷，意泊如也。

〔註15〕伍本缺「前」字。
〔註16〕此二句原本如此，賴本、伍本有誤。

是日到任，先釋奠。司禮諸生即陳韞山琮，南部人，由副榜就職州判，附監肄業，派廣業堂。向在錦江書院同學，年長，以兄事之，雖不同堂，不敢屈弟子列也。時祭酒陸宗楷、司業張裕犖兩先生，皆器之。內廷行走助教陳君孝泳謂余曰：「君氣宇軒昂，不似國子先生，必不久留此也。」是時，先君調署涿州，以書慰余曰：「所望汝者，總不在中書、學錄，若能努力成進士，入翰林，余之所望也。國子監為禮樂詩書薈萃之地，師友相資，獲益良多，慎毋墮厥志。」

　　癸未，二月，余師三臺周光宇思烈、綿竹唐堯春樂宇，皆以壬午中本省舉人，來京會試，同寓。三月赴會試，是科正總裁刑部尚書無錫秦文公蕙田，副總裁戶部尚書王文莊公際華、吏部侍郎定圃先生德保。榜發，中第二名。房師即翰林編修庚辰探花丹徒王夢樓先生文治。闈中初薦時，定圃先生謂可作元，文恭公謂此卷才氣縱橫，壓倒一切，但似魁不似元，可位置第二，以浙江一卷為元，江南一卷當讓此卷。浙江卷，即第一名錢塘〔註17〕孫效曾；江南卷，即第三名狀元秦大成也。是科，祝芷塘德麟同中，房師即趙雲松先生翼。四月，偕祝芷塘德麟、曹秋漁焜寓內城，赴太和殿殿試。榜發，祝二甲第四名，曹二甲第八名，余中二甲第十一名。先一日，外間〔註18〕皆傳擬余捲進呈第一，是日忽易之。蓋是時同年中有中書褚君廷璋，先經推升四川保寧府同知，辭不赴。諸城相國劉文正公謂彼意欲下科中進士，竊覬狀頭也。蓋近科狀頭，半出中書，文正公疑必夤緣而得，遂默記其名。而是年褚中會試。殿試日，欽派相國劉文正公等大臣為讀卷官。凡讀卷官應進呈者各押圓圈，其次不進呈者尖圈。諸大臣得余卷俱押圓圈，文正公疑圓圈過多，又以字似褚，遂將圓圈多者檢出，不以進，而以別選尖圈五卷以進，欽定狀頭秦大成，即尖圈五卷內人也。秦不善書，人傳事繼母至孝。蓋此中亦默有相之者，非盡人力也。五月，

〔註17〕賴本作「唐」。
〔註18〕「間」賴本誤作「閒」。

保和殿御試，欽命題《禹惜寸陰》，余作詩二首，欽取第五名。凡新進士殿試後定例：欽派王公大臣於三百人中挑選入一等十人引見。是日選入一等十人：董誥、褚廷璋、余、祝德麟、董潮、吳省欽、程沆、湯蘐棠、蔣熊昌、蘇去疾也。〔註19〕引見，惟湯、蔣、蘇為部屬，余俱蒙欽點庶吉士。餘二三甲同膺庶吉士選，共三十六人。是月，赴翰林院庶吉士任。大教習為武進〔註20〕相國劉文定公綸、侍郎德保；小教習，中允翁方綱也。

是年，沈虹舟祖惠由瑞安縣知縣改教來京，引見，歸。冬，先君由涿州補天津同知。二十九日，丁祖母趙孺人艱，歸里。余送至涿州西二十里，回京。延大名崔孝廉述課大兒朝礎，一年能背誦《文選》賦。

甲申，乾隆二十九年，三十歲。是年移居麻線胡同，與同年編修沈初、韋謙恆、庶吉士褚廷璋、吳省欽、祝德麟同作〔註21〕館課賦，每月輪流作會。二月，汪官生。是年，房師王夢樓先生文治出守雲南臨安府知府。平生恩師，受知最重。送別，有《述懷一百韻》詩。

乙酉，是年與館閣前工部侍郎劉圖三星煒、今兵部侍郎紀曉嵐昀、內閣侍讀學士湯蘐南先甲、侍講周雉圭升桓、給事中丁芷溪田樹、編修王露仲大鶴、王詒堂燕緒、曹習菴仁虎、彭芸〔註22〕楣元瑞、曹竹虛文埴、畢秋帆沅晏遊，見聞益廣。六月，汪官殤。

乾隆三十一年，丙戌，是年四月初四日，癸未庶吉士散館。於正大光明殿欽命題《十八瀛州賦》、《麥浪詩》。余考二等第六，引見，奉旨改吏部文選司主事。余既不得翰林讀書，遂專以辦事為己任。先君是年服闋來直，聞之，示曰：「此清華職也，古謂之冰鏡。天下候選，皆出此門。職任甚重，慎以清白自矢。此方謂之供職，非翰林但

〔註19〕伍本缺「引見。是日選入一等十人：董誥、褚廷璋、余、祝德麟、董潮、吳省欽、程沆、湯蘐棠、蔣熊昌、蘇去疾也」等字。
〔註20〕賴本、蜀學本缺「進」字。
〔註21〕「作」字當作「坐」，或者是衍文。
〔註22〕「芸」伍本作「云」。

以詞章爲職也。勉之！」冬，先君署薊州。

丁亥，是年實授考工司主事，仍兼文選司事。向例：每季派司官一員掌管進呈，交查簿。交查簿者，皆內外文官提升、降調、參罰、丁憂、告病之履歷冊子也。凡內外官有事故，皆該管司官貼僉添注。遇何年月日除授出缺，俱注簿上，以便皇上查對有無事故補放，誠用人之要也。故內設太監一員，〔註23〕掌管此事。吏部該管主事添注明白，用黃綾包袱封好，鈐記。於每月初一日，親送至乾清宮中右門，親交內太監收進，換出前十五日一本，故又名循環簿。其簿每季換一司員掌管，三月而畢，〔註24〕此定例也。每遇換司員時，皆須送太監銀四兩，對聯一副，荷包一匣，名曰「送人情」。恐添注錯誤，免其呵斥；且至期換簿，無守候之勞。余是年奉派夏季，不肯送。同司郎中劉墫以向規勸余，余曰：「此公事也，私謁之，獨不畏交結近侍乎！」時內掌管爲太監高雲從，以余無賄，銜之，故掯余，至日晡〔註25〕尙不出收簿。余以饑，出東華門買餅啖。則彼出中右門探望，見余至，則又縮入中右門內。久之始出，謂予玩誤時刻，怒甚，詈余爲「混賬誑子」。混賬誑子者，太監隨口罵人，京中市語也。余曰：「余，皇上官也，有不是，自有國法，皇上官可詈乎！」扭其衣，欲面聖，聲甚厲。適座師侍郎德保圃先生自宮內出，始喝余退。高曰：「這老先好大性子！」德師好言慰之曰：「是吾門生也，視吾面。」高亦逡巡接簿去，自是不敢勒掯矣。以此見天子聖明，國法嚴肅，故此輩尙畏法也。後不一年，高以漏泄記注伏誅，牽累大員甚多，惟倉場總督蔣賜棨以出和公門下得免，而予獨無事，同官始服。五月，有《和少宰何念修先生逢僖藤花詩》。冬，移居梁家園官房，有樓，甚軒敞，面東樓下有積水，余題一聯云：「城外遠山如岫列，樓前積水當湖看」。人傳頌之。

〔註23〕原文爲「圓」，當作「員」。

〔註24〕「畢」伍本誤作「皆」。

〔註25〕原本作「脯」，據文意當作「晡」。

　　戊子，是年五月初五日，爲繼母吳太恭人六秩，從薊州迓至京恭
祝，旋即回薊。余送至齊化門，別回。是年，先君實授北路廳同知，
委修平谷縣城。時所屬密雲縣知縣任寶坊貪婪不飭，勒索鹽當各商銀
兩。先君訪聞，稟請上憲提參，已成信〔註26〕讞矣。冬十二月，忽上
憲提審，寶坊翻供。先君聞信，即日奔赴保省同審。時臬司周元理、
保定府知府吳肇基、冀州知州單功擢，與任有姻誼，皆左〔註27〕祖任，
先君力爭不能。旋奉文至薊，勘估盤山廟工。途次良鄉，思衆怒難犯，
遂具稟檢舉。勘工畢，至京。先君以任事告余，余以檢舉反形遊移，
不如仍前議爲是，先君亦以爲然。是夜，先君苦病怔忡，索酒盡五斗
不醉。先君謂余曰：「我舊有痰疾，曾在餘姚縣發過，有名醫以牛黃
散服之而愈。今因任案，顚倒不寐，得毋舊疾復發乎？」余面稟明日
且勿去，先君不肯。余又以必須帶人參在身備用，先君首肯。次晨余
赴參鋪親購，〔註28〕及回，則先君先已上馬赴省去矣。聞家丁言，上
馬時輒左右顧，問：「汝大相公何處去？」蓋忘予買參之言也。心甚
懸念，差家丁齎〔註29〕參至省，而余刻刻愁悶，終日坐臥不寧，時二
十一日也。二十七日，忽清苑差人來京遞信，言先君於二十六日早用
佩刀自戕右脖。余聞之，魂飛天外，即駕車兼程，日行三百里，趕至
白河。次日黎明至省金線胡同客店，而先君已於二十九日逝矣。痰從
口出，下體猶溫。嗚呼，痛哉！誰逼之使然耶？號啕大慟，哭畢，詢
之左右，言各憲皆好見，惟臬司周元理不見。戕後，用鐵箍散。及蘇，
並寫稟上憲，陳明舊有痰疾，因承辦事，多復發之故。即隨取閱，實
先君親筆也。時總督楊廷璋，即在浙保舉先君堪勝知府恩憲也，聞之
甚怒，意布政使觀音保素性急，必有威逼事，令保定分府秦學溥來言，
教余拼觀，以便辦理，參治其罪。其實觀素待先君厚，先君曾有疾，

〔註26〕「信」賴本、蜀學本作「定」。
〔註27〕原本爲「左」，賴本、伍本作「右」。
〔註28〕「購」賴本誤作「備」。
〔註29〕「齎」賴本誤作「買」。

以參給之。余不肯隨，以周臬對。而周又為楊所喜，無以泄忿，遂將首府吳肇基以承審案件拋延為辭，特參革職，發軍臺效力。而以先君痰疾發上聞，寢其事。嗚呼，痛哉！不因先君親筆認病，則不共戴天之義具在，胡肯甘也。

己丑，在保定守制開弔，自藩、臬以下皆來祭。余以平谷城工、密雲縣兩處交代未楚，令弟譚元扶柩送母吳太恭人先回。余往平谷住張宅，即先君築城時公廳也。遂聘張氏，為子朝礎定親。至十月交代事竣，於十一月二十日攜眷回川。

庚寅正月抵家，四月葬先君於車家山之陽，先君乙酉自築壙也。

是年余居環翠軒，課弟譚元、鼎元、驥元，子朝礎、侄朝傑讀書。是歲恩科，余弟鼎元中鄉試三十二名。主考祝芷塘德麟、鄧香山文洀，皆余同年。榜後，有同年邛州牧曹秋漁焜邀余至省，陪主考遊杜工部草堂寺，皆有詩。余先歸。二君回京，道出羅江，訪余於雲龍別業之醒園。一宿。翌日，邀至南村舊宅，登堂拜母，具雞黍，出家釀，命余弟龍山並諸子弟以詩文質正。翌日，連轡送至金山。芷塘有《醒園留別用杜工部遊何將軍山林韻十首》。余送至金山鋪乃回。十一月，送弟墨莊鼎元北上禮闈。

辛卯，是年五月，余至邛州訪曹秋漁，始食荔枝。取妾萬氏。十一月束裝攜子朝礎、妾萬氏上京。至西安，費乏不能行。署中丞畢秋帆贈金五十兩，西安太守翁耀，先君好友，亦借二百金，始行。至河南新鄉，又缺，計無所出，聞署縣乃浙江大司寇錢香樹先生次子，借貸乃行。又以白鶴觀老童生路登瀛屬之。〔註30〕

（壬辰），二月初一日抵京。投賈家胡同吏部郎中陸燨宅。三日移居西草廠。費絕，時同硯南部陳韞山琮，永清丞升固安令。四月出京，至固安縣，借貸二百金。方至署，韞山詢來意，以實告，即允留

〔註30〕賴本缺「又以白鶴觀老童生路登瀛屬之」。

余暫住。時署有瞽〔註31〕者趙鐵嘴，其算命如神。蜀中赴禮闈者方圍算以卜科第。陳引余至趙所，紿曰：「又一舉人來算矣。」趙以算盤排八字畢，笑曰：「君欺余哉，此乃已成進士，現任京官也。」眾驚以為神。趙乃問余：「胡為來此？」余即以借債對。趙問韞山曰：「君借未？」曰：「尚未。」趙即謂余曰：「勿與借，我瞎子家在兵部窪，尚能養君。」乃謂韞山〔註32〕曰：「不數年，汝當為此人下屬，借亦遲矣。」陳亦笑曰：「然則，吾借必矣。」及抵家，則翁借項已差人坐索矣。還之。三月，遣子朝礎就平谷完姻畢，延癸未同年候選知縣周于德課之。墨莊回川。

　　癸巳，移居順城門內大街，仄屋數椽，聊蔽風雨，時以花木自娛。送朝礎回蜀省母。冬，文選司掌印郎中，今任湖北巡撫吳樹堂先生諱垣，以余久不得缺，稟諸城相國劉文正公諱統勳，挈余入吏部，先在文選司行走。冬月，遂補授考工司主事，仍兼選司。夏，妾萬氏卒。

　　甲午，乾隆三十九年，四十歲。是年值天下鄉試，四月考差，欽命《四書》首題《不憤不啓，不悱不發》，次題《公儀子為政，子柳子思為臣》，詩題《善人為寶》。讀卷官為金壇相國于文襄公敏中、武進相國程文恭公景伊。向考差出案，俱有名次，此次並不出案，相傳仁和黃狀元軒為首，不知自居何等也。閱半月，偕同司至武進相國寓畫稿。相國言及：「前考差詩，通場皆做的是『所寶惟賢』，余得一卷，中有一聯云：『南國人堪憶，東平語不忘。』切定善字做，方是此題。無不歎賞，已定首卷矣，而臨進時，于文襄公閱出次題文內魯繆公「繆」字謬作「穆」，遂抑置第六，而以第六為首，今聞人傳乃黃殿撰。究不知此卷何人，遍問翰林中無之，得毋部郎耶？」時余詩已為同司所熟，因即指余以對。相國大喜曰：「不意奇才竟出邊省，且在本部。余向不知，余之過也。今科出差決矣！」復命取原卷覆視，一字不差；

〔註31〕「瞽」賴本、伍本作「盲」。
〔註32〕「陳」賴本誤作「趙」。

復問誤「穆」之由，余以古「繆」、「穆」通用爲對。相國曰：「古用則可，入時文就當依朱子原本，然無大礙。坐此不得居首，可惜也。」嗣後相國公始器余，凡司中議事，無不蒙允。秋，大學士忠勇公傅公恒保余堪勝直隸州牧，十人，余居第一，未記名。

　　五月二十五日，蒙恩命副編修青陽王春甫懿修典試廣東。例限十日出京。行至雄縣，天甚暑，有二僕同日斃於途。至德州，又一僕中暑，自投水，乃活。至徐州，過黃河，時故人唐芝田爲河防司馬，邀登黃樓，遊放鶴亭。至靈壁，宿固鎮公廨，有竹數竿。花石相間，雁來變一花尤鮮豔，花下有石甚奇，爲題四絕。嗣後典試大江南北過此者，俱有和詩，〔註33〕無慮數十家，惜未錄也。八月初一日始抵粵，時監臨巡撫，即余癸未會試座師定圃德公諱保。初六日入闈，例有下馬宴，設撫署，相見甚喜。初九日命題，首，《朝，與下大夫言，侃侃如也；與上大夫言，誾誾如也》，次，《行同倫》，〔註34〕三，《人有雞犬放，則知求之》；詩題《百川學海》。閱文五千有奇。向例：正主考分閱《易》二房、《書》二房、《禮》一房。副主考分閱《詩》四房、《春秋》一房。共取中七十人。解元出《詩經》房，九月初三日出榜，爲番禺歲貢郭雄圖老宿也。初六日赴鹿鳴宴，學使金聽濤先生諱士松領諸生參謁。十一日啓行。至三水，王春甫得部文提學廣西，別去。余十一月十六日抵京，次日黎明至瀛臺具折復命。上詢及家世，甚詳。時金川用兵，上問民間挽輸疾苦，地方胥吏辦理光景。余奏：「川省賦稅甚輕，小民感天恩之寬，樂業已久。今逢兵行大事，輸誠恐後，且蒙〔註35〕皇上屢次緩征、蠲免錢糧，細民知皇上不得已用兵之心，無不踴躍，實絲毫不累閭閻。」上曰：「絲毫不累，這亦難說。用兵之際，一切軍需運糧難免民力，苦我百姓，久在朕洞照中矣。但使官

〔註33〕伍本缺「花石相間，雁來變一花尤鮮豔，花下有石甚奇，爲題四絕。嗣後典試大江南北過此者，俱有和詩」等字。「雁來變」不好解，可能是固鎮公廨內一處景點，或者「雁來變」是一花名。

〔註34〕「倫」賴本誤作「偷」。

〔註35〕「蒙」伍本誤作「家」。

吏無中飽，則朕心安矣。」余奏曰：「皇上此心，實如〔註36〕保赤子之心也。川省之民，無不受福。胥吏敢有中飽，則無人心矣。」上曰：「近閱大將軍阿桂等奏，金川亦將次平〔註37〕定矣。」余叩首稱賀。上命出，歸宅，日巳晡矣。是月著《粵東皇華集》十卷，《使粵程記》一卷。先是二月內，余奉部文，咨追先君修平谷城六百兩。原係分產，同大二房又大之小二房公認。至是部追到家，俱推委，轉咨到部。余對本部左堂曹大人秀先毅然獨任。公謂曰：「汝存心忠厚，若此，今年必出差矣。」已而果然，遂以例得盤費，分六百兩就戶部完項。

乙未，粵東會試新舉人皆來謁。余弟鼎元亦來京，攜余子石兒、妾周氏。石兒行至保定殤。榜發，以鼎元薦，不售。粵門生中進士二人：譚大經、區洪湘。

丙申，春二月，聖駕東巡，行在吏部袁清恪公諱守侗扈從，主事二人：一為今霸昌道哲君成額，一即余也。聖駕先謁東陵，得金川平定捷音。袁公旋奉差去署。行在吏部為忠勇公額駙福公隆安。時山東巡撫楊景素接駕，至濟寧、臨清時，奏請改二州為直隸州。臨清以東昌府屬之，武城、下津、邱縣隸之；濟寧以兗〔註38〕州府屬之，嘉祥、漁臺、金鄉隸之。而以現任臨清州李濤，濟寧州藍應桂坐升。李、藍二君俱不合例，而隨行營辦差頗有誆諉。余知其情，即連夜具駁稿，以二州准改，二牧不准坐升，並議處不加聲明之該撫，照違令公罪，罰俸九個月。次日，具案呈堂，軍機大臣福公謂於相國曰：「楊大人逐日隨營，此係面奏事，如何議駁？且議楊大人罰俸，未免不情。」余與額公堅持原議。于相國曰：「額、李二君欲效上次尹壯圖、圖桑阿耳，我等面奏請旨，如何？」蓋前次東巡，吏部尹壯圖、圖桑阿亦以參該撫擢升，故疑仿為也。不知余特為請託，多拒夤緣，冀免無事

〔註36〕「如」伍本作「同」。
〔註37〕「平」伍本誤作「排」。
〔註38〕「兗」伍本誤作「袞」。

耳。翌日，軍機大臣面請旨，令照司官所擬奏，候旨。隨覆奏，奉旨「著照該撫所請行，而該撫仍照例罰俸，欽此」。此案始定。仰見皇上至公至明，而福公始以此器余。隨扈蹕回京。明年，皇太后升遐，天下素服。冬，余升考功司員外郎。十二月十五日，與同司掌印滿郎中永保議稿不合；將已畫押銷去。二十日，調驗封司。

　　丁酉，正月二十日，本年屆京察，被塡「浮躁」，解官。先是上年冬在文選司時，據湖北巡撫陳輝祖據藩司李世傑詳請，〔註39〕隨川辦理，奏銷分發湖北候補之劉培章，現在川省未回，請預補湖北監利縣典史缺，咨請部示一案。時同司二十四人以劉培章未回楚，不應預補，皆議駁，余亦同畫押矣。既而查出本年川督富勒渾、劉秉恬曾請奏銷各員未回原省者，係因公滯留，與分發人員未至省者不同，請遇缺先行補用，奉旨允准。則此案事同一例，自應議准。與滿掌印永保面商，永執以彼係特奏，此係咨請。余曰：「咨必彙題，皆得奉旨然後行，不然，據咨代奏如何？」永堅持不從。余恐一事兩辦爲礙，遂銷去前押。永保慊余阻議，於二十日五鼓赴朝門，先見大學士舒公赫德、阿公桂，慫余袒護同鄉。二公遂疑余有賄囑等情，命余入朝面詢。其實劉培章江西人，非川人也。天明，余懷兩議稿進軍機處呈舒公閱，余面爭益力，遂激舒公怒，將余稿擲之於地。阿公亦怒，命永保繕折參余徇私，請旨交刑部治罪。余拾稿〔註40〕微笑而出。次日五鼓奏甫上，本部左侍郎邁公拉遜時値遞折，問〔註41〕之大驚，向奏事處取回原參折，踉蹌趕至軍機，見舒、阿二公曰：「司官原准兩議，是與否，惟中堂決之。彼邊省之人，素粗直，不圓通，若竟參革，反不足服其心。且劉培章亦非同鄉，小官力量，安能賄京官？恐皇上垂問，反無以對。」二公依其言，即日降調驗封，不使在文選司。此上年十二月十五日事也，旋屆封印。

〔註39〕「請」賴本誤作「情」。
〔註40〕賴本、伍本缺「稿」字。
〔註41〕「問」伍本誤作「聞」。

　　是年正月三十一日開印，二公即〔註42〕吏部尚書、左右侍郎在
圓明園內閣商本年「京察」，舒、阿二公慊余前兩議事，遂填置『浮
躁』。時武進相國文恭公在座，謂舒、阿二公曰：「李司官雖不應銷押，
但辦事才情頗好，尚屬勇往，且人學問甚好，降司已足示懲，何必定
置『六法』，使終身廢棄乎？」六法者：浮躁、疲軟、不謹、庸劣、
年老、有疾也。舒忿然作色曰：「我滿州人，不似你漢人有師生、同
鄉，互相迴護也！」文恭公笑曰：「我一生雖忝居翰林，並未做過主
考、總裁，何從有門生？且李司官，蜀人，安得有鄉誼？我不過憐其
才可惜耳，何遽至此？」舒不應，昂然而去。文恭公亦出。余在內閣
旁立，文恭公長吁謂余曰：「此必中小人之言，本意留君在部，今休
矣。光景如此，歸田亦得，何必定做官也。」余歸宅倏裝，買書十五
車，盡變衣物，得銀三百兩，借同鄉聶國寧，以其餘辦資，決計歸矣。
而定例：京察人員，須守候引見，乃許去。同司郎中吳公垣及其弟刑
部侍郎公壇就舍勸余曰：「觀君此事，如行船太仄，必有風平反正之
時，且年方壯，不似林下人，聖明在上，必能洞照，俟引見後去，未
晚。」徐州府河防司馬唐侍陞以卓異來京，亦謂余曰：「天下事非刻
板所定，君其待之。」御史李殿圖亦踵門來告曰：「君命為甲寅、丙
子、丙午、己亥，今交辛運，四柱缺金，逢金必佳，但一辛不合二丙，
故曰姤合，雖姤必合，姑待之。」余遂於三月二十八日遵例赴吏部。
時永保隨阿公桂出差雲南，舒公已死。引見前一日，忽夢扶〔註43〕先
君柩行，渾身衣白，前導白幡，執事皆素。余正哭，妾馬氏喚醒，言
已五鼓，可赴圓明園矣。余謂曰：「余適夢撫棺，古人云夢棺得官，
豈今日有異兆乎？」遂引見。是時京察被廢為七人，余名殿末。上閱
綠頭牌至余，余奏履歷未畢，上遽問帶領吏部大臣額附福公隆安曰：
「此人朕所素知，何事填入浮躁？」福公以議劉培章補湖北監利縣典
吏缺，同司議駁，該員獨議准，因此銷押不畫一案奏對。上曰：「著

〔註42〕「即」伍本誤作「暨」。
〔註43〕「扶」伍本誤作「撫」。

部查案回覆。」吏部司官帶余出。即日奉旨:「李調元因何事填入浮躁之處,著交軍機大臣傳吏部堂官明白回奏。欽此。」福公隨傳吏部大學士武進程公景伊及余至軍機處,傳旨詢問。余將案敘一供單。軍機大臣隨問程公,該員辦事若何?公以「勇往」對。軍機大臣曰:「然則何故填入浮躁?」程公以不應銷押對。軍機又問:「果有情弊否?」程公以實無情弊對。軍機據供於二十九日復奏。奉旨:「李調元因議駁劉培章一案,意欲兩議,尚無情弊,且據該堂官稱辦事尚屬勇往,著仍以吏部員外郎用。降級之案,帶於新任。欽此。」仰見皇上獨斷,無不洞鑒,特達之恩,從來未有。是日,各部員傳為新聞,無不代為吐氣。余感激天恩,乞福公轉奏,磕頭謝恩。三十日聖駕回宮,余黎明赴宮門喀嘎〔註44〕外磕頭。上問:「誰?」福公以余名轉奏。上曰:「好,尚有骨氣。」福公是日命余赴吏部考功司新任,不必回文選,免同寅不睦。

　　六月初一日,余復回吏部,到考功司任。是日,正值投供,觀者千餘人,皆謂余鐵漢子,以能不畏舒、阿二公氣炎,且嘖嘖群稱皇上聖明云。七月內,永保與孫永清隨阿公出差回京。孫永清謂余云:「永保途中聞君奉特旨復官〔註45〕吏部,憤甚,復從中慫,阿公桂亦無如之何。」阿公將至京,吏部眾司官皆接至良鄉,余獨不往,只於軍機公所謁見。阿公色甚不平,怒目曰:「舒公已死,我出差,汝便復官,好造化。汝即重到我部,辦事須照例,若再任性,我仍參汝;勿仗皇上恩,便無我也!」余以改過自新對。向例:奉特旨起用人員,無論題選缺出,皆得奏補。是月有員外郎缺出,永保匿余名,以他員越次呈堂補缺,余不得補。嗟乎!聖明若此,尚敢作弊,亦可謂愍不畏死矣!時余在考功辦事,雖不與永保同司,而阿公每於議事輒恚,余進退兩難,如坐針氈。旋於八月十六日奉旨,提督廣東學政,以候補未得缺司官奉使,前此未有也。請訓日,上召見,誡曰:「汝氣性不好,

〔註44〕伍本缺「喀嘎」二字。
〔註45〕「官」賴本誤作「宮」。

今爲學政，乃一人獨辦，非同司任性可比，當誡之。」余叩頭謝恩。是日，上問阿公桂曰：「朕今日放一候補員外郎爲學政，此人學問如何？」阿公對曰：「不但學問優，辦事亦能。」次日，諸大臣召見，上徐謂諸大臣曰：「朕臨御四十二年，大臣中有能竊弄權柄如明之嚴嵩者乎？」皆對曰：「無。」上又問曰：「諸大臣中有朕所欲用之人，爾〔註46〕諸大臣能抑朕不用，有朕欲不用之人，爾〔註47〕諸大臣能強朕必用乎？」皆對曰：「不敢。」上曰：「朕乾綱獨攬，諒諸臣共知，若稍存私見，既難逃朕洞見。」諸大臣唯唯而出，時皆謂聖意即暗指余事云。九月赴廣東任。辭阿公，不見，但令其子出答。余即挈眷行。是年十一月二十二日到廣東學政任。而聶國寧者先料余不起，曾將所交三百金爲己捐從九品，分發至是，見余復起，又欲誆余；余拒之不納，竟焚其券，效古人馮諼之意。

　　戊戌，在廣東學政任。二〔註48〕月初三日在省城起馬，由水程至初五日至肇慶府，開歲考。二十三日覆出「陽江縣文童陳文緯、麥大年、陳肇光、槍手鍾慶華，並得賄保槍之廩保李應元，照議充發；現據高要縣申詳，各犯患病，旋加醫治，俟病癒發遣」等語。其有姚在淵一名，前據陽春縣訊，係抄襲文字，詳請枷責，俱照批結案，諸弊爲之肅然。時余以天恩高厚，棄瑕錄用，到任後一稟至公，請託不行。有以得罪大吏爲余寒心者，余不顧也。（三月）二十日簪花，諸生以李峰、劉世馨爲冠。二十一日自肇慶起馬，二十六日到羅定州考棚。（四月）十五日考畢簪花，諸生以黎誦堯爲之冠。十六日自羅定州起馬，五月十一日到南雄考棚。二十八日考畢簪花，諸生以施可仕爲冠。二十九日自南雄起馬，於六月初一日到韶州考棚。是時搬接吳母太恭人到廣，與妻胡恭人、曹大妹、弟譚元、子朝礎皆至，相遇於韶，舟次，歡甚，差人護送廣東學署。又聞余弟鼎元中戊戌第三甲第

〔註46〕「爾」伍本誤作「而」。

〔註47〕「爾」伍本誤作「而」。

〔註48〕原本爲「四」，當作「二」。

一名進士入翰林信，喜甚。二十三日考畢，簪花，諸生以譚爲〔註49〕光爲之冠。自韶州起馬，三十日到連州考棚。閏六月十二日考畢，簪花，諸生以鄭士超爲冠。十三日自連州起馬，於十八日回廣州府學署，置酒爲吳母太恭人壽，自督、撫以下皆來賀。（七月）初十日歲考廣州府，九月初一日考畢，簪花，諸生以黃丹書、劉輔元、林琅湛、祖貴、李大成、李實、秦泰均爲之冠。初十日自廣州起馬，復由水路於二十八日過秦嶺，至清溪下船，到潮州考棚。十一月初七日考畢，簪花，諸生以張對墀爲之冠。是日率諸生謁韓文公祠，祠在韓山，與諸生習射講禮其中。十八日自潮州起馬，於二十五日到嘉應州考棚，十二月初三日考畢，簪花，諸生以楊揆敘、葉新蘊爲之冠。初四日自嘉應州起馬，復由清溪捨舟越秦嶺下船，十三日到惠州考棚，棚甚湫隘卑曲。堂叔化杞由蜀來惠，即遣去。是夕在惠州過除夕。

　　己亥，在廣東學政任惠州考棚內。正月初八日考畢，簪花，諸生以陳鼎元爲之冠。初九日自惠州起馬，十一日回廣州府學署。二十二日自省起馬，由水陸到新興小溪，上岸登山，行一日，過船登陸路，二月初五日到高州府考棚。初六日開考，十九日考畢，簪花，諸生以董觀成爲之冠。二十日自高州府起馬，以下皆陸路，二十五日到廉州考棚。三月初五日考畢。向例：廉州科、歲並考。初六日科考生員，初八日科考文童，十一日考畢科歲，簪花，諸生以陸芝爲之冠。十二日自廉州起馬，十七日到雷州府考棚。二十八日考畢，簪花。二十九日自雷州起馬，四月初九日至海安鎮，渡海，通船人暈嘔吐，蓋船爲波旋所篩故然。初十日到瓊州府開考，枷號雇請文童黎旦一名示眾。五月十二日考畢，簪花，以李琦、符家麟爲之冠。余賞以詩，有「海南得二士，李琦符家麟」之句。以上文武各生童歲考竣，遣承差進京遞奏歲考已竣情形折，奉朱批「據奏已悉，欽此。」

　　（五月）十三日接科考，十四日考生員，十六日、十八日、二十

日、二十二日、二十四日考文童，共五場。考畢，率諸生謁洞酌泉蘇文忠公祠，與諸生講禮習射於中。六月初一日，自瓊州府起馬，次日渡海，風順無暈者，兩刻船抵海安，初四日抵雷州府科考，二十八日考畢即起馬，於七月初八日依原路回廣州府學署。始知妾馬氏於五月初四日生第四女。是年萬壽恩科鄉試，余作《萬壽恭紀一百韻》進呈。又奉明裁減商學額，奉旨：「該部議奏，欽此。」隨經禮部照議覆奏，奉旨：「依議，欽此。」十八日、二十日、二十二日、二十四日考遺才，共四場。八月初六日，送考正典試兵部郎中史夢琦，江南陽湖人；副典試編修汪塘，山東歷城人。九月初三日發榜，領諸生赴鹿鳴宴，請兩主考遊光孝寺，登五層樓。十一月十二日，自省起馬，由水程於十五日抵肇慶府科考，二十九日考畢，簪花。三十日起馬，十二月初五日抵羅定州科考，十二日考畢，簪花。十四日起馬，十八日回廣州府。是年，《賦話》十二卷成。

　庚子，在廣東學政任。正月十二日自省起馬，復由水路於二十二日抵韶州科考。聞南海縣稟報，省城學署後房五間於二十五日不戒於火，奇哉！余舟行英德，後跟船亦於是日沉溺，余叔香如，弟譚元，從水救出。二十九日考畢，簪花。起馬，二月初五日抵南雄府科考，初八日考畢，簪花。起馬，二十八日抵連州府考。舟過楞伽峽，山水甚奇，命諸生賦，無一人應者。蓋與瑤、僮藏處，文風爲至陋矣。韓昌黎在潮，而潮之文與廣、嘉並爲粵東冠，何在連之陽山，而不能化也？夫人至昌黎之不能化，亦鱷魚之不若矣，使者其奈之何！二十二日考畢，簪花。起馬回省，於二十三日抵廣州府學署科考。二十四日考畢，簪花，得文童李幹、鄭上階爲之冠。四月初七日自省城起馬，復由水程舊路於二十一日抵潮州府科考。時考功同司韓相衡，錢塘進士，升惠潮嘉道，相見道故，言不得志於上司，且多病，並云署後有妖，似墨猿。有婢爲妖所惑，置於空房，不許令出；出則妖搏石擊人，亦異聞也。五月十五日起馬，二十日抵嘉應州科考，六月初六日考畢，

簪花。起馬，復至清溪登岸，過秦嶺至龍川下船，十四日抵惠州府科
考畢，則已別建新考棚矣，甚宏敞，余爲題詩二首。二十九日考畢，
簪花。七月自惠州回省。以上文生科考畢，遣承差至京遞奏科考已竣
情形折。奉朱批：「覽奏，已悉，欽此。」是年屆本科鄉試。（八月）
初二日抵廣州府考遺才，共四場畢，以優貢張錦芳爲首。八月初六日
送考正典試左春坊王仲愚，山東人，副典試吏部主事陳大文，紹興人。
九月初三日榜發，領諸生赴鹿鳴宴，解元即張錦芳也。初九日遊光孝
寺，各有詩。十月十一日，送母及家屬由廣西水路回川。十一日，會
同兩廣總督巴延三、廣東巡撫李湖考優，得貢四人：一順德黃丹書、
一新興陳如璐、一陽春劉世馨、一瓊州莫景隨。合詞題奏，奉旨諭允。
十二月二十六日任滿，具疏題報。予在粵三年所編，有《嶺南視學冊》
二十六卷、《觀海集》十卷、《粵東試牘》二卷、《全五代詩》一百卷、
《南越筆記》十〔註50〕卷。新任學政史公夢琦，已升監察御史，是日
接任，余交代畢，即起程，除夕抵盧州合肥縣驛亭。

　　辛丑，正月初一日，自合肥起身，於二十七日赴宮門復命。召見
勤政殿，上詳問〔註51〕廣東督撫以下官員賢否，奏對稱旨。上命跪前
席，詳詢出身，並何故候補。余舉前議稿事以對。上曰：「爲司官當
如是。部中事多，豈皆同心？近年每見司官皆扶同畫押，無兩議者，
皆恐得罪堂官故也，國家安用此輩爲！」余奏曰：「皇上天恩。」上
復問：「外人議論，以朕爲何如主？」余奏曰：「聖明。」上曰：「何
以見得？」奏曰：「自我皇上御極以來，大臣不敢弄權，內官〔註52〕
不得干政。如臣爲大臣填參浮躁，反受特恩開復，其明驗也。且愛民
如子，每遇天災，截漕賑饑不下數百萬石。人皆言皇上堯舜之主，漢
唐以來所未見也。」上復問：「汝官何人保薦？」余奏曰：「臣邊省人，
在朝孤立，屢年升受，皆出皇上特恩」。上曰：「是汝乃朕特用之人，

〔註50〕據現在問世的版本，當作「十六」。
〔註51〕賴本缺「問」字。
〔註52〕「官」賴本誤作「宮」。

好爲之。」上又問：「汝在吏部事過，堂官何人最賢？」余以大學士博恒、劉統勳對。上曰：「然，皆朕公忠大臣也。」是日召見良久，始趨出。即日奉旨：「李調元著交軍機大臣，遇有道缺出，題奏。」二〔註53〕十八日，命回考功司任。二十九日，奉旨：「直隸通永道缺，著李調元補授。」次日請訓，上曰：「通永道現有筐兒港工程，即速赴任。」遵旨於二月初三日至任。時直隸總督即袁清愨公，前本部堂官也，先有字來賀，且謂直隸藩臬曰：「吾得一好幫手矣。」次日赴工時，有務關廳劉某者來謁談，次袖一千兩印領，以作饋賂。蓋工具科銀俱在道庫，先支領則料可浮開，向皆沿爲例。余拒之不納，並禁革之。即出嚴示十條，凡一切陋規皆革。時永保亦以上年先放口北道。

三月，聖駕西巡。復與永保相遇差次，一見顏赤。余以同寅須和衷，前事惟當解釋，不與較也。袁公陛見，皇上題余名謂袁清愨公曰：「朕爲汝放一好道矣。」公奏曰：「臣舊司官也，辦事甚結實。」上曰：「李調元甚好，祇是氣性不好，汝當玉成之。」四月奉袁公命，出古北口熱〔註54〕審承德府六屬人犯。有《出口程記》一卷。九月木蘭差，上復詢余氣性改否，袁公以告，余感激而泣。八月，袁公以丁母太夫人艱，歸長山去。接任爲湖北巡撫鄭公大進，升署，年已七十矣。九月，京中故人祝德麟、王懿修、曹仁虎、邵庚曾、劉耀雲、王燕緒作偏橋灣觀荷之遊，有《通惠河倡和集》一卷。是月，上自木蘭回京，余於瑤亭子接駕。面奉諭赴天津催漕，事竣回通。陳韜山琮補務關同知來見，行廷參禮。余笑而把臂曰：「趙鐵嘴之言驗矣。」因還所貸二百金，韜山力辭，余不肯，卒付之。冬，余新建潞河書院成。先是通州無書院，其名潞河者，借城東隅文昌閣居之。冬雪夏日，士子苦登躋。後又立故通惠書院，亦借文昌菴以居。〔註55〕旋興旋廢，

〔註53〕「二」字原缺，據文意當補。後面「二十九」同。

〔註54〕「熱」伍本誤作「熱」。

〔註55〕賴本缺「冬雪夏日，士子苦登躋。後又立故通惠書院，亦借文昌菴以居」等字。

迄無定止。余以七百金購民房一所於道署〔註56〕西，命通州牧董其事，閱半月功竣。余仍題「潞河書院」，而以堂名「通惠」。延羅孝廉為師，文風一時稱盛。作《蜀碑記補》十卷。

壬寅，在通永道任。是年正月十五日後奉上憲，命霸昌道永保同余隨欽差公德保，查四十八年皇上至盛京回蹕營盤。德公於三河薊州縱奴騷擾索銀，余鎖其奴，乃稍戢。二十五日出關，二十九日歸署，妾馬氏卒。三月，皇上駕至盤山，即余所管薊州封內。余上下三盤，查辦御道。駕至新莊，蒙上賞客食，復命永保與余召見。復詢前事，永保猶在上前嘵嘵，力爭不已，余亦不與辨也。上從容謂永與余曰：「內而司官、外而司道，皆同一理。若堂官、督、撫所見非，則必爭；若所見是，則不可故執偏見，以頂撞堂官、督、撫；事惟得其平而已，不在乎各執己見也。」時余病目，上問何不治？余以「每早用鹽水洗，差好」對。上曰：「辦事全靠目明，大約性急人多有目疾。有一方：用雞子煮熟去殼，黎明擂目，數遍即愈。」余叩謝，同永出。永揚言軍機處曰：「皇上今日廷訊我二人，我得理矣。」余置之不聞。時駐蹕盤山，永調補清河道。六月十九日申時。妾桐城姚氏生三子朝夔。

七月，軍機大臣尚書和公坤面奉諭旨：「此次送盛京欽定《四庫全書》一份。凡一切擡夫，山海關外，著奉天府尹伯興辦理；關內，即著李調元辦理。」余以本道奉欽差，前此未有也。自十一月二十一日運頭撥，沿途無誤。二十七日行至盧龍縣，知縣郭棣泰，山西人，不備雨具，以至沾濕黃箱，書役亦無一人押解，以至沿途夫逃，隨交〔註57〕知府查參。該府弓養正，亦山西人，竟置不覆。遂將郭令稟請調簡。十一月，又運二撥，時有玉田匪僧實寬邪教一案。總督鄭公病故，署任者，大學士英廉也。命余送書之便，赴玉田查辦，嚴拿餘黨。余奉文即委永平弓守至灤州榛子鎮代運，而弓又不聽調，以予參伊同

〔註56〕伍本缺「署」字。
〔註57〕伍本缺「二十七日行至盧龍縣，知縣郭棣泰，山西人，不備雨具，以至沾濕黃箱，書役亦無一人押解，以至沿途夫逃，隨交」等字。

鄉郭令之嫌也。余送至榛子鎮，即另委灤州牧蔡熏代運，即回玉田審案。審出素與匪僧往來之原任巡檢楊瑞唆訟主使，後起出《仙術圓光》一本，又訪出告病巡檢周兆新常穿道士衣巾，拄杖行市，杖掛紅葫蘆，扮仙人呂洞賓樣，起出各樣字迹。此二人縣中稱爲二虎，俱即拿獲詳革，將楊、周照訟棍例，發雲、貴極邊煙瘴充軍。匪僧擬發伊犁，給厄魯特爲奴。十二月初四日回任，初六日奉調上省，會同兩司審理匪僧。初九日至省，大學士英廉問及參盧龍何以不由府，余以知府徇庇同鄉，容俟補參爲對。時永保已升藩司，余與商，永以「知府如此執拗，何以辦事？應補參爲是」。余信之，以徇庇揭稟。時弓已上省，永陰謂弓曰：「府豈拌不過道？對揭猶可，立案不行，否則徇庇例降四級調用，其不免矣！」時臬司朗若伊亦山西人，徇庇弓、郭，相與媒孽余短，誣余家人衙役需索門包，沿途地方官備大班小唱，並騎馬四十匹，燒炭八百斤。〔註58〕於十四日，令該府投進。大學士英廉復中永耳語，遂以道府對揭，而重責余失察需索。十五日奏聞，奉旨：「此事大奇，有旨諭部。」十六日奉上諭：「李調元在吏部員外任內，於議駁典史劉培章一案，意欲兩議，擅自銷押。經吏部堂官大學士舒赫德、阿桂等於京察填入浮躁。朕以該員年力富強，敢與堂官執持，似有骨氣，且詢之程景尹，稱其平日辦事，尚屬勇往，是以格外加恩，仍以吏部員外用，並簡放學政。任滿來京，即擢用直隸道員。上年曾將該員居官如何之處，面詢袁守侗，該督亦意存不滿，朕以該員係邊省之人，不善迎合上司，容或有之。孰意該員不知感激奮勉，恪盡職守，竟敢恣〔註59〕意妄行，騷擾所屬州縣，並縱容家人胥役需索門包使費，種種劣迹，實出意料之外。此等擾累司員，濫索供應，在督、撫如此，尚必嚴加懲治，何況道員？且李調元棄瑕錄用之人，乃竟辜負朕恩，肆意妄行如此！李調元革職拿問，弓養正，郭棣泰俱著照所請，分別解任革職。交英廉提同案內人證嚴審，定擬俱奏摺並發，欽

〔註58〕「斤」賴本、伍本誤作「斛」。
〔註59〕「恣」原作「姿」，誤。

此。」余於十五日夜，英公委清河道伊桑阿摘印。二十日部文到，拿交按察司。司獄司爲中江唐某，索余一百金，始許去鎖。除夕，獄中作《用東坡寄子由韻寄弟墨莊》。

　　癸卯，在臬司獄中。時故人皆不通音問，同年張蘩曾助三百金，門人莫景瑞曾助一千金，皆無一字遺問。岳公澍，字梅巢，吾鄉威信公鍾琪佺孫也。自京來獄看視，立意同墨莊爲余辦贖。陳韞山差人至獄，送百金，不受。初三日兩司會審，余供：「受皇上深恩，棄瑕錄用，乃於家人呂福等需索門包，不能覺察，實屬辜負聖恩，請從重治罪，別無他說。」初五〔註60〕日再審，初八日堂審，皆供如前。並詢問家人呂福、衙役喜吉升，皆每人各得十五兩不等。案遂定問。余雖屬失察，與故縱無異，問發伊犁，充當苦差。弓養正以事出挾嫌反噬，並非爲公，應革職，發往軍臺效力贖罪。郭棣泰革職。家人呂福哄誘小廝鄭煥爲首，與喜吉升俱擬發厄魯特爲奴。福反徒三年，餘俱擬徒。〔註61〕初八日，英廉奏，覆奉旨：「該部議奏。」旋經刑部照議覆奏，奉旨：「依議。」二月初二日，余赴刑部監。次日，即發遣長行。墨莊及陳韞山送余至涿州，別去。余病，止涿調攝。時袁清恪公服未滿，奪情起用，再任直督。英公回京，永保亦調任江蘇藩司，朗若伊亦病故。二月十六日，余母遣佺孫朝全於袁公處具呈情，願變產捐銀二萬兩爲子贖罪。時聖駕展謁西陵，袁公於三月十六日半壁店面奏，荷蒙恩允。四月初五日，袁公命余在保省養病，相見欷歔。初八日回通州，兒女復得團圓，皆破涕爲笑。實袁清恪公始終保全之力也。五月，納二萬贖項全完。而袁公已下世矣，傷哉！六月，與陳韞山聯姻。九月，聖駕自盛京回。余至山海關外高撅子，磕頭謝恩。奏，上問：「誰？」和公代奏曰：「李調元蒙皇上准贖罪，來此謝恩。」上曰：「是他自己不好，知道了。」余見和公傳旨後，即稟辭回通。先是余在通永道時，

〔註60〕「五」賴本誤作「一」。
〔註61〕賴本、伍本缺「福反徒三年，餘俱擬徒」等字，但前既然已經「俱擬發厄魯特爲奴」，則此九字當是衍文。

刻《函海》二十集，共一百五十部成，欠梓人三百金，扣板不發。陳鰮山為贖焉，又代完分賠一千二百兩。秋，北闈鄉試，兒朝礎卷在編修許兆椿房內，薦不售，是年輯《易古文》二卷、《古文尚書辨異》一卷、《古文尚書證訛》十卷、《三傳比》一卷、《春秋職官考》一卷、《禮記補注》四卷、《儀禮古今考》一卷、《周禮輯要》五卷、《十三經注疏錦字》二卷成。

甲辰，乾隆四十九年，五十歲。在通州潞河書院，欲歸無次。四月，會試榜發，四弟驥元中甲辰科二甲進士，入翰林。命大兒朝礎回川取費。六月十二日，余至河南，復至山東濟南，遊趵突泉、歷下亭。邵庾曾時為濟南太守，岳梅巢為藩經，相見甚歡，留飲數日。復至泰安宰何瑞菴署，視女。時墨莊告假，往南求貸，亦先過泰安，不遇。瑞菴邀重遊泰山，先是丙申年聖駕東巡，余忝扈從，登岱至回馬嶺而止。今得登峰造極，亦快事也。九月十七日回通，則朝礎已於十四日從蜀取費來矣。是時重罪雖贖，止於失察，未有入已贓。諸人皆勸余捐復，陳鰮山亦願傾囊伙〔註62〕助，而和公亦諷予捐，余以家貧母老為辭。先是和公遇報捐者，無論合例與否，必先以賄進，方准接呈，其賄每浮於捐。時和公聲勢赫奕，炙手可熱，恐一旦冰山見睍，〔註63〕身家猶次，而一賄則成和黨，臭名萬古，百身莫贖，後悔無及。遂決意歸田。念長子朝礎以余故奔馳失學，為捐同知銜，以榮其身，而礎又加捐一級，為先君貤贈從四品朝議大夫銜及余原品頂帶誥封。十一月二十九日得照，擬於明年三月回川。先是編修程魚門晉芳亦以告老歸，同宴於侍御祝芷塘宅。魚門謂余曰：「余老子方壯，古人云：『便教從此休官去，猶有閒居二十年』，況君所著《函海》一書，已為傳人，竟作名山不朽之業可也。」臨別又口占曰：「此時猶共一杯酒，別後俱為萬里人。」遂灑淚別。未幾，程以伙不繼，求伙於秦中丞畢秋帆先

〔註62〕「伙」伍本誤作「資」。
〔註63〕原文作睍，睍為日光之意，似更準確。

生，未至，卒於河陝汝道王鑾署。畢爲料理後事，厚助之，櫬乃歸。是年余在汴晤開歸道唐芝田，始知其詳，作挽詩四首，有《暑往寒來記》以紀其事。是年《蜀雅》二十卷成。

乙巳，正月初六日，爲皇上國慶，大開千叟宴。蜀中得與宴者四人，胞叔化樟與焉。三月二十一日，闔家自通州啓行。四月初一至固安縣，永定河道陳韞山琮留兩日，與余聯姻，余二子榕官聘公二女，公六子觀林聘余六女，別去。五月二十九日抵籍。自是皆家居矣。家有醒園，先君所築。從此閉門不出，日以課歌童爲樂。余有詩云：「笑對青山曲未終，倚欄閒看打魚翁。門前一任車如水，看破繁華總是空。」「生涯酷似李崆峒，投老閒居鄠〔註64〕社中。習氣未除身尙健，自敲檀板課歌童。」

丙午，修先大人石亭公暨羅太恭人墓並立碑成。五月遊江油竇圓山，過青蓮鄉，謁李太白祠。七月，五弟本元自京回川，送誥封到，焚黃。本元是年中本省鄉試五十四名。正主考山東顏崇潙，余舊友也，善隸書，回過羅江，欲來遊醒園，不果，送隸書一聯寄題醒園遺余云：「名園傍水多栽竹，小榭聽歌好放船。」十一月二十三日，四子書香生，妾王氏出。

丁未。春初，至舊綿州，訪金山驛丞李源，字靜齋，通州人，邀遊富樂山，觀諸墨刻，遂遊西山，觀揚子雲像並諸石刻，令侄朝彥拓摹。五月二十七日至成都，方君文奎招遊杜少陵草堂。同遊者蔡君雪村及子孝廉西池、李君靜齋源、佘君雲溪、官君漁洲〔註65〕、崔君成潤蒼、弟愛堂及余九人，攜樂部，泛浣花溪，溯流而上，登草堂謁少陵祠。祠爲前司臬杜公玉林新葺。軒窗明秀，特勝昔時。方君置酒於平橋，長幼雜坐，繁音疊作。客有吹笛者許大寶，蘇州人，作《桓伊三弄》。崔、官二君倚橋而歌，聲可遏雲。抵暮盡醉而歸。各分韻作

〔註64〕「鄠」賴本、伍本均誤作「雩」。
〔註65〕「洲」賴本、伍本均作「州」。

詩，余得「主」字，作五古一首。是年重修醒園。

戊申，至漢州後營，訪張雲谷同年。見其子懷湉頗秀穎，因出對試之曰：「雨過花初放。」應聲曰：「春來鳥必鳴。」大喜，謂雲谷曰：「此子鳴必驚人，吾詩缽有替人矣。」遂以四女妻之，即玉溪也。是年設教醒園，從遊者得九人：一董睿昌、二夏之時、三顏明典、四陸士康、五張士謙，閱年皆入庠。諸生從者，一蔡曉聲、一李澤，閱年皆補廩。時啯嚕復起，本州夏家灣、廖家溝尤為淵藪。而署州為雲陽令嚴作明，本墨吏，又以啯嚕經福公剿除後，處分甚嚴，心存諱盜，深惡首告。以是盜賊逾橫，皆露刃而行。而夏家賊居與醒園最近，竟有白晝入劫，竊取衣物，令家丁縛送官。有《寄嚴署州論啯嚕》三書，載《童山集》。並請立守望會照十家牌，互相屯保。嚴見賊勢大，不得已，乃令捕役擊斃夏夥賊江姓二人，而余族有從遊者，亦以家法處治〔註66〕之。先是金川（用兵），各縣設有軍需局，按糧派夫馬。余歸田後，以金川已平，不應仍設局加派。余百催不出，嚴心銜之，至是以侄故，大有欲於余，乃持《大清律例》駁余索詐。余以啯嚕原有格殺勿論之例，況合族出首乎，處之怡然。嚴見駁不動，乃佯〔註67〕為和息，而陰令鄉約宋士義弟兄劫予所乘騾及衣被而去。予子遂赴制軍處稟呈，蒙批准，交按察司將二宋銀鐺腳鎖至省。嚴恐，乃五次至省暗中賄托審官，勸予子遞悔呈。成都府承勳欲行罰金，恐子不肯，乃借修州河堤為名，誆予子銀一千兩。予聞信，屬子弗出，而子竟出。以是恐余責，逃外不敢歸。嚴署州旋於是年為保制軍參入大計，革職。是年制軍李世傑欲延余為錦江書院山長，以修金五百恐不來，屬兩司再加五百為聘。兩司以現在兵興為難，余遂力辭之。時西藏騷擾，有志從軍，未果，作《西域圖志》三十卷。是年八月初七日，余復移居南村。至綿竹。九月遊安縣浮山，至孝泉延祚寺，寺有塔，遂謁姜公

〔註66〕原文作「泊」，當作「治」。
〔註67〕賴本誤作「詳」。

廟碑刻，俱令朝彥拓摹而還。

　　己酉，正月初十日赴成都，以嚴參令訟事未畢也。寓青石橋店，作《成都元宵詩》三首。僕黃壽一笑而卒，作詩傷之。〔註68〕遊同慶閣至薛濤井，俱有詩。是月晤內江同年姜儀部錫嘏，延掌錦江書院，歸。三月遊彭縣法藏寺，寺為白牛和尚道場。至家時，墨莊丁叔父香如憂，扶櫬歸里。五月，同墨莊遊峨眉山。至成都，陳夢亭邀重遊草堂，遂自成都東門登舟，過青神，艤舟由中巖經嘉定府，遊凌雲山、九頂山〔註69〕大佛寺，登東坡載酒樓。復由陸過荻平，至峨眉縣。適前州吏目李源字靜軒，署峨眉典史。聞余至，邀至署，並見令王公贊武，貴州舉人，善書，約予兄弟至縣署飲酒。翌日，李送夫，並差兩公子視〔註70〕余登峨眉，至絕頂，六日乃回。而盤費不足，李送余六金，令原夫送至成都。有《遊峨日行記》一卷、《峨眉賦》一篇，墨莊為之注。七月至成都，墨莊先歸，余又獨遊青城山、丹景山，俱有詩。是月遇漢州牧徐德元座上。聞永定河道親家陳韞山訃，席上痛哭，作詩一百韻哭之。重陽前一日，鼉塘亦自粵西回里，同集韻牌。兩弟在京久別，忽得聚首，亦快事也。是月，安縣張明府仲芳招余與墨莊遊大安九峰精舍，以「安州名山」四字分韻，余得「名」字，墨莊得「山」字。十月至綿竹，始晤何鼇峰登榜，其子如瀚女與小兒朝礎子慶聯姻。墨莊復至楚。

　　庚戌，五月，墨莊自楚回，服闋，至省領咨北上。余亦偕行，送至北門橋頭別。時制軍為錢塘孫補山相國，余辛巳同年也。時民方苦差錢，蓋因金川用兵而起，至平定後仍相沿為例，一應夫馬皆按糧加派，每兩糧國稅其一，官吏里保反稅其十。公嚴為禁止，於漢州民告派錢一案，俱罰令里保賠出。又時錢法多私鑄，有小如鵝眼、薄如浮

〔註68〕伍本缺「己酉正月初十日赴成都，以嚴參令訟事未畢也。寓青石橋店，作《成都元宵詩》三首。僕黃壽一笑而卒，作詩傷之」等字。

〔註69〕伍本缺「九頂山」三字。

〔註70〕「視」似乎當作「侍」。

萍者，民間不肯行，至以米易貨，官不能禁。公爲之奏請，以官帑買私錢，入局重鑄制錢，民皆稱便。六月調兩江總督去，萬民泣送者不絕於途。六月初一日過綿州，時余爲本署州陸鼎派當里長，催夫馬差錢，並拘余長孫簡端到州。余遂親身當差萬安驛前。孫制軍見余立道旁，問故，余以實對，乃怒曰：「身爲大員，又現有職，尚充編氓，令當里長出差錢當夫乎？予將來不做總督回家，其亦不免乎！」遂傳陸鼎爲余允除徭役，鼎唯唯聽命，即令吏目蔣公玉墀以坐輿、燈火連夜送余回家。陸鼎者，錢塘人，先君壬申浙闈所取土陸燝嫡侄也。是日遭喝退之後，即得病，三日卒。七月二十赴成都慶典局，爲祝萬壽也，余與太守顧嵩楷爲首。八月八日，余在省病瘧，同年王心齋接予至宅養病，稍愈乃歸。十二月初五，朝礎歸，責其無知受騙而已。是年《梓里舊聞》三十卷成，皆綿州四屬故事，蓋薈萃各〔註71〕書及歷遊所拓金石文，仿《日下舊聞》例而作也。《羅江縣志》，先君所作，是時尚未有書籍，故多闕略。而綿州自移並羅江後，向未有志。此乃擬作州志稿本，思以繼先君也。是月，余粵東中試門生鍾逢泰爲雙流令，來見。又有湛夢蛟，粵東學官也，爲井研令。余過漢州金雁橋，湛亦來見。蓋先至家見訪而不遇，至此候余，欲求貸也，許之。是年十月，有奴竊金而遁，追至資州資陽縣拿獲。道至懷州，陸行，遊雲頂山而還。丹陵彭惠芝見訪不遇，留詩於壁，有「久識將軍非好武，今知丞相慣追亡」之句。惠芝字田橋，名諸生，余蜀之詩人也。

辛亥，正月朔，遊綿州東寺，古玉京山也，聽道官劉虛靜彈琴，遂遨遊南塔墨香泉，有明人篆書詩，甚古，作詩志之。二月朔，遊綿竹縣馬跪〔註72〕寺龍洞，觀拍掌池。〔註73〕三月三日復遊浮山，訪柴豹文。四月同何九皋及婿異齋遊石岩菴。是月至什邡羅漢寺，訪禮汀和尚。什邡令寧湘維錡招飲，求詩，作二首。次日掛鐘樓訪王魯齋璠，

〔註71〕「各」賴本、伍本誤作「名」。
〔註72〕「跪」賴本作「跑」。
〔註73〕伍本點作「馬跪寺、龍洞觀、拍掌池」，誤。

己卯同年也。五月，綿竹南龍〔註74〕太守唐堯春扶母櫬〔註75〕至夔州卒，喪過什邡，不及弔，作詩二首哭之。臨安太守張蔭堂玉樹，余癸未同年，由武功攜眷自〔註76〕蜀之任，過綿州，枉駕至家見訪，適余在什邡，不值，留書而去。六月初五日，新繁令湯明府健業六十誕辰，招予遊聳翠亭聯句。亭即湯所修也。七月朔，彭縣謝明府康侯三晉，閩縣人，招予遊新建寶星寺，求詩，留五言一首。是月有奴王三，即前竊金之黨也，懷刃思報，言之湘維，遞解回籍。八月，聞孫補山相國再制全蜀，作詩四首。九月重陽前一日，綿州潘使君訒齋邦和，吳縣詩人也，〔註77〕次日訒齋枉駕，見訪醒園，留詩四首。十二月，寧湘維明府枉駕見過，分牌集詩二首。臨安太守張蔭堂以書來求《函海》，寄詩六首。

壬子，二月初一日，安縣令張薇圃仲芳、綿竹裕容齋德兩明府聯車過訪，分韻牌集詩。裕明府好飲，自攜綿竹縣大麯酒，非是不飲也。是月鑿小西湖成，從什邡寧明府湘維乞西湖紅藕移栽，作詩二首。三月醒園桃李盛開，簡〔註78〕潘訒齋牧伯，偕蔣參軍同賞，題詩二首。翌日訒齋招飲，蒙和前詩，復次答之。三月初八日，四女字婿張玉溪來親迎，余送女至漢州，雲谷留住三日，遂由漢州至金堂訪高白雲先生故居。金堂陳令邀余至署，盛設，浼余作己《陳青天傳奇》，卻之。宿少尉姚古愚署中。是時有廖某者，持百金冒余家人王林求見。及見，乃非余僕也。問其故，曰：「我安縣人，有兄弟三人，分家不均，連年興訟。知君與張令善，故送百金乞爲說情，千金不惜也。」余卻之，答曰：「汝速去，余惟不出入公門，故地方官所至皆敬之。若今日接汝百金，他日人告發，千金莫贖矣。不急〔註79〕去，將送汝於官！」

〔註74〕「龍」原本作「籠」。
〔註75〕「櫬」伍本、賴本作「柩」。
〔註76〕「自」伍本、賴本作「回」。
〔註77〕此處伍本、賴本多「六十初度」四字。
〔註78〕「簡」伍本、賴本作「邀」。
〔註79〕「急」伍本、賴本作「速」。

姚曰：「何〔註80〕不以此事助余？」余曰：「君可，余不可；君欲受，余去可也！」未幾，〔註81〕陳以自作《青天傳奇》去任。四月朔，復遊安縣金霞洞鷹嘴岩、聖燈山、頂雲觀。五月遊三堆〔註82〕壩沸水泉、青雲山，俱有詩。六月六日至花街，〔註83〕古西昌縣也，訪原任安縣廣文戴維植。其五女，即余三子朝夔之婦也。是月過臺子山，視大女，住新店壽福宮。州尊潘訒齋亦來訪。初，何玉書任泰安時，有姜曰田氏，揚州人，夫死未葬而私奔於豐谷井李家。余曾戲作《催妝詞四首》紀其事。余婿異齋，玉書之長子也，初不知，既而歸，見田氏將箱籠席捲而去，因訟於官。訒齋來，為是故也。是月安縣令張藩圉降調，為充四庫館謄錄挖補，多故也。將至西藏見制軍，余至安縣送之。藩圉善書能詩而懼內，然愛民如子，邑人思之。是日典史顧墉，秀水人，曾與先君交，亦善畫山水，為余畫四幅。七月由小壩關逾石嶺，遊茶坪，月盡回家。什邡令湘維書來邀遊瑩華山，及至，由已奉調入闈。其代者王大猷，是日同飲於署。余素患胃寒，偶飲冷酒，遂病，直至中秋後二日，甫能起行。是月武進縣明府譚敷五經，余甲午科所取士也，奉檄運餉至蜀，道出綿城，枉駕見過，抵暮留金而去。門生而來家者，一人而已。

　　癸丑，正月初五日，綿州蔣參軍見過，時函海樓初成，登樓置酒，抵暮乃歸。二月二十日至綿竹。遊精忠觀，岳鄂王廟也。岳廟惟河南湯陰朱仙鎮、杭州西湖三處有之，余俱得遊。此廟蓋因鄂王有《送張魏公浚北伐詩》藏於家，浚，邑人，其子孫為之鑴碑，故後人因為立廟。廟門亦鑴秦檜、王氏二鐵人。綿竹縣典史李公有兄曰振青，字鶴林，河南人，善蘭墨，偶遊廟中，戲撥〔註84〕墨蘭一紙，粘精忠觀壁

〔註80〕「何」伍本、賴本誤作「向」。
〔註81〕「幾」賴本伍本誤作「見」。
〔註82〕原本作「堆」，伍本、賴本作「星」。
〔註83〕原本作「街」，伍本、賴本作「荄」，草根之意。
〔註84〕「撥」似當作「潑」，所謂潑墨畫。

間。縣幕李新銘，字惕齋，工書法，爲之贊。余觀其枝葉生動，爲題五古一首。未幾，好事者逐爲鑴石，題曰「三李碑」，實自愧也。二月十九日過什邡，得湘維從新繁和明府倫覓得重臺蓮，分惠植金魚池中。是日遊玉局觀，仍回綿竹，宿妙相院。馬孝廉維穎及諸公攜尊見訪。是月作困園成。困，古淵字，以園四面〔註85〕皆水，故名。中有聽泉亭。是月婿張玉溪至，報生外孫甲。復遊趙家渡，宿金輪寺，至連山鎮遊谷燕寺及慧劍寺，登夢應樓。慧劍寺壁間有五百羅漢畫像，金粉脫落而神采煥然，洵明季高手，惜爲近時俗筆重描，失其眞面目，不免添足續貂之歎。時湘維爲什邡令，洗刷之功不無望云。是年與玉溪來往唱和詩，盡一年，得詩若干，名爲《冰清玉潤集》。

甲寅，乾隆五十九年正月初，侍御李菁陽械回蜀，得祝芷塘同年書，始知在松江掌教，久不得消息，爲一快云。三月二十八日，送子朝龍至南部縣大力寨陳宅迎親，〔註86〕即直隸清河道諱琮長女也。五月五日，子從南部攜婦回裏，是日演劇，爲先母祝壽，又宴新親，鼓吹沸天，三日乃罷。七月，由花街〔註87〕從水路登舟至老綿州，寓江西會館樂樓上。是日寒甚，以布障圍之，效樂天作五古三十韻。八月十三日，在江西館萬壽宮恭祝萬壽，作感恩詩二首。九月，送孫女往中江縣劉親家完姻。遂遊一碗水山，上有泉，終年不竭，僅容一碗，故名。遂至中江縣遊玄武山，即晉謠所謂「豆子山，打瓦鼓；陽平關，撒白雨；白雨下，娶龍女；織得絹，二丈五；一半屬羅江，一半屬玄武」是也。是日在孟太常鷺洲同年宅，聞余婿張玉溪中本省鄉試，即日遊〔註88〕中江，至漢州。九月重陽，往雲谷家賀喜。適玉溪亦自省回，命隨侍伶人演劇，〔註89〕鼓吹三日，盡興而還。有詩賀雲谷，有

〔註85〕「面」伍本、賴本作「周」。
〔註86〕「迎親」原本作「親迎」。
〔註87〕「街」伍本、賴本作「苃」。
〔註88〕「遊」伍本、賴本作「由」。
〔註89〕「劇」賴本伍本作「戲」。

「怪兄頗有譽兒癖，似我方稱擇婿工」句。是科正主考爲郎中范攝山
龕，大興人；副爲中允余秋室集，錢塘人。本房高縣知縣庚子進士周
莘〔註90〕圃謙，仁和人。場中詩題爲《賞月延秋桂，得「延」字》，
玉溪有句云：「倚樹人如玉，憑風句欲仙。」薦之主司，爭相擊節曰：
「詩人也！」榜發，知爲余婿，秋室本故人，歎曰：「淵源固有自也。」
兩主司回京，過綿，余秋室畫蘭寄余扇云：「墨沼風生翠葉涼，秋光
又喜到重陽。素心不在繁枝葉，三兩莖花一國香。」寓意深遠。中江
斗山書院山長王敏亭捷中，江陵諸生，同遊閩人公樓小酌，孟石軒以
箋乞余書，有言其詩最捷者，余因指韻扇上蠅頭小字三韻成七絕。敏
亭得「鋒、饗、供」三字，應聲云：「鐵畫銀鉤未露鋒，飽看書法勝
朝饗。興來寫罄南山竹，萬斛逾糜〔註91〕不足供。」亦捷才也。內江
姜太史爾常錫嘏爲錦江山長，亦有詩寄余云：「三年奚不到蓉城，高
踞〔註92〕吟壇作主盟。一席錦江君就否，歌聲聽罷又書聲。」余作詩
二首卻之。是年余作《雨村詩話》十六卷成。

　　乙卯，正月初六日，是年會試及乙卯本科，俱改爲萬壽恩科，至
河村觀燈。次日人日，綿州何九皐人鶴枉顧，次日同至陸園看紅梅，
遂作紅梅詩社。陸園者，同村陸見麟之菜圃也。陸子雖武庠而好文事，
〔註93〕圃西有紅梅一株，大可拱抱，蓋燕支、點絳二種所靠成也，淺
深並開，燦若紅雪，陸子曾〔註94〕分一本遺余，余小西湖紅梅書屋所
由名也。今年人日，家樂初成。何九皐適至，曾邀同觀。主人置酒其
下，聽家伶演《紅梅傳奇》，題詩一首，翌日和者甚多。時潘使君邦
和已回富順，署事者爲江西廬陵王雲浦用儀，乾隆己丑進士，工詩，

〔註90〕「莘」賴本伍本作「莘」。
〔註91〕伍本、賴本作糜，不確。糜即糜費，逾糜，即過分浪費。
〔註92〕伍本作「據」，賴本作「拒」，誤。《童山詩集》卷三十三附詩作「據」。
　　　　據文意，以作「踞」爲佳。
〔註93〕伍本缺「人鶴枉顧，次日同至陸園看紅梅，遂作紅梅詩社。陸園者，
　　　　同村陸見麟之菜圃也。陸子雖武庠而好文事」一段文字。
〔註94〕賴本缺「曾」字。

聞之首先屬和。於是綿竹令癸丑進士清江楊實之學光，與什邡令會稽舉人寧湘維錡，彰明令河陽舉人馬海門元龍，河南固始令余姻親張雲谷邦伸，及庠生玉泉懷溥，山西汾州通判成都李珠庭元芝；〔註95〕華陽壬子舉人王銘丹心一，成都貢生杜南林芨，及其子綿州訓導成都廩貢余姻杜用九慶幹，及其弟庠生杜昌岷，綿州壬午舉人錢塘籍柴豹文邦直，綿竹教諭彭縣都唐，綿州副榜計靜峰國成，歲貢計瑞菴天禧，廩貢何九皋人鶴，相率繼和。其諸生遠則清江盧元錦、淮安汪心源、涪州王應書、石泉李澤、漢州張純江懷渭、綿竹唐堯春子張友、張蘭；近則高步雲、劉全〔註96〕祿及子之藩、冉玉嘉、顏明典、夏之時、夏之蘭、陸士亨、陸士侗、陸士謙、陸士由、陸士彬、陸士康、葉天相、孟仲文、毛宣、毛德純、曹宗矩、郭有〔註97〕章、彰明唐之藩、中江劉啓秀、綿竹朱紱、邑〔註98〕人陸見麟，及余弟聲元、余妹李小蘭、子朝礎、侄朝盤，〔註99〕布衣楊一清、鍾業永，僧源明、道官劉虛靜，及此外未及錄者不下數百人。其和詩或多至二首、三首、四首以至十首者，不及備錄。余亦自和，共成八首，陸子彙爲《紅梅倡和集》刊行，亦韻事也。

是科侄朝礎，鼎元子，回籍鄉試。礎以八月生，余爲咳名蟾兒。弱冠文有奇氣，余至省送其入場，畢，以文質余，三藝皆用書卷，其孟藝爲「交得見於鄒君」三句，中有「公孫丑通易，孟仲子通詩，樂正子通春秋」語，閱之茫然不解，問礎，言：「公孫樂正，見《陶淵明集・八儒》云樂正氏傳《春秋》爲道，爲屬辭比事之儒，公孫氏傳《易》爲道，爲潔淨精微之儒。」按何燕泉云：「八儒三墨，出《韓非子》。」大抵錄之彼書者也。〔註100〕又云：孟仲子通詩，此見《闕里志》：「子

〔註95〕「芝」伍本、賴本作「之」。
〔註96〕「全」賴本伍本作「金」。
〔註97〕「有」賴本、伍本作「友」。
〔註98〕「邑」原本作「王」，誤。
〔註99〕「盤」賴本、伍本作「盤」。
〔註100〕賴本多「但不宜用子。據礎言：《四書備考》已引之」等字。

夏以詩授曾申，申授李克，克授孟仲子，仲子授根牟子，牟子授荀卿，卿授毛亨，亨授毛萇。」按仲子為孟子之子，名睪，田氏所生，見《類典》，以為孟子弟，恐未確。風簷寸晷中能如此淵博，可望中矣，但恐不高。而同年姜爾常、張雲谷竟云：「可元。」榜發，果中三十名。是科主考官，正：刑部郎中星子項豫齋家達，辛卯翰林；副：編修青陽王蓮甫〔註101〕宗誠，聞場中亦欲置元魁，疑孟藝，故置三十名。竊自信老眼無花，益信文有定價也。蓮甫，庚戌探花春甫先生子也。玉溪是年下第留京，有傳余作古人者，玉溪大慟，為位祭之，做挽詩二章，從家書寄回，有「詩可名家生不負，文能壽世死何妨」之句，余笑言答之，有句云：「科第已如祧廟主，姓名原似隔朝人。」

八月十二日。姜爾常邀張雲谷及余遊浣花溪，置酒少陵草堂。是日諸人皆不作詩，惟中州李鶴林獨出新意，畫蘭一枝，命工刻於杜祠石廊壁間。翌日，鶴林置酒草堂，復邀前人看蘭，余有題蘭詩云：「寄語詞人漫浣牆，文章那得杜光芒。鶴林解得真詩意，畫筆蘭花當瓣香。」「帶草堂西荷見招，肯教杜老笑蘭苕。風流試問今誰似？四海文章鄭板橋。」鶴林見之，並勒於石。吳壽庭學使樹萱在蜀三年，未嘗謁。乙卯秋，由宗人主事升吏部司封員外郎回京，甫出新都，適余至省，相晤於行館，暢談久之，並以過拘見責。兼告四弟驤元典試山東之信，並託帶家書及余婿玉溪信，別去臨歧，諄諄以乞余送別詩為屬。閱日，余方偕諸君遊草堂，接壽庭《舊羅江行館見寄墨刻》諸作，並寄七古長句云：「官職本非有生有，棄之奚翅卻敝帚。江山風月作主人，詩名獨佔千古後，掛斗大印不足奇，破萬卷書真不朽。慕先生名卅載前，識先生面雙桂右。升菴故里暫停車，名紙忽枉驚抖擻。此邦文獻溯丹鉛，後二百年傳蘆臼。幾幾之舄〔註102〕岌岌冠，六十鬚眉較我黝。三載相思欲往從，咫尺南村竟虛負。傾蓋略申花（茶）菽香，匆匆車騎復東走。我來看遍蜀山春，蜀山盡入先生手。以樓函海海函胸，開

〔註101〕「甫」賴本、伍本作「圃」，下同。
〔註102〕原本作「寫」，誤，當據《童山詩集》卷三十四所附詩。

關天地共長久。曾從玉潤問冰清，洪鐘卻笑以莛〔註103〕扣。撫卷能
窺意匠眞，夏雲之峰〔註104〕曉春柳。莊耶佛耶兼有之，此福此慧誰
與友。西川江水六朝山，醒園隨園差並偶。後學逡巡乏羔雉，獻以長
搖供覆瓴。木瓜何敢望瓊瑤，但乞先生詩一首。」噫！推許何太過也，
至與袁子才並偶，尤失實矣。子才名枚，號簡齋，錢塘人，當今才子
也。由宏博中己未進士。余少讀其詩，常慕其人，曾於視學廣東時刻
其詩五卷，以示諸生。然蜀、吳各天，無由通信。客歲，己卯同年王
心齋純一攜眷回金陵，曾肅寸楮以拙集附政。是年五月十四日，下江
紅花客船到，乃於心齋書中接得袁子才書，並所寄詩二首，快甚快甚！
即寄《函海》一部，並寄懷詩二首。是年達州邪匪王三槐等作亂，漫
延秦、楚、豫三省，永保時奉命出征，以臨陣退縮，擬斬監候。

　　丙辰，嘉慶元年，年六十二歲。四月十三日爲簡端完姻，〔註105〕
即翰林高白雲之孫女，貢生高兆魯之女也。五月復至青社鎮，宿南華
宮，禮汀從什邡來會，屬作《五百阿羅漢碑記》，許之。

　　丁巳，二年二〔註106〕月，遊綿竹，再至什邡，宿白魚鋪張宅。晤
茂州廣文車粹齋書，本涪州籍，寄寓，邀飲。〔註107〕三月，學士王春
甫寄詩見懷，有「身倦暫思回〔註108〕錦〔註109〕里，才高直欲上青天」
句。四月復至什邡羅漢寺見禮汀，則碑已鐫成矣，篆額爲邑侯陳懋勤，
書丹爲廩膳生唐萼光，碑高丈二，嘉慶丁巳佛誕日，作大道場，四方
來觀者千人，眞大功果也。是日相見樂甚，並留宿聽蛩齋，兼出小照，
屬余爲之贊。少尉周佩蘭，字青門，蘇州人，見訪，工畫菊，能詩，

〔註103〕　「莛」，草莖，伍本、賴本誤作「挺」。
〔註104〕　原本作「交」，《童山詩集》卷三十四所附詩作「峰」。
〔註105〕　「姻」伍本、賴本作「婚」。
〔註106〕　原本作「三」，據文意當作「二」。
〔註107〕　原本「三月，學士王春甫……上青天句」在「二月，遊綿竹，……
　　　　　寄寓，邀飲」之前，據文意改之。
〔註108〕　「回」原本作「依」。
〔註109〕　原本脫「錦」字。

署什邡。見壁間有押「頑」字韻頗佳，爲和一首。是日來謁，並求余畫菘〔註110〕而去。次日招飲，余亦求墨菊以歸。復由街子場至德陽，訪己卯同年新繁令王慶熙。復由東湖別去，自成都東門買舟下嘉定，復登凌雲九頂，見住持宿池，禮汀徒，亦能詩，爲贈一律而回。再至德陽，宿北門外文昌宮，見燕子，作《燕子曲》五首。至綿竹寓祥符寺，有養子徐申爲喞嚕吳匪所誘，竊物以遁。吳，〔註111〕雙流人。鍾明府逢泰，余甲午粵東所取士也。余復至雙流，即日差幹役於成都北門外獲之，將徐申帶回，而以吳匪責六十棒，置於卡。臨行贈五十金爲贐，蓋師弟相看俱老矣，教訓臨別不勝惓惓云。十月初一日，桐城姚姬傳鼐久不得消息，近有書來，始知在鍾山主講席九年，著述甚富，並寄見懷詩云：「故人與我尚人間，衰髮無多皺滿顏。地勢最難通蜀道，天涯各自倚江關。流傳文筆知消息，受賞溪山孰往還。閉戶不妨論事業，發揮潛德又誅奸。」初八日遣嫁第六女，婿即永定河道陳韞山次子觀林也。又爲三子朝夒完姻，即教授戴維植之三女也。是月《新搜神記》成，余婿亦刻有《四家選集》。四家者，錢塘袁子才、丹徒王文治、陽湖趙甌北及余也。

戊午，年六十四。二月初一日，丁繼母吳太恭人憂，自此家居讀《禮》。按《禮》：「六十不毀，七十惟衰麻在身，飲酒食肉，居於內。」但念五歲失母，非太夫人撫養提攜，焉有今日？況太恭人親生吾弟譚元早卒，孫朝盤諸多未諳，豈可置之度外，以自養尊，其何以安？惟有謹守文公《家禮》，分付不作佛事，毋汙先人耳。其餘稱家有無，一切從優，以盡子道而已。二十日，念家口眾，命四子分爨。三月二十九日，妾林氏故。四月二十七日，接江陵袁子才前輩少君通書及訃，言子才已於丁巳年十一月十七日病故，並言前歲蒙饋〔註112〕《函海》，遠貽先嚴，當即肅函申謝，並寄《小倉山房全集》一部，用答

〔註110〕 「菘」似應作「松」，賴本作「松」。
〔註111〕 「吳」伍本、賴本作「徐」。
〔註112〕 「饋」原本誤作「賫」。

雅覬，並和前寄詩二首。不料託帶書人遇風覆舟，將箚及書均被水浸，漫漶不可復識，因仍行寄回。與王心齋書所言無異，並錄子才見和原韻詩二首補寄云：「訪君恨乏葛陂龍，接得鴻書笑啓封。正想其人如白玉，高吟大作似黃鐘。童山集著山中業，函海書爲海內宗。西蜀多才君第一，雞林合有繡圖供。」「蓬島仙人粵嶺師，栽培桃李一枝枝。何期小稿蒙刊正，竟示群英謬賞奇。面與荊州猶未識，吾逢鍾子已先知。醒園篇什隨園句，蘭臭同心更有誰。」余聞之大慟，仍用前韻作挽詩二首哭之。六月至臺子山看女，與門生何晉如唱和。十月病復發。十二月什邡寧湘維升貴州開州〔註113〕知州，枉駕來辭，談於床上，信宿辭去。

　　己未，正月十五日，接四弟鼎塘京信，言於去年十二月二十三日派入上書房，賞賜福字、貂皮、鹿尾等物，自是內廷〔註114〕行走，可補春坊改補之闕矣。二十八日，哀聞高宗純皇帝於正月初三日賓天之信，不覺號呼大慟，以至嘔血，舊疾復發，病中恭作挽詩四首。是日今上歸政，初八日和珅革職拿問，查封家產珍寶無限，〔註115〕竟有內府所無者金銀數十百物。凡以賄走其門及捐復得官位列卿貳，如吳省欽、省蘭、李光雲、李潢及蔣賜棨，皆分別革職降調。余之所以不肯捐復，甘心伏處十五年而不後悔者，特謂此也。人皆謂余高，余豈高哉？特慮事過時移，燭〔註116〕知勢必至此，恐一旦禍至，身名俱裂耳。先見之明不敢居也。

　　是月新天子首除大憝，恩綸疊沛，萬姓歡呼，無不以手加額，口稱萬歲。秦、楚、豫〔註117〕、蜀諸省，邪匪不剿自散；貪墨汙吏，各加警惕。自來天子新政，未有如是之深入人心者也。先是達

〔註113〕　「州」伍本、賴本作「府」。
〔註114〕　「廷」伍本誤作「邊」。
〔註115〕　「限」伍本、賴本作「算」。
〔註116〕　「燭」賴本誤作「獨」。
〔註117〕　原字模糊，據文意當是「豫」字。

州王三槐等作亂，倡言官逼民反。官兵征剿，三年不獲。於去冬始就擒解京，與其黨羅其清、其書等嚴鞫審實，至二月十五日俱磔於市。餘黨竄入秦蜀交界之間。是月，赦永保出獄，蓋在監將及二年矣。向使齋〔註118〕虎頭印與其兄經略兼四川總督威勤公勒保，又命永保巡撫陝西贖罪。十月二十八日，接三弟信。言琉球請封，上命照例於內閣翰詹都察院撿選，充選者十四人引見，正副使奉旨：「正使著趙文楷去；副使著李鼎元去，欽此。」此差乾隆二十二年丙子自周文恭公煌副正使全魁冊封琉球外，閱今又四十二年，此其第二次矣。副使皆蜀人，而吾家得其一，可謂至幸。且向例冊封天使，俱賜正一品麟蟒服頂帶，尤爲欽差中之第一榮寵者。何恃而得此？此固君恩高厚，亦由祖宗積德所致。余會同族眾於祠堂，冬至日豎桄祭祖，並寫書令鼎元兢兢業業，毋負任使而已。十一月初十日，因年近七十，諸子既分，須人侍奉，身邊只有徐申官，本名有造，相隨已久，刻不可離，認爲養子，分付諸子，南村當門水田八畝，連蕭家山莊屬基地共……。〔註119〕（驥元）〔註120〕天資深靜，官翰林時尤喜讀書，已薦上書房師傅，擬正，將騰騰日上，不幸溘逝，傷哉痛哉！〔註121〕吾兄弟三人，自茲〔註122〕無在翰林者矣。吾所以有「臨風哭罷還嗚咽，三李如今少一人」之句也。十二月初五日，屆余誕辰，會崇慶燈到，是日觀者如堵。是時聞經略公勒保及陝西撫永保俱罷職。

　　庚申，五年正月，達州王三槐餘黨五股賊冉天元從定遠縣乘元宵

〔註118〕　「齋」賴本誤作「貴」。

〔註119〕　此處有脫漏，但原本頁碼排序正常。

〔註120〕　原本無「驥元」二字。《童山詩集》卷三十七《再和墨莊弟八月十九日奉命充冊封琉球副使恭紀元韻二首》後即《聞弟編修驥元赴大慟率男朝礎設位向北祭之哭詩二首》，可知脫漏內容不多，可能是作者寫時或抄錄時有脫漏。

〔註121〕　賴本、伍本缺「痛哉」二字。

〔註122〕　「茲」賴本、伍本作「此」。

龍燈混入，偷渡嘉陵江，由江北漸至舊綿州涪江。二月二十四日，攜家
小至成都避寇。先寓張雲谷親家寓。四月初三日復寓丁字街杜親〔註123〕
家住宅。四月初六日，聞萬卷樓火，一慟幾絕。萬卷樓者，余家藏書樓
也。樓共五楹，貯經、史、子、集四十櫥。內多宋槧，抄本尤夥。時賊
匪已於初三日被德將軍楞泰追殺過河，無一至村，其焚者皆土賊何姓父
子，為人所使。華陽潘東菴元音因余有「燒書猶燒我」之言，用為起句，
見念，因和其韻，作《哭書詩》三十韻，遍告省中，諸大憲無不痛惜，
和者百人。二十四日，與同人餞周東屏，次日又在成都太守趙少鈍秉淵
〔註124〕署中再餞。二十六日，東屏由水路回涪，省墓進京。是日家人
周榮送《函海》板七千七百餘片進省，租青石橋白衣菴樓一間存貯。

　　八月中秋日，以四子朝堯留伊岳杜宅讀書，攜家回綿，展墓痛哭
不起。詢問長子朝礎，自省城被責出逃，竟暗〔註125〕至州城，攜家
財萬餘，連妻遠竄。此子先未分爨時，已於梓潼交界之白家壩私置田
地一百畝，托糧名李朋，其實不肖呂鼎祥〔註126〕充；又於安縣彰明
界私置田一百畝，托糧名唐之藩；德陽白泥壩私置田一百畝，托糧名
一碗水劉占元。又於本州北門內私置宅一所，去銀三百兩。於分爨日，
並藏匿，不與三子均分，是以憑眾親族載入分關，言朝礎母子管家多
年，所有家財並未取出平分，嗣後如有私買〔註127〕田宅，仍許三子
均分派，令各執〔註128〕一張，永遠為據。今既據親自供出，並情願
將分爨日所分一百畝退還，為父買房，亦不足蔽辜。今又棄父不養，
父老不回，實屬天下第一忤逆不孝之子。不但前退田一百畝，即我養
老田四百畝亦不許得沾分毫。其所分宅一區，因派看守萬卷樓，乃不
遵父命，竟將自己住房一併拆毀，片瓦不存，應將此房賠還萬卷樓，

〔註123〕　賴本缺「親」字。
〔註124〕　「淵」賴本誤作「洲」。
〔註125〕　「暗」賴本誤作「賭」。
〔註126〕　「祥」賴本作「佯」。
〔註127〕　「買」伍本、賴本誤作「置」。
〔註128〕　「執」伍本、賴本誤作「持」。

因就其地重修，取名小萬卷，交與三子朝夔及其母何氏永遠居住，只留一龍門出入。至朝隆本姓俞，因買妾趙氏前夫俞忠遺腹之子，撫為養子，因去歲逃走，屢喚不到，今又復攜妻遠匿，且甫經分爨，一年該債二千餘兩，若不撤回，勢必將田盡賣。現已經改令歸宗，取名俞隆，不認為子。前所分田，仍舊歸還老主，以為買房之用。所有我養老田四百畝，從前雖有三子平分遺囑，以未曾攜妻再逃而言，今既再逃被逐，我死後所遺田宅，亦概不許與俞隆絲毫沾分。是名為四子，除朝礎、俞隆不算外，只有三〔註129〕子朝夔、四子朝堯兩兒在吾身邊，又皆年稚，讀書未成。自念年近七十，侍奉無人，風前之燭，不知滅於何時，因於羅太恭人墓側，自築一槨，棺槨衣衾皆已自備，以終餘年。並先寫遺囑，附記於此，以使天下後世得知。遺囑曰：「自古逆天大不孝，未有如吾子之甚者也。彼既生前不養，勢必死後不葬。儻若我若死後，碑上只許夔、堯二子刻名，不孝朝礎及養子俞隆，俱不得列名，生不許上吾門拜吾墳，死不許葬墳山、入祠堂，並照此各寫遺囑為據，使吾子孫得知。」孟子云：「好貨財、私妻子、不顧父母之養，為三不孝。」今兩子不止有三。又《禮》云：「天下豈無父之國？」今吾家竟有其二。古語：養兒待老。有兒如此，不如無子，可悲孰甚，可歎孰甚！因念生平事迹，夔、堯兩兒幼稚無知，一事不曉，若不書示兩兒，勢必日就湮沒。因自省歸來，逐日背憶，手書一冊，付與夔、堯兩兒，名曰《童山自記》。如我死後，即將此作行述送人。此後得過一日即過一日，亦不再記矣。後若有吾子爭訟田土到官者，即持此呈送各位老父臺、老公祖，念弟一生辛苦，年老無侍，伏乞照生前《童山自記》判斷，重治逆子，追回私產，使二子平分，則雖九泉，亦必銜環以報矣。

〔註129〕原本作「二」。

參考文獻

B

〔唐〕白居易《白居易集》，北京：中華書局，1979 年。

〔晉〕張華《博物志》，叢書集成初編本，北京：中華書局，1985 年。

譚紅主編《巴蜀移民史》，成都：巴蜀書社，2006 年版。

〔清〕洪亮吉《北江詩話》，叢書集成初編本，北京：中華書局，1985
　　年版。

〔清〕章學誠《丙辰箚記》，北京：中華書局，1986 年版。

楊世明《巴蜀文學史》，成都：巴蜀書社，2003 年版。

C

〔清〕同治《成都縣志》。

〔民國〕《蒼溪縣志》。

〔清〕道光《城口廳志》。

劉聲木《萇楚齋五筆》，續修四庫全書本。

〔唐〕陳子昂《陳伯玉文集》，《四部叢刊》影明本。

〔唐〕韓愈《昌黎先生集》，四部叢刊本。

〔宋〕嚴羽《滄浪詩話》，乾隆刻本。

〔漢〕王逸《楚辭章句》，《四庫全書》本。

〔清〕張問陶《船山詩草》，北京：中華書局，1986 年版。

〔清〕乾隆本《蒼溪縣志》，北京圖書館藏。

〔宋〕楊萬里《誠齋集》，四部叢刊影宋本。

〔明〕楊慎《詞品》，唐圭璋《詞話叢編》本，北京，中華書局，1986
年版。

〔清〕朱彝尊《詞綜》，北京：中華書局，1975 年版。

唐圭璋《詞話叢編》，北京：中華書局，1986 年版。

D

〔清〕李調元《淡墨錄》，叢書集成初編本，北京：中華書局，1985 年
版。

〔清〕楊倫《杜詩鏡銓》，上海：上海古籍出版社，1980 年版。

〔清〕王士禎《帶經堂詩話》，北京：人民文學出版社，1982 年版。

〔清〕佚名《啁啾漫記》。

〔元〕虞集《道園學古錄》，四庫全書文淵閣本。

F

〔漢〕揚雄《方言》，叢書集成初編本，北京：中華書局，1985 年版。

G

〔宋〕周密《癸辛雜識》續集卷上，北京：中華書局，1988 年版。

鄭家治《古典詩學論叢》，成都：巴蜀書社，2010 年版。

〔清〕沈德潛《古詩源》，北京：中華書局影印本。

〔南齊〕謝赫《古畫品錄》，叢書集成初編本。

〔南宋〕楊湜《古今詞話》《詞話叢編》本，北京：中華書局，1986 年
版。

〔清〕馮煦《蒿菴論詞》《詞話叢編》本，北京：中華書局 1986 年版。

〔清〕孫桐生《國朝全蜀詩鈔》，成都：巴蜀書社 1985 年版。

H

況周頤、王國維《蕙風詞話人間詞話》，北京：人民文學出版社 1982 年
版。

〔唐〕韓愈《韓昌黎文集校注》，上海：上海古籍出版社 1987 年版。

〔清〕趙翼《陔餘叢考》，北京：商務印書館 1957 年版。

J

胡傳淮《燼餘錄注》，北京：中國文史出版社，2010 年版。

〔明〕張佳胤《居來先生集》，民國亦歲寒齋校輯萬曆甲午留都本。

L

賴安海《李調元編年事輯》，北京：中國文史出版社，2005 年版。

賴安海《李調元文化研究述論》，北京：中國出版集團現代教育出版社，2008 年版。

四川省民俗學會編《李調元研究》，成都：巴蜀書社，2007 年版。

詹杭倫《李調元學譜》，成都：天地出版社，1997 年版。

〔清〕嘉慶《羅江縣志》。

〔清〕何文煥《歷代詩話》，北京：中華書局，1981 年版。

丁福保《歷代詩話續編》，北京：中華書局，1983 年版。

〔宋〕呂本中《呂氏童蒙訓》，《四部備要》本。

瞿蛻園，朱金城《李白集校注》，上海：上海古籍出版社，1980 年版。

〔宋〕釋惠洪《冷齋夜話》，四庫全書文淵閣本。

〔宋〕蘇轍《欒城集》，四部叢刊本。

〔宋〕李綱《梁溪集》，文淵閣四庫全書本。

〔清〕錢泳《履園叢話》，北京：中華書局，1997 年版。

〔清〕梁紹壬《兩般秋雨盦隨筆》，上海：上海古籍出版社，1982 年版。

《呂氏春秋》，《諸子集成》本。

M

盧前《明清戲曲史》上海商務印書館，1935 年版。

〔清〕龍文彬《明會要》，清光緒十三年（1887）永懷堂刻本。

鄭家治《明清巴蜀詩學研究》，成都：巴蜀書社，2008 年版。

N

O

〔清〕趙翼《甌北集》，上海：上海古籍出版社，1997 年版。

P

〔清〕朱彝尊《曝書亭集》，臺北：世界書局，1964 年版。

Q

《全上古三代秦漢三國六朝文》，嚴可均校輯，北京：中華書局，1958 年版。

〔清〕董浩編《全唐文》，上海：上海古籍出版社，1990 年版。

〔清〕《全唐詩》，北京：中華書局，1960 年版。

傅璇琮《全宋詩》，北京：北京大學出版社，1998 年。

〔宋〕《全宋文》，成都：巴蜀書社，1991 年版。

〔宋〕唐圭璋《全宋詞》，北京：中華書局，1965 年版。

隋樹森《全元散曲》，北京：中華書局，1964 年版。

郭紹虞《清詩話續編》，上海：上海古籍出版社，1983 年版。

王鎮遠，鄔國平《清代文論選》，北京：人民文學出版社，1999 年版。

〔清〕徐珂《清稗類鈔》，民國六年上海商務印書館初版。

〔清〕光緒朝《欽定大清會典事例》，清光緒二十五年（1899）內府石印本。

〔清〕丁福保《清詩話》，上海：上海古籍出版社，1963 年版。

梁啓超《清代學術概論》，北京：中華書局，1954 年版。

《清文獻通考》，上海：商務印書館，1937 年版。

《清聖祖實錄》，北京：中華書局，2008 年影印本。

蔣寅《清詩話考》，北京：中華書局，2005 年版。

楊家朱《清詞別集百三十四種》，臺北：鼎文書局，1976 年版。

嚴迪昌《清詩史》，杭州：浙江古籍出版社，2002 年版。

〔清〕梁廷楠《曲話》，北京：中國戲劇出版社，1960 年版。

R

百衲本《二十四史》。

〔宋〕洪邁《容齋隨筆》，四部叢刊本。

王國維《人間詞話》，上海：上海古籍出版社，1998 年版。

S

〔清〕李化楠《石亭文集》，叢書集成初編本，北京：中華書局，1985 年版。

〔清〕李化楠《石亭詩集》，乾隆綿州李氏萬卷樓本。

〔清〕阮元《十三經注疏》

〔宋〕朱熹《四書集注》，北京：中華書局，1983 年版。

陳世松主編《四川通史》，成都：四川大學出版社，1993 年版。

李世平《四川人口史》，成都：四川大學出版社，1987 年版。

〔清〕嘉慶《四川通志》。

孔凡禮點校《蘇軾文集》，北京：中華書局，1986 年版。

王國維《宋元戲曲史》，上海：上海古籍出版社，1998 年版。

〔漢〕許慎《說文解字》，北京：中華書局，1963 年。

〔清〕紀昀等《四庫全書總目》，北京：中華書局，1997 年版。

〔清〕康熙《四川總志》。

胡昭曦《四川書院史》，成都：巴蜀書社，2000 年版。

〔宋〕敖陶孫《詩評》，乾隆刻本。

〔南朝宋〕劉義慶《世說新語》，上海：上海古籍出版社余嘉錫箋疏本。

〔明〕楊慎《升菴全集》，上海商務印書館，1938 年版

〔清〕梁九圖《十二石山齋詩話》，清道光 26 年順德梁氏十二石山齋本。

〔宋〕蘇軾《蘇東坡集》。

〔明〕胡應麟《詩藪》，上海：上海古籍出版社，1979 年版。

〔宋〕魏慶之《詩人玉屑》，乾隆刻本。

繆鉞《詩詞散論》，上海：上海古籍出版社，1982 年版。

〔宋〕劉道醇《聖朝名畫評》，四庫全書文淵閣本。

〔明〕張綖《詩餘圖譜》，濟南：齊魯書社，1997 年版。

〔清〕袁枚《隨園詩話》，乾隆五十五年隨園刻本。

〔清〕尚鎔《三家詩話》。

《蜀學》，西華大學，四川省文史研究館蜀學研究中心主編，成都：巴蜀書社，2009 年版。

T

〔清〕李調元《童山詩集》，叢書集成初編本，中華書局，1985 年。

〔清〕李調元《童山文集》，叢書集成初編本，中華書局，1985 年。

〔清〕李調元《童山自記》四川省圖書館藏本。

〔宋〕李昉《太平御覽》，北京：中華書局，1960 年《四部叢刊三編》影宋本。

〔宋〕樂史《太平寰宇記》，四庫全書文淵閣本。

〔宋〕胡仔《苕溪漁隱叢話》叢書集成初編本，北京：中華書局，1985 年版。

〔明〕凌蒙初《譚曲雜箚》《中國古代戲曲論著集成》，北京：中國戲劇出版社，1960 年版。

〔唐〕朱景玄《唐朝名畫錄序》，四庫全書文淵閣本。

〔南〕計有功《唐詩紀事》，四庫全書文淵閣本。

W

〔晉〕陸機《文賦》，《四部叢刊》影宋本六臣注《文選》。

范文瀾《文心雕龍注》，北京：人民文學出版社，1978 年版。

吳梅《吳梅戲曲論文集》，北京：中國戲劇出版社，1983 年版。

〔宋〕文天祥《文山先生全集》，四部叢刊本。

〔清〕徐世昌編選《晚晴簃詩彙》，北京：北京出版社，1996 年版。

X

〔清〕李調元《新搜神記》，《續函海》本。

〔清〕袁枚《小倉山房詩文集》，上海：上海古籍出版社，1988 年版。

〔清〕黃培芳《香石詩話》，續修四庫全書本。

〔清〕朱庭珍《筱園詩話》，上海：上海古籍出版社，1983 年版。

Y

〔清〕李調元《粵東皇華集》，叢書集成初編本，北京：中華書局，1986
年版。

〔清〕李調元《雨村詩話》，郭紹虞編《清詩話續編》本，上海：上海古
籍出版社，1983 年版。

〔清〕李調元《雨村詞話》，唐圭璋《詞話叢編》本，北京：中華書局，
1986 年版。

〔清〕李調元《雨村曲話》，《中國古典戲曲論著集成》本，北京：中國
戲劇出版社，1959 年版。

〔清〕李調元《雨村劇話》，《中國古代戲曲論著集成》本，北京：中國
戲劇出版社，1959 年版。

〔清〕李調元《粵東皇華集》，叢書集成初編本，北京：中華書局，1991
年版。

詹杭倫，沈時蓉《雨村詩話校正》，成都：巴蜀書社，2006 年版。

〔清〕劉熙載《藝概》，叢書集成初編本，北京：中華書局，1985 年版。

〔宋〕洪邁《夷堅志》，含芬樓排印本。

楊文生《楊慎詩話校箋》，成都：四川人民出版社，1990 年版。

〔唐〕段安節《樂府雜錄》《中國古代戲曲論著集成》本，北京：中國戲

劇出版社，1959 年版。

〔唐〕元稹《元氏長慶集》《四部叢刊初編》本，上海：上海書店，1989
年版。

〔清〕潘清撰《挹翠樓詩話》，同治二年自刊巾箱本。

〔宋〕黃休復《益州名畫錄序》，成都：四川人民出版社，1982 年版。

〔明〕袁宏道《袁宏道集箋校》，上海：上海古籍出版社，1981 年版。

〔宋〕郭茂倩編《樂府詩集》，文學古籍刊行社，1955 影印本。

〔清〕包世臣《藝舟雙輯》，上海：上海書畫出版社，1979 年版。

〔明〕王世貞《藝苑巵言》，《歷代詩話續編》本，北京：中華書局，1983
年版。

〔北朝〕庾信《庾子山集》，四部叢刊本。

《藝文類聚》，四部叢刊本。

Z

〔梁〕蕭統《昭明文選》，《四部備要》本。

〔宋〕朱熹《朱子語類》，清呂留良寶誥堂刻本。

〔清〕蔣士銓《忠雅堂文集》，續修四庫全書本。

〔宋〕司馬光《資治通鑑》，四部叢刊初編本。

〔清〕胡曦《湛此心齋詩話》，興寧先賢叢書影印守先閣藏傳鈔本。

〔宋〕陳振孫《直齋書錄解題》，叢書集成初編，北京：中華書局，1985
年版。

〔日本〕青木正兒著，王古魯譯《中國近世戲曲史》，上海：商務印書館，
1936 年版。

〔日本〕青木正兒著，隋樹森譯《中國文學概説》，重慶：重慶出版社，
1982 年版。

袁行霈《中國古代文學史》，北京：高等教育出版社，1999 年版。

柳詒徵《中國文化史》，上海：東方出版中心，1988 年版。

後　記

　　筆者讀小學時便聽說過四川才子李調元善於寫諧趣詩與諧趣對聯的故事，此後腦海一直有一些模糊的印象，但讀大學時，以及此後很長一段時間卻很少看到李調元的著作，也沒有見到有關的評論，心中便不時以爲遺憾。有幸接觸李調元著作是 2005 年。那年西華大學風風火火搞學科建設，筆者忝爲學科建設召集人，便要弄出點特色，不得已著手撰寫一部《明清巴蜀詩學研究》，於是搜集有關清明巴蜀詩學的資料，才知道李調元的生平履歷，也才知道他不僅僅是一位才子型作家及詩人，而且是一位學者與文藝理論家。

　　李調元作爲才子型作家，他寫了不少詩、詞、文、賦，留下了許多巧對的故事；作爲學者，他研究的對象異常廣泛，涉及經史子集四部，著述達七十餘種，還曾編輯刊行過大型文化叢書《函海》，該叢書以文藝爲主，包括詩、詞、文、賦等文學作品，兼及書畫、金石、曲藝、戲劇等藝術，還囊括語言、音韻、歷史、考古、地理、農業、民俗、姓氏、庖廚等，古代巴蜀文人涉及如此之廣泛者大約只有明代的楊升菴可以媲美。作爲文藝理論家，他傳世的編著有《雨村詩話》三種共二十二卷，《雨村詞話》四卷，《雨村曲話》二卷，《雨村劇話》二卷，《雨村賦話》十卷，還有不少評論詩文創作的書信、書序，對詩、詞、曲、賦、戲劇都有專論或評介，就其全面性而言，可稱有清

第一人，甚至也可稱古代第一人，就其份量而言，在整個中國古代也是少有其比的。

2008 年，西華大學人文學院新班子上任，爲了學院的發展及學科建設，與羅江縣有關領導及專家進行了一次商談，初步達成了合作研究李調元、開發羅江文化的共識。西華大學與會者中只有筆者曾經接觸過李調元的詩歌及詩話、詞話，寫過研究其詩學的文章，於是便當仁不讓地將研究李調元文藝理論的任務接受了下來，並著手搜集資料，進行研究與撰寫有關文章。待搜集並讀完李調元有關詩詞賦戲曲等的論述，查閱了有關資料之後，才發覺李調元的文藝理論中，《雨村賦話》是研究歷代辭賦與辭賦學必讀必引的重要著作，《雨村劇話》與《雨村曲話》在研究戲曲理論與戲曲史時也常被引用，而篇幅最大的《雨村詩話》，以及《雨村詞話》則極少被提到，即便提到也多是負面的批評，說李氏自逞才學廣博，思慮不甚深刻，所引資料不甚準確，疏漏甚至荒謬者頗多，缺少起碼的理論價值。不過仔細閱讀，尤其是參考李調元的其他文章中的有關論述之後，筆者才發覺李氏的詩學其實是頗爲系統而且有一定深度的，值得進一步研究與重視。遺憾的是當時寫作《明清巴蜀詩學研究》因爲時間緊，資料不全，也因爲傳統「詩學」概念的限制，便只著重研究解讀其二卷本《雨村詩話》與《雨村詞話》，對面世不廣的十六卷本《雨村詩話》與四卷本《雨村詩話續編》幾未涉及，所謂著作便匆匆面世，實在有貽誤後學之嫌疑。

於是便有拙稿的撰寫。硬著頭皮下筆，惶惶然如履薄冰，如臨深淵，經歷了幾百個日日夜夜，頭髮又白了許多，好在因此而對李調元的詩學有一個系統的瞭解，算是填補了自己的一項空白，不完全是胡鬧與瞎忙。拙稿重點研究李調元的詩歌本質論、美學論、創作論、發展論與體式論，是爲所謂系統的研究，另外則重點考察與性靈派的關係，還研究其詞學。另外還將已經發表的《李調元——清代巴蜀文化第一人》作爲代前言，附有校正之《童山自記》，以代替年譜，以便讀者瞭解李調元之經歷、思想及成就，在知人論世之基礎上瞭解其詩

學理論。至於學術性卻不敢奢望，但願筆者不會因此成爲一個學術泡沫和學術垃圾的製造者。俗話說敝帚自珍，因此書稿殺青付梓之際還是頗爲欣慰的，因爲其中不僅有筆者的心血，也有師友的無私幫助。首先得感謝四川大學博導閻嘉先生，作爲筆者的同道與摯友，他不僅多所勉勵指點，而且在百忙之中閱讀拙稿並爲之作序。其次得感謝羅江賴安海先生，他當年贈送的資料用處很大，他有關李調元生平的研究對書稿中的代前言啓發很大，引用時未能一一列出。第三得特別感謝花木蘭文化出版社杜潔祥先生與楊嘉樂先生，是他們的熱心幫助使拙稿得以順利出版，而他們的認眞審改也使本書文字生色不少。最後得感謝西華大學及人文學院諸公，沒有他們的支持與幫助，本書便不可能順利問世。

　　拙著問世，但願從此便能金盆洗手，「從吾所好」，安心做一點自己想做的事情。須知中國的學術泡沫與學術垃圾已經太多，學界泥沙俱下，良莠不齊，學術研究各個環節都亂相雜呈，不需要我輩落伍背時者再來添亂。

　　是爲後記。

鄭家治

辛卯仲冬於蓉城之醉醒齋